標的の男

警視庁追跡捜査係

堂場瞬一

ハルキ文庫

角川春樹事務所

目次

標的の男

警視庁追跡捜査係

第一章

男は死んでいる——はずだ。

床に横たわった体からは、生の気配が感じられない。しかし、きちんと確かめた方がいいのではないだろうか。もしも息を吹き返したら、俺の正体がばれてしまうかもしれない。包丁が胸に食いこむ寸前、顔を見られてしまったのだから。

吐き気を堪《こら》え、荒い息を吐きながら、動かない体に一歩近づいた。靴下が血を踏んでしまったのに気づき、ぎょっとして立ち止まる。駄目だ。これ以上余計なことをして証拠を残したら、捕まってしまう。今はとにかく、奪う物を奪って逃げるのが先決だ。そして、金。見つけた金は全部自分の物になる約束だ。

だけど、金はどこにある？　自分が立っているのは、リビングルームの一角、今しがた自分が刺し殺した男が倒れているのは部屋の中央だ。死体の向こうには、テレビとパソコンの載ったローボードがある。テレビの横には金庫があるし、ローボード自体にも小さな引き出しが幾つもついていて、いかにも金目の物が入っていそうだ。しかし、床に流れ出した血で足を汚さずに済むとは思えない。どうしたものか……そうだ、台所にはビニール袋があるんじゃないか？　それで足を包み、足跡がつかないようにすれば……しかしそうすると、今度はビニール袋を始末しなければならない。余計なことをすれば、穴が増えるばかりだ。

クソ、こんなはずじゃなかったのに。もっと簡単にやるべきことを済ませて、さっさと逃げ出す予定だった。死体にこれほど悩まされるとは、想像もしていなかった。死体は、ただのゴミではない。今この瞬間にも、部屋の環境を変えつつある。

気づくと、手が震えていた。

コタツの上の財布に気づく。あそこなら簡単に手が届くはずだ。血を踏まないように気をつけながら、脇の下が突っ張るぐらいに腕を伸ばし、財布を摑《つか》む。いつの間にか、シャツは汗まみれになっていた。再び鼓動が跳ね上がるのを感じながら、財布を開く。五万円？……冗談じゃない、これで終わりにするわけにはいかない。人を殺して、手に入れた金がこれだけだったら、馬鹿以外の何物でもない。

だが、今はどうしようもない。最低限、一つの指示は守ったのだから、ボーナスを貰《もら》おう。俺にはそれぐらいの権利がある。そう考えながら札を引き抜き、ジーンズのポケットにねじこむ。財布はコタツの上に投げた。

どうにか死体に触れず、これ以上血で足を汚さず、ローボードまで辿《たど》り着きたい。金庫さえ持ち出せれば……待てよ。靴下を履いたままなら、証拠は残らないのではないか。ねばねばと濡《ぬ》れて気持ちが悪いのさえ我慢すれば。このままでは引き返したくない。

思い切って一歩を踏み出す。床に流れる血があっという間に靴下に染みこみ、軽い吐き気がこみ上げた。大股《おおまた》で前へ進もうとすると、濡れたフローリングで足が滑る。慌てて踏ん張ってバランスを取り、何とか倒れずに済んだが、腿《もも》の裏に、ぴりぴりと緊張が走った。焦りが募り始めた頃、視界の片隅に別の血の色が映りこむ。血……ではない。赤。パトランプ？　そう、パトランプだ。まさか、近所の人たちに悲鳴でも聞かれたのだろうか。あり得ない。悲鳴を上げる間もなく倒れたのだから……本当にそうだったか？　思い出そうとすると、記憶が曖昧《あいまい》になる。

窓に映るパトランプの様子を見る限り、パトカーは家の前で停《と》まったようだ。間違いない、誰かが通報したのだろう。クソ、諦《あきら》めるしかないのか。何とかしなければ。でも、どうしたらいい？　身を隠して様子を見るか？　それとも今すぐ逃げる？

逃げるしかない。ここに死体があって、警察に踏みこまれたら、言い訳のしようがない。今は金よりも、自分の命の方が大事だ。何でこんなことを引き受けてしまったんだろう。断っても、何とか解決できたかもしれないのに。そう、逃げ出せばよかった。金はなくとも、何とかできたはずだ。今までもそうしてきたのだし。

慌てて踵《きびす》を返し、裏口に向かう。鼓動が跳ね上がり、床の上を滑っているように足元が頼りなかった。ようやく裏口に辿り着き、ノブを回そうとした時、手が震えているのをはっきりと意識する。

落ち着け。警察もまだ、家を包囲してはいないはずだ。すぐに抜け出して裏道を走れば、絶対に逃げ切れる。

スニーカーに足を突っこみ、踵《かかと》を潰《つぶ》したままドアを抜けて走り出す。きちんと履かないと、走ってもスピードが乗らないのだが、そうしている暇もない。ずるずると足を引きずるように走っていると、スニーカーが脱げそうになる。パトランプの赤が、どこまでも追いかけてくるようだった。喉《のど》が引き攣《つ》るように痛み、目が乾いて景色が霞《かす》んでくる。大通りから一本入った裏道で、人気はまったくないのだが、誰かに見られているような気がしてならない。血で濡れた靴下が、スニーカーの中でぐずぐずと不快だった。ふと足元を見下ろすと、滲《にじ》み出た血がスニーカーに濃い染みを作っている。単なる汚れには見えず、すぐに血と分かってしまうだろう。足を怪我《けが》したと思われるぐらいならいいが……クソ、考えても仕方がない。とにかく今は、一刻も早く現場から離れなければ。

それでも事件は追いかけてくるだろう。収穫の少ない犯罪……自分の愚かさを呪《のろ》うしかなかった。

ここは陸の孤島だな、と沖田《おきた》大輝《だいき》は皮肉に思った。

渋谷区神宮前——地図上の住所としては相当広く、JR原宿駅も国連大学も、その中に入ってしまう。しかし、今沖田たちが張り込んでいるのは、山手線の内側なのに「辺鄙《へんぴ》」と言っていい場所だった。最寄駅は、原宿、明治神宮前、表参道、北参道、千駄ヶ谷《せんだがや》、外苑《がいえん》前。不動産屋なら「六路線六駅利用可」と堂々と宣伝するだろう。しかし実際には、どの駅から歩いても十分はかかる、都心部のエアポケットなのだ。

寒さが身に染みた。千駄谷小学校のすぐ近くであるこの辺りは古い静かな住宅街で、夜十時ともなると、行き交う人も少なくなる。沖田はコイン式の駐車場に一人陣取り、肩をすぼめて寒さをやり過ごそうとした。誰でもいいから相棒がいて欲しい、と切実に願う。一人だと意識すると、さらに寒さが厳しくなるのだ。もっとも、西川大和《にしかわやまと》と組むのだけは勘弁して欲しかった。同期のあの男は、沖田を苛立《いらだ》たせることに関しては第一人者である。一言も喋《しゃべ》らなければまだ我慢できるが、結構お喋りだし。

相手はまだ、帰宅していない。家に帰って来るのを確認し、行動の基本パターンをなぞる——監視の基本だが、沖田はいつまで経《た》っても張り込みが好きになれない。歩き回って誰かに話を聴くのは好きだが、黙って立ち尽くし、何かが起きるのを待つ時間は辛《つら》いだけだった。こういうことは、自分たち追跡捜査係の仕事ではないはずだ……俺たちは、再捜査のエキスパートなのだから。過去に埋もれかけた事件をほじくり返し、新たな光を当てる。それで結果も出しているのに、どうしてこんな、駆け出しの刑事でもできるような仕事を引き受けなければならないのだろう。

数時間前のことを思い出す。この作戦への参加を決めた係長の鳩山《はとやま》の顔が脳裏に浮かんだ。オッサン、この恨みは必ず返してやるからな。

その男は、凶暴とはほど遠い顔をしていた。面長の、どちらかと言えばハンサムな顔立ち。若さがまだしっかりと残っており、目元は涼しげだった。好青年、と言っていいかもしれない。

「熊井悦司《くまいえつし》、ね」沖田は、写真から顔を上げた。

「そう。前科はない」西川が応じる。「分かってるのは、現在の住所だけだ」

「つまり、免許は持ってるわけか」

「そういうこと。今のところ、他の情報はない。分からないから、うちにも話が回ってきたんだ」

沖田は写真を手にしたまま、椅子《いす》をぐるりと回した。警視庁捜査一課の片隅にある追跡捜査係のスペースは、いつもざわついている。ともすれば集中力が削《そ》がれそうになるのだが、沖田の気持ちは真《ま》っ直《す》ぐ熊井に向いていた。

「しかし、きっかけが胡散臭《うさんくさ》くないか?」沖田は写真を自分のデスクに置き、上から掌《てのひら》でぴしゃりと叩《たた》いた。「服役中の男が喋ったって……何か裏があるんじゃないのかね」

「ないだろう」

西川の声は平板だった。いつもこうである。冷静沈着な書斎派。しかし何故《なぜ》か、喋り方や行動が、一々沖田を苛つかせる。興奮して突っ走る人間なら扱いやすいのだが、静かに理性的に話されると、何だか自分が馬鹿になったように感じるのだ。

「刑務官に告白したってことだよな」

「ああ。それで、特捜の人間が、慌てて事情聴取に行った」

「で、村松《むらまつ》は改めて、特捜の刑事に全部打ち明けた、と」

「そういう流れだ」

村松浩一郎《こういちろう》、三十三歳。傷害致死で実刑判決を受け、服役中——沖田は頭の中でデータをひっくり返した。西川に「胡散臭い」と言ったのが因縁に過ぎないことは、自分でも分かっている。今、村松には何もないのだ。刑は確定し、自由を奪われており、重要事件の捜査に協力したからと言って刑期が短くなるわけではない。正義感に駆られて？……結局そういうことになるのかもしれない。人間は反省するものだ。服役して、真人間に戻る人間もいる。自分が知っていることを社会正義のために役立てたい、と考えてもおかしくはない。

そういうのは理想論だよな、と沖田は白けた気分になった。人間は簡単には変わらない。村松が正義感、ないし良心の呵責《かしゃく》から喋ったのだろうとは思っていても、やはり何か裏があるのでは、と勘ぐってしまう。

「で、お前は村松の証言を信じたんだ」西川に視線を向けた。

「どうかな」西川が顎《あご》を撫《な》で、眼鏡をかけ直した。「本人を直接調べてないからな。印象だけで物を言いたくない」

「おうおう、相変わらず真面目《まじめ》なことで」

熊井の写真をつまみ上げ、顔の高さに翳《かざ》す。西川が手を伸ばして、かっさらっていった。

「この件、うちも乗るんだぞ。だいたい、追跡捜査係のリストにも載っている事件なんだから」ひどく真剣な表情で言った。

「そりゃそうだけど……」若干後ろめたい気分になる。未解決事件の長いリストは、追跡捜査係の財産のようなものだ。しかし、全《すべ》てに手をつけるのは、実質的に不可能である。結局は勘に頼って、解決の見こみがありそうな事件から先に着手することになるのだ。この件は同僚の大竹《おおたけ》がフォローしていたのだが、沖田は完全に無視していた。

「特捜に任せておけばいいんじゃないか？　人手は足りてるだろう」

「やることは決まってるんだ」

係長の鳩山が割りこんできた。立ち上がると、熊《くま》か象が動いたように見える。肝臓が悪く、医者から減量を言い渡されているにもかかわらず、それを守っている気配はまったくない。

「そうですか」沖田は立ち上がって伸びをした。ついでにヴァルカンの腕時計をちらりと見る。午後五時……何もなければ、そろそろ店じまいの時間である。今から動くとなると、今夜は長くなるだろう。「で、取《と》り敢《あ》えずは何をやればいいんですか？」と鳩山に訊《たず》ねる。

「墨田《すみだ》署の特捜からは、動向監視の要請が来ている」

「ああ、張り込みね……」沖田は鼻を鳴らしたが、夜の寒さを想像すると身震いした。今日は最高気温が例年より高い予想だったので、少し薄手のコートで来てしまったのだ。

「具体的な要請は？」

「まず、向こうで打ち合わせだ」

沖田は思わず舌打ちをした。打ち合わせはしばしば、単なる時間の無駄遣いに終わる。

捜査の方針など、上層部で決めてくれればいいのだ。こちらはそれに従って動くし、納得できなければ現場で判断してやり方を変えるだけだ。

「具体的な証拠は、まだないんですよね」西川が口を開く。

「ああ」鳩山が渋い表情を浮かべた。

「補充捜査を十分してから、本人に声をかけた方がいいんじゃないですか」

「それは、特捜がやるだろう。うちは、今回はあくまで手伝いだ」鳩山が話をまとめにかかった。「要請があったから出動する、それ以上でも以下でもないから」

「嫌がらせじゃないんですかねえ」沖田は皮肉を飛ばした。自分たちが、捜査一課の中で浮いていることは意識している。特捜本部が積み残した事件を引っ搔《か》き回し、手柄を奪っていく、と思われているのだ。沖田に言わせれば、きちんと解決できない特捜の方に責任があるのだが、そんなことは口が裂けても言えない。いつ、自分が追跡捜査係に尻拭《しりぬぐ》いされる立場になるか分からないのだし。

「そういうことを言うから嫌われるんだよ」西川が心配そうに周囲を見回した。追跡捜査係は一課の大部屋の中にあり、隔離されているわけではない。

「お前こそ、嫌われてる意識はあるのか?」沖田はすかさずやり返した。

「俺はデリケートだから、分かってるよ。お前みたいに、周りの状況が見えてない奴とは違う」

「どこがデリケートだよ」沖田は笑いながら言った。「お前の場合は、気が弱いって言うんじゃないのか？」

「大きなお世話だ」

「まあまあ」

鳩山が割って入った。二人のこういうやり取りには慣れているはずなのに、常にあたふたして分けようとする。沖田はにやりと笑って、椅子に腰を下ろした。ま、これも一種のガス抜きだ。遠慮なく遣《や》り合っていれば、少しは気が紛れる。

しかし、気が乗らないな……こちらが注目していなかった事件で、応援を要請される。応援要請と言えば言葉は格好いいが、要は「黙って手伝え」だ。所轄を下に見ている本部が言い出しそうな台詞《せりふ》。人に使われるのは気が進まないし、特捜がこちらのことをどう考えているのか分からなかったが、仕方がない。仕事は仕事だ。

「気合い、抜くなよ」西川がすかさず忠告する。

「俺に限ってそれはないな」

「お前、時々上滑りするから」

「そういう忠告なら、若い連中にしてやれよ」

沖田は、先ほどから聞き耳を立てている係の若いメンバー、三井《みつい》さやかと庄田基樹《しょうだもとき》に向けて顎をしゃくった。さやかが敏感に反応して、にやりと笑う。忠告無用、という感じだった。

「もう出ますか？」さやかが沖田に訊ねた。

「ああ。行ったり来たりになるけどな」

特捜が墨田署。張り込む熊井の家は、渋谷区神宮前だ。東へ西へ……沖田は首を振った。打ち合わせを、何とか回避できないものかと思う。やることは分かっていて、複雑な指示が必要だとは考えられなかったし、真っ直ぐ神宮前へ行った方が、時間の節約になる。

しかし、打ち合わせは避けて通れないだろう。だいたい手元には、ろくな情報がないのだ——古い資料はあるのだが、ほとんど目を通した記憶がない。墨田署の特捜本部で説明を受ける方が早いだろう。そもそも沖田は、書類を読みこんで記憶するのが苦手だ。それよりも、歩き回って人に話を聴くのが性に合っている。

「よし、行くか」

沖田は薄いコートを羽織った。外はもう、かなり寒いだろう。若手二人も外出の準備を始めたが、西川だけが動こうとしない。見ると、いつもの仕事スタイルになっている。左手に、調書などの資料の山。右手にはノートとボールペン。未《いま》だ紙の資料が多い警察では、全ての事務作業がパソコンで済むわけではない。こうやって資料を読みこみながら、徹底してメモを埋めていくのは、西川のいつものやり方だった。

「行かないのか？」沖田は、西川に不審な目を向けた。

「ああ、俺は資料を読んでおく。あの事件のデータには、ほとんど目を通してなかったからな」

「打ち合わせはパスかよ」沖田は目を細めて、西川を睨《にら》みつけた。

「話を聞くより、読む方が早い」

「鳩山さん、それでいいんですか？　統率が取れないでしょう」沖田は、のんびりと夕刊に目を通し始めた鳩山に文句を言った。

「適材適所だよ」巧みに視線を逸《そ》らしながら、鳩山が言った。管理職なのに、トラブル解決には基本的に関心のない男である。関心がないというか、積極的に回避している。まあ、調整役としての役割を期待しているわけではないが……西川と遣り合うのも疲れる。デスクにへばりついていたいなら、そうすればいい。どうせ後で、現場でしんどい思いをするのだから。


沖田は無意識のうちに、その場で足踏みをしていた。寒さは耐えがたいほどになり、この先何時間も張り込みが続くのかと思うとぞっとする。しかしどこかへ逃げこむわけにもいかず……車の中で待機している連中のことを考えると、かすかな怒りがこみ上げた。だいたい、コイン式の駐車場で立って張り込みというのは、無理があるのではないか。車が出入りする度に——それほど頻繁ではなかったが——沖田は不自然に見えないようにと努めながら、不自然に振る舞うしかなかった。何度か疑わしげな視線を向けられ、その都度自分をここへ張りつけた特捜の係長への恨み節を心の中で嚙《か》み締める。

黄色い精算機に身を寄せる。ここにはビニール製のささやかな屋根があり、その下にいると、少しは寒さが和らぐような気になるのだ。屋根についた蛍光灯の灯《あか》りを頼りに、背広の内ポケットから取り出した住宅地図を広げる。張り込みのポイントに、赤い丸印がついていた。

特捜の連中、仕事が遅過ぎる……熊井に関しては、住所が割れているだけで、どんな仕事をしているのか、普段の行動パターンはどうなっているのか、未だにまったく分かっていない。そのため、最寄の駅からこの場所への道筋を想定し、それぞれのポイントに刑事を張りつけたのだ。原宿方面、表参道方面、外苑方面、北参道方面、そして千駄ヶ谷方面。合計十五人ほどの刑事が、路上で待機している。指揮を執っている捜査一課の係長、松波《まつなみ》は、千駄谷小学校前に停めた覆面パトカーの中で、ぬくぬくとしているはずだ。クソ、自分だけ暖かい思いをしやがって……だいたい、こんな仕事は所轄に任せておけばいいではないか。神宮前署がすぐ近くにあり、そこの連中は何も事情を知らずに当直勤務に当たっている。

ともすれば気持ちが萎《な》えそうになるが、一つだけ沖田の心を奮い立たせる事実があった。自分が一番、熊井の家に近い。何か動きがあれば、真っ先に見える場所だ。

しかし仮に相手の姿を見ても、直接手を出せるわけではない。熊井のアパートは駐車場の奥にあるのだが、そこに辿り着くには、高さ二メートルほどもあるブロック塀を乗り越えていかねばならないのだ。塀に張りついていると、アパートの様子は直接は窺《うかが》えない。そこを監視するためには、離れて駐車場の入り口辺りで待機する必要があるが、その位置だと、アパートで何かあって走り出しても間に合わない。ブロック塀の上に立って、アパートに近づいた方がいいのだが、それだと逆に近過ぎる。アパートの窓側は駐車場を向いているのだが、何かの拍子に気づかれる可能性もある。どういうポジション取りをすればいいのか、沖田は悩んだ。視界の確保を優先して、思い切って塀の上に上がってみるか……駐車場は右手にかけて緩い坂になっており、塀の右端の方はさほど高くない。あれなら、気合いを入れれば何とか上がれそうだ。

迷っているうちに、背後から「沖田さん」と声をかけられた。振り向くと、さやかが立っている。差し出された右手の先には、携帯カイロがあった。

「何だ、それ」

「冷えますよ」さやかは薄い笑みを浮かべていた。「沖田さんも年なんだから、体を冷やさないようにしないと」

「誰が年だって？」凄《すご》んで見せながらも、沖田はカイロを受け取った。袋を破り、両手で激しく揉《も》むと、すぐに暖かくなって、掌から安心感が広がった。さやかがいなくなったら、背広をめくって背中に張りつけよう。体幹部分が暖かくなればさほど寒さを感じないのは、経験から分かっている。

「動き、ないですね」さやかが自分の体を抱くようにして、足踏みをしている。「帰りは遅いんですかねえ」

「お前、持ち場を離れて大丈夫なのか？」

「庄田がいますから」むっとした口調でさやかが言った。

「へえ。信用してるんだ」

「違いますよ」露骨に不機嫌な顔つきになる。「あいつ、それぐらいしかできないでしょう。別に逮捕するわけじゃないんですから……見てるだけなら、庄田一人でも十分ですよ」

「もう少し、普通につき合えって」沖田は顔をしかめた。この二人は同期なのだが、普段から仲が悪い。さやかが庄田を馬鹿にしきって、庄田はさやかを露骨に避けている。同じ係の中で、こんな風にぎすぎすした関係を続けられたら、やりにくくて仕方ないのだが……それは俺と西川も同じことか、と沖田は苦笑した。抜群のチームワークで事件を解決していく刑事たちなど、映画や小説の中でしか存在しない。

「別に普通ですけど」

「そういうのは、普通って言わないんだよ」沖田はカイロを手の中でこねくり回した。既に十分熱を発しており、暖かさがありがたい。

「熊井って、どんな人間なんですかね」さやかが急に話を変えてきた。

「全然分からない。特捜でも、まだはっきりとは摑んでいないようだな」

「今までは完全にノーマークだったんですよね」

「そう」

さやかが首を捻《ひね》った。真っ直ぐ沖田の顔を見ると、意地の悪い表情が浮かんでいる。

「特捜も、だらしないですよね。そんなに物証がない現場でもなかったでしょう」

「まあな」

沖田は、この事件の捜査に直接タッチしたわけではない。しかし後で現場の写真を見て、相当凄惨《せいさん》な事件だったことは容易に想像できた。床一面の血溜《ちだ》まり……刺殺だったのだから、出血量が多くなるのは当然だ。そして、その血を踏んだ足跡が、部屋のあちこちに残っていた。だが、そこから分かったのは、犯人の足のサイズのみ。犯人の物らしい指紋はあちこちに残っていたが、該当する人物は見つかっていなかった。

「ずいぶん雑な犯人ですよね」

「普通、手袋ぐらいはするだろうな」

「狙《ねら》って押し入ったんですかね？」

「ああ、行き当たりばったりじゃないだろうな」それだけは間違いないが、そこから先、特捜は読みを深められなかったようだ。殺すつもりがあったのかなかったのか……最初から殺して被害者の口封じをするつもりだったかもしれないし、目的は盗むことだけで、結果的に一種の居直り強盗殺人になってしまった可能性もある。色々想像はできるが、犯人を捕まえて話を聴いてみなければ、分からないことだ。

「よく分からない事件ですよね」

「確かに、な」沖田も同調した。夕方行われた会議では、服役している村松から事情聴取した刑事が説明したのだが、村松が何故今になって話す気になったのかは、結局分からない。どうもその刑事は一本線が抜けているようで、肝心なことを確かめていなかったのだ。

犯人の名前が出たので、情報提供者側の事情を聴くのを忘れるほど、舞い上がってしまったのかもしれないが。

「何か、利害関係があるんじゃないですか？」

「例えば？」

「村松が共犯だったとか」

「そうだとしたら、どうして今さら自分に不利な証言をする？　別件で服役しているからって、強盗殺人の容疑が消えるわけじゃないんだぞ」

「ま、そうですね」さやかが首を振る。「こういう会話、無駄ですよね。犯人を捕まえていないのに、あれこれ言っても仕方ないです」

「悪いことじゃないぜ。こいつはブレーンストーミングみたいなものだ」

「結論が出ないブレーンストーミングは無意味でしょう……持ち場に戻りますね」

「ああ」沖田は顔の高さにカイロを掲げてみせた。「助かったぜ」

さやかの姿が見えなくなってから、沖田はコートをまくり上げた。後ろ手で探りながら、背広の内側、シャツの上にカイロを張りつける。そうやっておいてから、コートのボタンを首のところまではめると、体の内側からじんわりと暖かさが滲み出してくる。よし、これで何とか我慢できるだろう。

時間の流れが遅い。いつの間にか、沖田は自分のポジションを決めていた。やはり、駐車場の入り口に近い場所になる。距離は少しあるが、塀越しに熊井のアパートがちゃんと見えた。

そこでいい、と決めると、周囲を観察する余裕もできた。この辺りは、山手線の内側では最も静かな住宅街と言っていいだろう。道路を渡った向こうにはささやかな商店街があり、生活の臭いが濃厚に漂っている。配置につく前、その辺を歩き回ってみたのだが、「これなら住める」という印象を抱いた。山手線の内側というと、どこかざわついた空気が漂い、人が住む場所ではないようなイメージがあるのだが……普通に一戸建ての家が立ち並び、その間に商店がある。気軽に食事できそうな店も多く、一人暮らしの沖田には悪くない環境だった。いい中華料理屋と定食屋、それにコンビニエンスストアがあれば、東京での男の一人暮らしは磐石《ばんじゃく》だ。

そういうことを考えるのも侘《わび》しいものだが。つき合っている相手がいるのに、いつまでも結婚に踏み出せない自分のだらしなさにも腹が立つ。しかし、結婚は簡単ではないのだ。踏み出すには、他の全ての事情を上回る何かがなければならない……沖田を躊躇《ちゅうちょ》させている最大の事情は、今の仕事だ。刑事の仕事が無条件に好きかと問われれば、「イエス」と答えるのに一瞬の間が空く。人の粗捜しをしている追跡捜査係にいることについては、内心忸怩《じくじ》たる物があるし、面倒な人間関係に悩まされることも多いのだ。それでもいざ事件になれば、ついむきになってしまう。時間を忘れ、何日も家に帰らないことも少なくない。家族を持った時、自分はそういう生活を全面的に見直さなければならないだろう。

要するに、面倒なのだ。

四十を過ぎ、新しい生活にチャレンジする気持ちが衰えていることに気づいて、沖田は仰天していた。もちろん、結婚は「新しい生活にチャレンジ」などと簡単に片づけられることではないのだが。もっとずっと煩雑で、自分の生活は完全に変わってしまうだろう。

左耳に突っこんだイヤフォンから、緊迫した声が聞こえた。

『熊井発見……北参道駅方面からアプローチ中。アパートまで五分ほどです』

庄田の声だった。引き攣ったように声のトーンが高い。緊張し過ぎなんだ、と苦笑しながら、沖田は次の情報に集中した。松波の指示が飛ぶ。

『アパート周辺の捜査員は警戒。帰宅を確認するように』

いっそのこと引っ張ったらどうなんだ、と沖田は思った。取調室に放《ほう》りこんで、絞り上げる——しかし、特捜本部が慎重になるのも理解できた。もう何年もこの事件をこねくり回して、解決を半ば諦めたところに突然もたらされた情報である。どうしても、確実に仕上げたいだろう。そのためには、周辺の情報を固めると同時に、熊井という男について徹底的に調べ上げなければならない。一人の人間の行動パターンを把握するには、最低でも一週間、長ければ一か月はかかる。普通にどこかへ勤めている人間なら、判で押したような生活になりがちだが、そうでない場合、日によって動きは違うものだ。

ふいに、不安になった。自分がいる場所からは、アパートの窓しか見えない。この寒さだ、熊井は帰宅しても、窓を開けて空気を入れ替えるとは限らない。カーテンすら開けないかもしれないが、もう少しアパートに近づいて、直接顔を拝んでおくか。

そう思って、沖田は足場を探した。やはり駐車場の右手、塀が低くなっているところから アプローチするしかない。一度外へ出て、大きく回りこんでアパートに行く手はあるが、玄関に近いそちらの場所には、他の刑事が張り込んでいる。自分の持ち場はあくまでここなのだから、あまりにも勝手に動き過ぎるのはまずい。まだ緊急事態には至っていないのだから、今はあくまで熊井の顔を見ておくだけにとどめなければ。

塀に登ろう。それしかない。

沖田は小走りに駐車場を横切り、塀の端に達した。上端部に手をかけると、ブロックのざらざらした感覚が掌に触れる。懸垂の要領で思い切り体を引っ張り上げれば、何とかなりそうだ。コートが邪魔だが……脱いだり着たりしている時間はない。イヤフォンに新たな報告が飛びこんでくる。

『熊井、アパートに接近中。あと一分程度で到着』

今度はさやかだった。あの二人は、自分の持ち場の前を熊井が通過した後、尾行を開始したのだろう。上手《うま》くやってくれればいいが……尾行は、男女二人連れが一番目立たない。夜中だろうが早朝だろうが、カップルが歩いているのは自然な街の光景なのだ。あの二人は、些細《ささい》なことで喧嘩《けんか》して口もきかなくなった恋人同士というところだろうな、と皮肉に考える。

沖田は両腕に力をこめ、靴底でブロック塀を引っ掻くようにしながらよじ登った。二の腕が痙攣《けいれん》を起こしそうになったが、何とか塀の上に立つ。幅はわずか十センチほど。ブロック塀の向こうに立つ民家の壁に右手をつけて、ようやく体を安定させた。そのままそろそろと、横ばいで進んで行く。熊井のアパートを見渡せる細い路地までは、五メートルほどだ。危なっかしいが、五メートルを進むのにそれほど時間がかかるわけではない。あと二メートル……一メートル……先が見えた瞬間、聞き覚えのない声がイヤフォンの中で爆発した。

『気づかれた！』

『熊井、裏手に逃走中！』

おいおい……沖田は、緊張感が一気に頂点に達するのを意識した。裏手とは、こちらではないか。逃げたのは、何か後ろめたいことがあるからだ。事件から何年も経っているのに、熊井が警察に怯《おび》えて暮らしていたのは間違いないようだ。

チャンスだ。沖田はにやりと笑い、最後の一歩を踏み出した。逃げて来るとしたら、ここしかない。

『沖田！』

松波の声が耳の中で爆発する。沖田は反射的にイヤフォンを外した。一々指示を受けていたら混乱する。ここは、臨機応変な判断で行くしかない。

路地の正面に辿り着くのと、何かに吹っ飛ばされたのと、同時だった。一瞬何が起きたか分からず、沖田は何とか体のバランスを保とうとしたが、塀から転落してしまった。精算機の屋根に手をついて落下のスピードを和らげようとしたが、肝心のその手が滑る。足から落ちるんだから大丈夫だ、と自分に言い聞かせてみたものの、着地に失敗してしまった。右足首を捻り、鋭い痛みが脳天まで突き抜ける。まるで足首が九十度横に捻《ねじ》れて、踝《くるぶし》がアスファルトに接したように感じられる。その場に激しく倒れこみながらも、沖田は何とか体を捻って、熊井の姿を記憶に叩きこもうとした。

でかい男だ。ひょろりとしているが、軽く百八十センチはあるだろう。既に駐車場を出るところで、全力疾走している。速い。向こう側に、誰か張っている人間がいたか……沖田は座りこんだままイヤフォンを耳に突っこみ直し、無線に怒鳴った。

「熊井、逃走！」

クソ、誰の責任だよ、と考えると思い切り暗い気分になった。

俺の責任じゃないか。

沖田は眠れぬ夜を過ごした。痛みのせいもあったが——意地で痛み止めは拒否した——自分のミスでこんなことになってしまったと思うと、頭を掻きむしりたくなる。その思いを押し殺すためには煙草《タバコ》が必要だったが、忌々しいことに障壁が二つもあった。一つ、病院の敷地内は全面禁煙。二つ、外へ出るにしても、松葉杖《づえ》で歩くと、時速一キロ以下のスピードしか出せない。

沖田を診察、手当したのは、何となく意地悪そうな、自分と同年輩の医師だった。

「別に入院する必要はないですけど、少し安静にしていた方がいいですよ。ま、二、三日は泊まっていって下さい」と忠告する。

クソ、冗談じゃない。ほとんど眠れぬまま午前六時になり、看護師たちが検温に回って来た。ただの怪我で熱を測ってどうするんだよ、と憮然《ぶぜん》と考えたが、逆らっても意味はない。大人しく体温を測られた後、頭の下に両手を差しこんで白い天井を眺める。右足首骨折——単純骨折で済んだのは幸いだった。足首は複雑な関節であり、ちょっとした怪我でも回復まで長い時間がかかる。

テレビをつけてみようか、と思った。ただそのためには、廊下まで出てカードを購入しなければならない。松葉杖をついて、と考えるとうんざりした気分になる。それにテレビでも、昨夜の一件をニュースとして扱っているとは思えなかった。強盗殺人の疑いをかけられた人間——犯人と断定されたわけではない——が逃げ出し、刑事が一人怪我をした。要するに警察は、内偵捜査に失敗したわけだ。こんなことを公表するわけがない。騒ぎを聞きつけた近所の人たちがマスコミに話を持ちこむか、自分たちでネットを使って拡散している可能性もあるが、おそらくそれほど大袈裟《おおげさ》には広がらないだろう。せめてネットだけでも確認しようかと、携帯電話を取り出す。いつの間にか、電源は切られていた。病室内では使用厳禁か……こんなことで騒ぎを起こすのは本意ではなかったので、そのままにしておく。

それにしても、時間が進まない。七時過ぎには朝食が始まったが、沖田は五分もかからず平らげてしまった。まあ、何というか……給食の延長のような朝食だ。栄養的には問題ないのだろうが、食べていると心が荒《すさ》む。足首の痛みが一向に収まらないのも、苛立ちに拍車をかけた。何なんだ？　あの医者、ちゃんと治療したんだろうか。しかしすぐに、患部を固定しておく以外の治療はないのだ、と気づく。痛み止めは自分で拒否しているのだから、この状態は自業自得だ。まったく、何でこんなことになっちまったんだ？

自分が悪い。

分かりやす過ぎる結論を、何度嚙み締めたことだろう。確かに熊井は大きな男だったし、自分も用心が足りなかったが、突き飛ばされて塀の上から落ちてしまったのは、情けないの一言だ。だが、こちらの準備ができていたとしても、熊井を止められたかどうかは分からない。体格差は明白であり、無理していたら、これよりもっと酷《ひど》い負傷をしていたかもしれない。

ということは、あのポイントに一人しか配置しなかった松波の責任ではないか？　そうだ、あの係長のせいにしよう。誰かに責任を転嫁できると思った途端、気が楽になり、動き回ろうという気にもなってきた。ベッドから足を下ろし、無事な左足で床を踏む。スリッパを通しても、床の冷たい感触は伝わってきた。傍らの松葉杖を取り上げ、まずは左足だけで何とか立ち上がる。素早く松葉杖を両脇に挟み、両手でしっかり持ち手を握って体を安定させた。立っているだけなら、別に何ということはない。大したことないじゃないかとほっとしながら、沖田は一歩を踏み出した。途端に体のバランスが崩れ、倒れそうになる。左足で思い切り踏ん張ったので、何とか床に這《は》いつくばらずに済んだが、こんな状態で本当に歩けるか、心配になってきた。車椅子を持ってきてもらおうかとも思ったが、そこまで重傷ではない、と自分に言い聞かせる。

左足に体重をかけ、意識して右足を浮かせたまま、沖田は松葉杖を操った。こんなに大変なものだとは……病室を出て廊下を歩き、エレベーターに到着した時には、全身に嫌な汗をかいていた。松葉杖に慣れるのが早いか、足が治るのが早いか。しかしこの分だと、実際に仕事に復帰するのはずっと先になるだろう。西川なら、この状況を喜ぶかもしれないが……好きなデスクに張りついていればいいのだから。

何とか一階まで下りて、ロビーに出る。病室にいても手持ち無沙汰《ぶさた》なのだろう、高齢の入院患者が数人、ベンチに腰かけてぼんやりとテレビを見ている。この時間、画面に映っているのはNHKだった。朝のニュースは、やはりチェックしておかないと。少しは時間も潰れるはずだ。しかし、何だか物足りない……コーヒーを飲んでいないせいだ、と気づいた。見ると、ロビーの一角にコーヒーの自動販売機がある。とにかく苦い液体を胃に入れて、目を覚まして……と思った瞬間、財布を持ってこなかったことに気づいた。

「クソ」と声に出してしまうと、近くにいた老人に睨まれる。声に出して謝る代わりに軽く頭を下げ、その場に立ち尽くす。自分が病院お仕着せの寝間着を着ていることを、改めて意識した。ひどく弱々しく、情けない感じがする。部屋に戻って財布を取ってくるか、コーヒーを諦めるか……こんなクソつまらないことでジレンマに陥る自分が情けない。普段は、命のやり取りをするような状況でも、迷ったりしないのだが。

「何やってるんだ」

呼びかけられ、必死の思いで振り向くと——片足が動かせないと、体を捻る動作にも多大な努力が必要だと分かった——西川が立っていた。昨夜と同じコート。髪も乱れている。珍しく自宅に帰らなかったのだ、と分かった。

その状況には同情したが、沖田は思わずにやりと笑ってしまった。

財布が来た。

二人はベンチに並んで腰を下ろし、紙コップのコーヒーを啜《すす》りながら、沈黙を共有した。西川が黙っている理由は、沖田には簡単に想像できる。一つには、コーヒーが不味《まず》いこと——この男は毎日、自宅で淹《い》れたこだわりのコーヒーをポットに入れてくるのだ——もう一つは、近くに数人の老人たちが固まっていることだ。聴かれるとまずい話もある。しかし沖田の病室も相部屋なので、秘密の話はできない。

「車まで行けるか？」

「何だ、それ」西川が何を言いたいかは分かっていたが、敢えて訊ねてみた。

「誰かに聞かれないで話ができる場所は、車の中ぐらいしかないだろう」

「まだ松葉杖に慣れないんだけど」沖田は思わず文句を言った。

「おぶってやろうか？」

「ふざけるな」沖田は激しく首を振って、松葉杖を摑んだ。先ほどよりは上手くバランスを取れたのでほっとする。案外早く、慣れるかもしれない。

「歩けるのか？」

「松葉杖さえあればな……で、車は？　まさか駐車場の隅とかじゃないだろうな」

「すぐ側《そば》だよ」

病院の玄関前は駐車場になっており、出入り用のゲートのすぐ側に車が停まっているのが見えた。しかし、沖田の足は止まってしまう。

「歩けないのか？」西川が少し心配そうに訊ねた。

「いや、寒いだけだ」実際、寒かった。下着も着ないで、病院お仕着せのぺらぺらの寝間着一枚だけ。寒風は直《じか》に肌に吹きつけるようで、一分以上は耐えられそうになかった。

「待ってろ。車を回してくるから」

そう言って西川が身軽に走り出す。多少の羨《うらや》ましさを感じたが、それよりも怒りの方が上回った。あの馬鹿、こんなクソ寒い中に俺を放り出して、どうするつもりなんだ？　沖田は思わず腕時計に視線を落とし、秒針の動きを確かめた。これが一回りするまでに戻ってこなければ、殺してやる。

五十二秒後、西川が車を玄関前に回した。何とかドアを開けて乗りこみ、松葉杖を自分の膝《ひざ》の上に引き寄せながら、沖田は悪態をついた。

「命拾いしたな」

「何言ってるんだ？」

「何でもない」この男と遣り合っても、軽くいなされるだけだ。正直に認めれば、言い合いでは絶対に勝てない。「それより、こんな朝早くから、何の用だ。俺は怪我人なんだぜ」

「怪我って言っても、それほど大したことはなさそうだな」西川が軽くアクセルを踏み、車を前へ進めた。もう一度駐車場に戻すつもりはないようで、玄関から少し離れ、病院の建物にぴたりと寄せて停める。サイドブレーキを引くと同時に、膝の上に鞄《かばん》を乗せてごそごそやり始める。すぐに分厚い封筒を取り出し、沖田の方に差し出した。

「何だ、これ」

「今回の強殺事件の資料」

「何で俺に」

「読んでおけよ。他にやること、ないだろう」

「すぐに退院するって。二、三日で出られるから」

「退院しても、すぐには動き回れないじゃないか」西川が肩をすくめる。「今のうちに、事件の細かい点まで頭に入れておいた方がいい」

「そんなことをしているうちに、熊井は捕まるんじゃないのか？」

「それは分からない」

「行方は？」

西川が黙って、また肩をすくめる。手がかりなしか……沖田は思わず、封筒を握り締めた。

「で、うちへの風当たりはどうなってる」

「いい訳ないだろう」西川が硬い口調で答えた。「うちの責任で、熊井を取り逃がしたようなものだから」

「うちのというか、俺の責任だろう」

「俺は何も言ってないぞ」

西川が、顔の前で両手の人差し指を交差させた。武士の情けというやつかもしれない。

沖田は咳払《せきばら》いして、封筒の中を覗《のぞ》いた。びっしりと捜査資料が詰まっている。

「で、今後の方針は？」

「熊井の逮捕状を取る予定だ」

「容疑は？　強殺？」

「いや、公務執行妨害と傷害」

「誰が被害者なんだよ」

「お前」西川が体を捻り、沖田に人差し指を突きつけた。「だから、もうすぐ特捜が調書を取りに来るぞ」

「勘弁してくれ」思わず泣き言が口を突いて出た。昨夜も、治療を受けた後で散々話を聴かれている。それでかっかしていたせいもあって眠れなかったのだが……同じことが繰り返されるのかと思うとうんざりした。

「俺に言うなよ」西川が硬い口調で言った。「今のところ、熊井の身柄を取るための理由は、それしかないんだから」

「何で捕まらないんだ？」

「俺に聴くなよ」西川がむっつりして答えた。「……とにかく、資料は読んでおいてくれ。昨夜の段階で分かったことも、アップデートしておいたから」

「新しく分かったことなんか、あるのかね」徹夜したのか、と沖田は驚いた。西川は、毎日必ず七時間は睡眠を取る男である。

「熊井の家族関係とか。潰すのはこれからだけど、何か出てくるとは思えないな」

「だろうな」沖田は封筒を上から押さえつけた。そんなことをしても何にもならないのに、押し潰してやりたい、という気分になる。相変わらず脳に痛みを送りこんでくる足首、自分の失敗に対する後悔……うんざりだった。その上、この資料を読みこめというのは、拷問である。あと数時間もしたら、頭が爆発してしまうかもしれない。

「とにかく、頼むよ」西川が澄ました声で言った。

「頼むって、書類関係はお前の仕事じゃないか」

西川が盛大に溜息《ためいき》をついた。

「誰かさんが動けなくなったから、俺が動かなくちゃいけない羽目になったんだ。こっちだって、何もこの寒空の下で、靴をすり減らしたくないよ」

「俺が読んだって、何か分かるとは思えないけどな」

「そういう問題じゃない」西川がまた溜息をつく。この世の苦難を一人で背負いこんだような暗い雰囲気を発していた。

「じゃあ、どういう問題なんだよ」

「知るか」西川がぞんざいに吐き捨てた。「とにかく、今やれることをやるしかないだろうが」

「それが書類なのか？」沖田も溜息をついた。「で、特捜は、うちのことを具体的に何て言ってるんだ」

「聞きたいか？」

「……やめておく」

「それと、響子《きょうこ》さんには伝えておいたからな」

そういうありがたい話なら、いくらでも聞きたい。


ベッドに寝転がり、沖田は封筒の中身を全て開けた。ちらちら眺めているだけでうんざりしてくる。事件当時の調書……刑事の書く調書ときたら、やたらと読みにくいのだ。他人からすれば、自分の書く文章もそうかもしれないが。

こういう時は、新聞記事を読んだ方がすっきり頭に入る——と思ったら、西川は当時の記事を、しっかりコピーして資料に紛れこませていた。こういう気遣いさえ、何となく鬱陶《うっとう》しくなる。「手を抜かずにやれよ」と、無言で圧力をかけられているような気になるのだ。

記事は五種類。同じようなものだろうと思ったが、取り敢えず一番詳しい——長いものを手に取った。東日の社会面だった。あの新聞は事件が好きだからな、と思いながら目を通していく。

８日午前０時30分頃、墨田区吾妻橋《あづまばし》４、不動産業牛嶋吾朗《うしじまごろう》さん（74）宅で悲鳴が聞こえたと、一一〇番通報があった。警視庁墨田署が現場に急行したところ、牛嶋さん宅一階の洋室で、牛嶋さんが倒れており、病院に搬送されたが、出血多量で死亡が確認された。部屋にあった財布から現金がなくなっており、警視庁では特捜本部を設置、強盗殺人事件と見て調べている。

捜査関係者への取材によると、普段は鍵《かぎ》がかかっている裏口が開いており、犯人はそこから逃走したらしい。特捜本部では、現金の他に盗まれた物がないかについても調べている。

牛嶋さんは一人暮らし。地元で長年不動産業を営んでいたが、最近は仕事をほぼ引退し、主に貸しビルからの収入で生活していたという。特捜本部では、仕事上のトラブルがあった可能性もあると見て、関係者の事情聴取を進めている。

他には、近所の人たちの証言。悲鳴を聞いた人が一一〇番通報したのだが、その他に怪しい物音などは、誰も聞いていていない。ということは、犯人は被害者と顔見知りだった可能性もあるわけだ。何くわぬ顔で家に上がりこみ、凶行に及ぶ……しかし、それにしては時間が遅過ぎないだろうか。七十歳を超えた年寄りが、そんな遅い時間まで起きているのは不自然だ。

地図が挟みこんであったので、広げてみた。隣のベッドでは、八十歳を過ぎたような男性が静かに寝ていたので、なるべく音を立てないように気をつける。この辺りか……目印はスカイツリーだ。事件が起きた五年前は、その姿はまったく見えていなかっただろう。

最寄駅は本所吾妻橋《ほんじょあづまばし》。今まであの駅で降りたことがあっただろうか、と記憶をひっくり返す。おそらく、ない。不思議と、下町の方では事件に縁がなかったのだ。地図を精査すると、目立つランドマークは墨田区役所、それにアサヒビールの本社である。あれか……巨大な金色のオブジェが乗ったビル。首都高六号線を走っていると、すぐ横をかすめる感じになる。地図を見た限りでは、あの一角には巨大なビルが建ち並んでいるようだが、その他は小さな一戸建てが多そうな街だ。昔ながらの下町の住宅街、ということだろう。そういう場所なら、土地持ちの不動産屋がいるのも自然だ。

当時の所有不動産のリストが出てきた。登記簿の写しではなく、そこから作ったと見られるリスト。この方がずっと読みやすい。細々とした土地——三十平方メートル、などというのもあった——から一棟建てのマンションまで、主に墨田区内を中心とした物件が並んでいる。他にも、隣接する台東区と江東区に何か所か。かなりの土地持ちだったのは間違いない。当然、家にもそれなりの現金を置いていたと思われるが、奪われたのは財布の中身だけだった。どうも、犯人は相当慌てていた様子である。通報があってから、最初にパトカーが臨場するまで、わずか三分。悲鳴はおそらく、襲われた牛嶋が上げたものだろうから、まだ死体が暖かい状態のままで、犯人は逃げ出したと見られる。家の中を漁《あさ》る暇すらなかったのか……となると、やはり顔見知りではなくいきずりに近い犯行だったのかもしれない。あるいは片識——犯人側だけが牛嶋を知っていた、ないし目をつけて調べていたということではないか。

結局特捜本部は、犯人像を絞りきれなかったのだ。だらしない話だ……だいたい、通報から三分後に現場に駆けつけて、どうして犯人を確保できなかったのか。沖田はあの辺の様子を知らないが、地図を見た限りでは、犯人にとって逃げやすい場所とも思えない。大きな通りは、浅草通り、墨堤《ぼくてい》通り、三ツ目通りぐらい。あとは住宅街を細く貫く裏道ばかりだ。あの時間だと電車も使えないわけだし、人を刺し殺して——出血は大量だったようだ——返り血を浴びていたであろう状態でタクシーを使うとは考えられない。逃走用に車やバイク、自転車を用意していたか、徒歩で逃げたとしか考えられないのだ。もしも徒歩だったら、近くの吾妻橋、駒形《こまがた》橋を封鎖すれば、犯人を追い詰めることができたと思う。

結局、全ての責任は特捜本部にある。こんなことなら、もう少し早く追跡捜査係で手をつけておけばよかった。急に情報がもたらされ、主導権を特捜に握られたままで動き出したから、こちらとしては今一つ気持ちが乗らなかったのも事実である。

まあ、こっちもだらしないということか。

それにしても、ベッドに縛りつけられていると、何かと余計なことを考えるものだ。膝の上に散らばった書類を見ながら、沖田は今日何度目かの溜息をついた。

第二章

寒い。眠い。二つの喫緊の問題に苛《さいな》まれ、西川の足は無意識のうちに止まった。熊井のアパートがある神宮前の住宅街での聞き込みを続けていたのだが、昨夜はほとんど寝ていない上に、今にも雪が降りそうな天気で、早くもうんざりしていた。まったく、自分のデスクにいる方がどれだけ楽か……いや、楽などと考えてはいけない。書類をひっくり返すのは、あくまで仕事であって趣味ではない……その割にいつも、時間が早く過ぎる感じがする。仕事なら、もう少し時間の流れが遅く感じられるはずだが。

馬鹿馬鹿しい。とにかく歩いてノックを続け、話を聞いていくしかない……それにしても、熊井のことが何も分かっていないのが痛い。とんでもない話だ。この聞き込みは、自分たちの無能さを存分に自覚する試みになっている。

一緒に回っている庄田が無口なのが、唯一の救いだった。始終文句を零《こぼ》しているような人間が隣にいると、こちらの気持ちもさらにささくれ立つ。庄田は、西川が事情聴取する際、余計な口出しをせずメモ取りに専念しているし、移動の間も、西川の方から話しかけない限り、口を開こうとしない。

とはいえ、無駄足が続くとやはり疲れる。朝飯抜きで動き回っているので、エネルギーも切れかけていた。十一時半……少し早いが昼飯にしよう。提案すると、庄田が珍しく嬉《うれ》しそうな表情でうなずいた。

とはいっても、何にするか。店はいくらでもありそうだが、選ぶためだけに歩き回るのも馬鹿馬鹿しかった。ふと、ビルの一階にあるイタリア料理店が目につく。ろくにメニューを見もせず、「ここにしよう」と提案した。庄田はこういうことで一々異議を唱える人間ではなく、黙って西川につき従う。

オープンしたばかりで、店内には他に客はいなかった。ランチの一番安いメニューで千円……これぐらいは仕方ないだろう。店内にはガーリックの香りが立ちこめていて、食欲を刺激された。

「パスタでいいな？」

庄田が驚いたように、西川の顔を凝視する。

「何か変か？」

「いや……だって、こういう店に入ったんだから、それしかないでしょう」

「そうか」西川は右手で右頰《みぎほお》を擦《こす》った。剃《そ》り残した髭《ひげ》の感触が鬱陶《うっとう》しい。寒いにもかかわらず、肌が脂ぎっている感じもして不快だ。

「別にパスタじゃなくて、肉料理でもいいですけど」

「いや、パスタにしよう」

ランチのメニューは三つ。前菜代わりのサラダとパスタ、ドリンクの組み合わせが一番安い千円だが、パスタの代わりにメーンの料理がつくと千五百円、パスタとメーンの料理両方だと、二千円に跳ね上がる。昼からこんなのを食べる人間がいるのか、と驚くが、自分には縁のない世界もあるのだろう。こっちは住宅ローンに息子の教育費を抱えて、かつかつの生活だというのに。

会話は弾まなかった。庄田も疲れている。生ハムが乗ったサラダ、太い麺《めん》――パスタの種類は聞いたが覚えられなかった――にミートソースが絡んだパスタは美味《うま》かったが、味わう余裕もない。途中でパンをお代わりし、とにかく胃を満たすことだけを意識する。ようやく人心地ついてから、西川は食後のドリンクにエスプレッソを頼んだ。普通のコーヒーでは、この眠気を追い払えそうにない。庄田も、食べながら時折目を瞑《つぶ》り、瞬間的に意識を失っているようだった。一晩徹夜したぐらいで情けないよな、と西川は皮肉に思ったが、この疲れの原因ははっきりしている。

自分たちが始めた捜査ではない――他人に押しつけられたという意識が消えないから、やる気が出ないのだ。やる気が出ないまま、失敗に巻きこまれれば、気力も体力も普通の捜査よりも削《そ》がれる。西川は、夜中に松波から受けた叱責《しっせき》の数々を思い出して、不快な気分を嚙《か》み締めた。

「与えられた仕事はちゃんとやれ」

「気合いが足りないからこんなことになる」

「追跡捜査係の実力はこんなものか？」

思い出すと、溜息《ためいき》が漏れ出る。

松波は五十二歳。あちこちを回って、一年前に捜査一課の係長になったが、待っていたのは、五年前の事件の継続捜査だった。屈折した気分になるのも分かる。刑事なら誰でも、血が滴る——不謹慎な表現ではある——事件を担当したいものだ。そういう事件なら、手がかりも豊富で、解決できる可能性も高い。しかし、四年間何の動きもなかった事件を押しつけられたら、誰でも腐る——もっとも自分たちは、日々そういう仕事をしているのだが。その鬱屈した気分が、あの叱責に表れていたのではないだろうか。しかし昨夜の一件は、松波の指示ミスでもある。単なる動向監視だったとはいえ、沖田のいるところだけが手薄になっていたのは間違いないのだから。

「西川さん？」

「あ？」

庄田に声をかけられ、ふと現実に引き戻される。庄田が「コーヒー、きてますよ」と言った。見ると、目の前に小さなカップがある。庄田は大振りのカップに入った紅茶を、既にほとんど空にしてしまっていた。カップを引き寄せ——手の中にすっぽり隠れてしまうサイズだった——一気に飲み干す。冷めた苦いエスプレッソが、喉《のど》に引っかかりながら何とか滑り落ちた。やっぱり俺には、妻の美也子《みやこ》が淹《い》れてくれたコーヒーが一番口に合うな、と思いながら、財布を取り出す。

「これからどうしますか」言いながら、庄田がコピーしてきた住宅地図を広げる。

「そうだな……」西川は財布を放《ほう》り出して腕組みをしたが、やることは一つしかない。徹底した聞き込み。自分たちに任されたエリアに関して、責任を持って取り組むしかないのだ。しかしこの辺りは、狭い土地に押しこめられるように家が建ち並ぶ場所なので、聞き込みすべき場所はやたらと多い。特に西川たちが任されたエリアには、マンションも何棟かある。必然的に、話を聴かなければならない相手の数は、一戸建てだけを相手にしている時よりも増える。

地図は、庄田の手によって綺麗《きれい》に色分けされていた。聞き込みを終えた家には赤、不在で話が聴けなかった家には青でチェックマークがつけられている。赤はまだほんの少し。青の多さを見て、西川は早くもうんざりしていた。東京は夜が長い。聞き込みも、夜が中心になるだろう。だいたいこの時間だと、多くの人が出払ってしまっている。だったら昼間は休憩して、夜に聞き込みすればいいのだ——そんな風に、松波に意見できる雰囲気ではなかった。やはり、追跡捜査係としては負い目がある。

それでも、お前一人のせいにするつもりはないからな。ありがたく思えよ、と西川は心の中で沖田に呼びかけた。そんなことを直接あいつに言うつもりはないが。

会計の時に、レジで熊井の写真を見せてみた。免許証の写真を使っているので、比較的クリアで顔の特徴もよく捉《とら》えられているはずだ。ちょっと人目を引く優男なので、店に顔を出したことがあれば、店員も覚えているかもしれない。

答えはノーだった。そんなに上手《うま》くいくわけがないと自分に言い聞かせながら、西川は写真を手帳に挟みこんだ。

時刻はまだ十二時。食事をしようと街に出て来た人たちの姿が目立ち、小さな商店街は少しだけ活気づいていたが、道行く人にランダムに話しかけるわけにはいかない。

「何か……お洒落《しゃれ》な人が多くないですか？」庄田が珍しく感想を漏らす。

「ああ、この辺はアパレル関係の会社も多いからね。俺たちには関係ない世界だけど」

「ですね」

西川は夏でも冬でもほぼ常に、ネズミ色のスーツである。服で仕事をするわけではなく、相手に不快感を与えなければそれでいいという考えのせいもあって、ワードローブは貧弱で色味も少なかった。これは、独身の頃から変わらない。

空が低く、今にも雪が落ちてきそうだった。冗談じゃない……夜になって雪が降ってきたら、遭難してしまうかもしれない。珍しく文句ばかりが脳裏に浮かぶのは、自分が沖田の代わりに仕事をしているからだ、と分かっている。こんなのは、自分の仕事ではない。そう考えると、やはり沖田に対する恨み節が涌《わ》き上ってくるのだった。

何十回ドアをノックし続けても、有効な情報は手に入らなかった。独身の男だったら、地元で行きつけの店の二、三軒は持っているものだが……熊井が独身、少なくとも一人で暮らしていることは、家宅捜索の結果から明らかになっていた。そこで勤務先も割れた。

JR原宿駅の近くにある、セレクトショップ。そちらへ飛んでいる刑事たちの方が、よほど有益な情報を得ているのではないか、と西川は思った。同時に、これは松波の嫌がらせではないかと考えるようになった。重要な捜査は自分たちだけで担当し、追跡捜査係は隅に押しやる。後で鳩山に文句を言ってもらわないと、と思った。あの男では、少々迫力不足なのだが。

ようやく目撃者が見つかったのは、午後も遅くなってからだった。場所は意外にも、熊井のアパートのすぐ近くにある、大きなセレクトショップ。店内は広々としていて、爽《さわ》やかな柑橘《かんきつ》系の香りがかすかに流れている。一階のフロアはいくつかのスペースに分かれ、それぞれでインテリア、洋服などを扱っていた。フロアのほぼ中心部にあるカフェで、今日二杯目のエスプレッソを注文したついでに、西川は店員に写真を示した。

「ああ、はい。知ってます」

明快な反応に、西川の眠気は一気に吹っ飛んだ。背後に控えている庄田も緊張するのが分かった。西川は、少し手を休めて話を聴けないか、と店員に持ちかけた。店員は一度奥に引っこみ、他のスタッフにその場を代わってもらうと、テーブル席に出て来た。すらりとした長身、というか痩《や》せぎすの男で、真冬なのに綺麗に日焼けしている。長い髪は後ろで一本に束ね、足元はサンダル姿。Tシャツ一枚ということもあって、数か月早く夏が来たような感じだった。

西川は、客のいないテーブル席の一角に店員を誘導した。椅子《いす》はソファで座り心地がよく、ただコーヒーを飲んでいるだけだったら眠ってしまいそうな場所だったが、今は緊張感と興奮が眠気を吹き飛ばしてくれている。

「もう一度、よく見てもらえますか」西川は写真をテーブルに置いた。

徳居《とくい》と名乗った店員が、両手を腿《もも》の間に挟みこんだまま、前屈《まえかが》みになる。ひどく近い距離で写真を凝視していたが、やがてTシャツの襟に引っかけていた眼鏡をかけて、さらにじっと見詰めた。

「熊ちゃんですよね」顔を上げ、心配そうな口調で確認する。

「そう」西川は身を乗り出した。「名前を知ってるんですね？」

「熊井って名字しか分からないんですけど」少し申し訳なさそうに言って、徳居が眼鏡を外した。「俺たちは熊ちゃんって呼んでました」

「何をしている人かは知ってますか？」

「原宿のＲＡＭ《ラム》って店にいますよね」

店名は合っている。西川はうなずいて、質問を続けた。

「ここへはよく来たんですか？」

「たまに……週に一回ぐらいは来てたかな」

「仕事で？」庄田のボールペンが手帳を引っ搔《か》く音を心地好く聞きながら、西川は質問を畳みかけた。

「いや、違います。まあ、仕事って言えば仕事かもしれないけど……俺たちも、休みの日には他のショップを回ったりしますからね。趣味と実益を兼ねてって感じです。店の様子を見ながら、ついでに買い物をしたりして」

話し好きな男で助かった、と思った。西川は意識して肩の力を抜き、気楽な調子で話しかける。

「彼はどんな人ですか？」

「どんなっていうか……ブリティッシュ系ですよ」

「ブリティッシュ？　イギリス系？」訳が分からず、西川は首を傾《かし》げた。

「ああ、服のことです」徳居が笑う。やけに爽やかな笑顔だった。「細身のトラッド。だいたいいつも、タータンチェックの物を何か身につけてます。RAMも、そういう系統の店だから」

「なるほど」ちなみにこの店は、カリフォルニアスタイルということだろうか。何しろ、本物のサーフボードまで売っているのだ。「聴きたいのはそういうことじゃなくて――」

「どういう人かっていうことですよね」徳居が首を傾げる。「いや、それはちょっと……たまに来て、ここでお茶を飲んでいくぐらいだから。そんなに話すわけでもないですしね」

「同業者なのに？」

「そんなもんですよ」

「偵察されるのが怖かったから？」

「違いますよ」徳居が苦笑した。「他のショップの人が見に来るなんて、ごく普通のことです。それに誰にでも売るんだから、隠す意味なんてないでしょう」

「ああ、まあね」どうも自分の質問はピントがずれているようだ、と西川は自覚した。「で、彼はどれぐらいの頻度でここへ来たんですか？」

「週に一回は。毎週木曜日ですね」

どうしてはっきり覚えている？　西川はあまりにも明確な答えに、逆に疑問を抱いた。やたら記憶力がいいか、嘘《うそ》か。こういう場合、嘘をついているケースが多く、前者であることはまずない。西川の顔に浮かんだ疑念に気づいたのか、慌てて徳居が説明した。

「彼、木曜日が休みなんですよ」

「なるほどね……でも、休みの度に来るっていうのも、どうなんだろう。ずいぶん入れこんでいたんですね」

「うちのカフェ、飯が美味いんですよ」徳居がすかさず、愛想よく説明した。「服を買いに来るんじゃなくて、食事目当てで来る人も多いぐらいだから……何だったら、食べていきます？」

「いや、食事は済ませているので」西川は首を振った。実際、先ほどはパンを食べ過ぎたと思う。胃がまだ膨れていた。「それより、ここではどんな様子でした？　いつも一人ですか？」

「そうですね。連れは見たことがないかなあ」

「家がすぐ近くなんだけど」

「らしいですね。そんなこと言ってました」

実際に、この店の前の道路を渡ってすぐだから、直線距離にしたら五十メートルも離れていない。このカフェと、すぐ近くにあるハンバーガーショップ辺りが、熊井の台所の延長だったのではないだろうか。

「ここではどんな感じでした？」西川は質問を繰り返した。

「どんなって言ってもね……」徳居が顎《あご》を撫《な》でる。ちょろちょろと生えた髭は、あくまでファッションなのだろう。「普通、としか言いようがないですよ。普通に食事して、コーヒーを飲んで……コーヒーは、いつもラテですけどね」

「何か会話を交わしたりは？」

「景気のこととか？」逆に、こちらに確かめるような喋《しゃべ》り方だった。「こういうショップの店員同士の会話なんて、そんなものですよ。今売れ線は何か、とか。扱ってる物が違うから、あまり参考にはならないんですけどね。挨拶《あいさつ》代わりみたいな会話です。どこでも同じですよ」

「で、景気は？」

徳居がにやりと笑い、「おかげさまで」と頭を下げた。

つまり売れているということか？　西川は思わず軽く目を閉じた。先ほど店の中を軽く回ってみたのだが、値札を見て唖然《あぜん》としたものである。ただの白いシャツ一枚が三万二千円、ダメージ加工を施したジーンズの中には、四万円を超えているものもあった。もちろん西川も大人——十分過ぎるほど大人だから、非常識に高い服がこの世に存在しているのは分かっている。ただ西川の頭の中では、高価な服と言えばスーツだった。イタリア製の上等な生地を使ってイギリスで仕立てれば……という程度の認識である。その辺のジーンズショップで買えば千円程度のTシャツに五桁《けた》の値段がつくのは、どうにも理解できなかった。資本主義社会には、西川の知らない仕組みがまだまだあるらしい。

「あなたの印象を聴かせてもらえますか?」

「印象?」徳居が首を捻《ひね》る。「印象って……」

「見た感じ。話した感じ。どんな人だと思いました?」

「もてそうだなって」

「ああ」西川は写真を見下ろした。免許証の写真は、往々にしてひどい物になりがちだが、熊井は「撮られ方」をよく理解しているようだった。かすかに微笑《ほほえ》んでいる表情は、いかにも女性受けが良さそうだ。実物はどんなものだろうか。「でも、女性が一緒だったことはないんですね?」

「ないですね……見たことないです」

「凶暴な感じはしませんでしたか?」

「凶暴?」驚いたように目を見開き、徳居がソファに背中を押しつける。腕組みをして、口を薄く開いた。「それはないんじゃないですか」

「どっちかというと優男ですよ。背は高いけど、そんなにがっちりした体形でもないですしね……あの、彼、何かやったんですか？」

「いくつか、容疑がかかっている」今のところ、全《すべ》て沖田絡みだが。強盗殺人については、決め手に欠く。

「マジすか」今度は、徳居はテーブルに両手をついて身を乗り出した。「俺、そういう人と普通に話していたわけですか？」

「まだ、はっきりと決まったわけじゃないから」

徳居の好奇心は少しだけ鬱陶しかった。それに、これ以上話を聴いても、情報が出てきそうな気配はない。西川はこの時点で、事情聴取を打ち切ることにした。ただ、それほど悲観的にはなっていない。この街にも、熊井と接触していた人間がいたのだ。こういう人は、探せばまだ出てくるだろう。地道な作業を進めていけば、必ず熊井という人間の実像に迫ることができる。

本当は、こういう仕事は沖田の専門なのだがな、と思った。普段さほど歩かないせいか、足の裏にまめができている。どこかで絆創膏《ばんそうこう》を買って、処置しておかないとな……慣れないことをすると、これだから。

松波は小柄な男で、眼光が鋭い。この目つきだけでここまで出世してきたのではないか、と西川は皮肉に思った。こういう鋭い視線を好む上司がいるのは事実である。気合いが入っている、根性がある、と。

大抵は、自信のなさの裏返しなのだが。

夕方、特捜本部に上がった途端にその鋭い眼光に迎えられ、西川はうんざりしていた。松波は、座れ、とも言わない。まだ刑事たちは全員戻って来ていないので、捜査会議は始まらない。しかし松波一人で、十分過ぎるほどの殺気を放っていた。面倒だな、と思いながら、西川は彼のデスクの前で「休め」の姿勢を取った。事情聴取の報告をしたものの、松波の態度は一切変わらない。こちらの話を聞いているのかどうかも分からなかった。

「つまり、手がかりはないということだな？」これ以上ないほど素っ気無い口調。

「直接的な手がかりはありません」

「だったらどうして戻って来た？」

因縁かよ……扱いにくいタイプだ、と西川は眉《まゆ》をひそめた。松波は、その態度にすら我慢できなかったようで、いきなり爆発する。

「仕事でやっている以上は、しっかりやってもらおうか。手抜きは許されない！」

「手抜きしているつもりはありませんが」向こうが怒っている分、西川は冷静だった。

「手抜きしているのに気づいていないだけじゃないのか？」爆発的な口調は引っこんだが、今度は一転してねちねちと攻めてくる。「追跡捜査係は、自分たちの都合でしか仕事をしないと聞いてたが、その通りなんだな」

「そういうわけでもありませんが」

「評判通り、言い訳だけは上手いな」

「特に言い訳もしてませんよ。単なる事実です」

松波が盛大に溜息をつく。手の甲に額を乗せ、ゆっくりと首を横に振った。デスクに視線を落としたまま、つぶやくように言った。

「そういうのを屁理屈《へりくつ》って言うんじゃないか」

「ありのままを言っただけです」

「……まあ、いい。次の仕事だ」

松永が、一枚のメモをデスクの上に滑らせた。西川は、デスクから落ちかけたところで、中空でメモを摑《つか》んだ。住所と名前が読める。

「何ですか？」

「熊井の実家の住所だ。その他にも、関連がありそうな情報が書いてある」

「川崎なんですね」住所からすると、ＪＲ南武線の沿線だろう。川崎駅に近い、工業地帯というところか。

「ああ。奴は、高校を卒業すると同時に家を出て、東京で暮らし始めたようだ。ただし、川崎は近いからな。今も、昔の友だちとつながりがあるかもしれない。その辺を探ってくれ」

「誰も行ってないんですか？」

「家族には会った。それ以上のことをするには、人手が足りない」

「ちょっと情報を整理してからにしたいんですが」

「何の情報だ」松波が目を細める。

「今日全体の情報です。何も分からないで動き回っていたら、無駄になることも多いですから」

「そんなことをしている暇があったら、さっさと動け！」

「いえ、まだ動きません」自分でもむきになっているな、と思いながら、西川は反論した。

「情報から置いていかれるのは嫌いですから」

「好き嫌いで仕事するのか、お前は」

「いつも、こういうやり方でやっているだけです……今日の報告、メモにしたものがありますよね」

松波が唇を引き結ぶ。しばし、殺意の籠《こも》った視線を西川にぶつけてきたが、やがて睨《にら》みつけたまま、目の前のノートパソコンに手を伸ばした。パソコンの方をまったく見もせずに、何か操作する。すぐ近くに置かれたレーザープリンターが、紙を吐き出した。

「そいつを読んだら、すぐに出て行け」

西川はせめてもの反抗として、何も言わずにうなずくだけにした。紙を摑み、庄田を連れて部屋の片隅のテーブルに陣取る。そこにいてもなお、松波のきつい視線が突き刺さってきた。

「何か、凄《すご》い人ですね」庄田が、囁《ささや》くように言った。

「確かにな……鬱屈している部分もあるんだろう。俺たちに対して文句があるのも分かるよ」

「時々、追跡捜査係にいるのが辛《つら》くなります」

「馬鹿言うな」西川は、大袈裟《おおげさ》に両手を広げて見せた。「俺はずっと、文句を言われ続けてるんだぞ。そのうち慣れるさ」

「慣れるとは思えないんですけどねえ」庄田が溜息をついた。

「そんなことより、どこかでコーヒーを仕入れてきてくれよ」西川は尻ポケットから財布を抜いて、千円札を庄田に渡した。今、この一枚が消えるのは痛いのだが……目を覚まし、意識を鮮明に保っておく方が優先だ。特捜本部でも、出がらしのお茶ぐらいは飲めるはずだが、それでは間に合いそうにない。

　庄田が部屋を出て行くと、西川はメモに意識を集中した。

　熊井は十二年前、高校卒業と同時に川崎の実家を出た。東京で就職が決まっていたためだが、彼が勤めた健康食品の販売会社は、その二年後に倒産した。熊井は転職に失敗し、アルバイト生活に入る。生活は苦しかったはずだが、実家に援助を頼んだことは一度もなく、何とか自分一人でやっていたようである。そのうち、バイト先の一つであったセレクトショップで正式な社員として採用され、現在は生活も安定している。休みが週に一度だけなので、実家にはここ三年ほど顔を見せていないようだ。電話やメールはたまにあるが、近況報告のようなもので、重要な内容ではない。今は、ヨーロッパに買いつけに行くこともあるという。ということは、かなり重要な仕事も任されていたのだろう。

このセレクトショップ「RAM」で、熊井が正規の店員になったのは二年前だった。それまでの八年間は、アルバイトで食いつないでいたことになる。相当苦しい生活だったはずだ。実家との関係は……よくなかったようだ。事情聴取に応じたのは母親だったが、話を聴いた刑事は、「息子のことをよく分かっていない様子。関心薄い」と私見をつけ加えていた。まあ、そういう親子関係もあるだろうが……それにしても、川崎というのも微妙な街だ。多摩川を渡れば東京なので、わざわざ「東京へ出て行く」という感覚は薄いだろう。熊井の場合、むしろ「家を出る」意識が強かったのかもしれない。家族の方では熊井に淡々とした態度で接し、熊井の方では嫌がっていた、ということは十分にあり得る。

西川はまた、アルバイト生活が続いた熊井の八年間に思いを馳《は》せた。強盗殺人事件が起きたのは、五年前。熊井が裕福な暮らしを送っていたとは思えず、常に金に困っていたはずだ。そこで魔が差した、というのはあり得ない話ではない。

しかし、裏取りをするのは大変だろう。実際に彼の暮らしぶりがどんな風だったのか、当時つき合いがあった人たちに一々当たっていかなければならない。もっとも、一番重視すべきは、五年前に働いていたバイト先だろう。その頃はRAMではなく、冷凍倉庫に職を得ていた。ただしそういう職場は人の出入りも激しいだろうし、当時一緒に働いていた人を割り出すのも厄介そうだ。

ふいに、鼻先にコーヒーの香りが漂う。顔を上げると、庄田が大振りな発泡スチロール製のコーヒーカップを置いたところだった。

「この辺に、コーヒーショップなんかあったっけ？」

「見つけてきました」お釣りを丁寧にデスクに置く。

西川はブラックのままコーヒーを一口飲み、一瞬目を瞑った。よし、これで十分だ。このコーヒーで、もう少し頑張れる。自分が読みこんだ書類の内容を、整理しながら庄田に説明した。庄田は瞬《まばた》きもしない感じで、コーヒーには手をつけないまま、西川の説明を聞いていた。

「――ということだから、捜査の主眼はむしろ、バイト先を当たることじゃないかな」

「つまり、実家の方に行かされる自分たちは、厄介払いですか？」庄田の顔が暗くなる。

「ああ、確かに」西川は声を潜めた。「あるいは嫌がらせかな。事件の中心から遠いところに置いて、どうでもいい仕事をやらせる。それで疲れさせようっていう魂胆かもしれない」

「それでいいんですか？」

西川はうなずいた。カフェインが入ったせいで、少しだけ元気が戻っている。

「どこから何が飛び出してくるか、分からないからな……よし、出かけるぞ」西川はコートに袖《そで》を通した。このまま出て行くと、また何を言われるか分からない。取り敢《あ》えず、松波には挨拶しておかなければならない。

「出ます」

「ああ」松波は書類から顔も上げなかった。

「今日は戻れないかもしれませんが」

「別に、いいよ」鬱陶しそうに、松波が手をひらひらと振った。「何かあったらメールしてくれ」

「夜の捜査会議はいいんですか？」

松波が顔を上げ、鼻を鳴らした。依然として、視線は下を向いている。

「そんなものは、やるだけ無駄だ。俺は効率的にやる」

西川はうなずき、その場を辞した。いけ好かない男だが、今の言い分にだけはうなずける。全員集まっての捜査会議が非効率的なのは、誰もが分かっているのだが、長年の習慣は簡単には変えられない。デスクについている人間が情報を集約して、現場に散っている刑事にメールで指示すれば、時間の節約になるのは間違いないのだが……本当に大事な時だけ、集合をかければいい。

あるいは、松波は本当はそんなことは考えていないのかもしれない。ただ俺の顔を見たくないだけではないだろうか。

どこから何が飛び出してくるか分からない、か……西川は自分の台詞《せりふ》を皮肉に思い出していた。実際には、偶然にいい情報に突き当たる確率は極めて低い。川崎からＪＲ南武線で十分ほどの小さな街、向河原《むかいがわら》。夕方から、寒い風が吹く中を歩き続け、何の手がかりも得られず、西川はほとほと疲れ切ったことだけを意識していた。今ベッドに横になったら、十二時間は楽に眠れるだろう。

街は既に、夜の色に染め上げられていた。一度駅まで戻って、西川はこれからの方針を固めようと思った。何となく、この街ではいい証言が得られず、空手で終わってしまいそうな予感がしたが、それでも何とかしたいという気持ちは強い。とにかく無駄足は大嫌いだ。これほど非効率的なことはない。その一点だけでは、松波のやり方に賛成だった。

向河原の駅舎はごく小さく、どことなく昭和三十年代の気配を漂わせていた。三角屋根の下には、何故《なぜ》かステンドグラス。小さな駅の割に乗降客が多いのは、ここがNECの企業城下町になっているからだ。線路の西側、横須賀線との間に挟まれたラグビーボール型の敷地には、真新しい巨大な建物が建ち並んでいる。その向こうには、タワーマンション……古臭い遮断機の向こうに高層マンションが林立している光景には、奇妙な違和感を覚えた。昭和と平成が、多摩川沿いの細い一角に集まって、異空間を作り出しているようだ。

「飯、食えるか?」庄田に訊《たず》ねる。今日一日何をやったか……考えてみれば昼飯を食べたぐらいだ。情けないが、昼飯はとうに消化され、胃の中は空っぽだった。もう一頑張りするためには、少しだけ座って、腹を膨らませなければならない。

「はあ」庄田が気のない返事をした。

「夕飯抜きで聞き込みを続けるか?」

「いや……それは無理ですね」庄田が胃の辺りを擦《さす》った。

「調子でも悪いのか」

「腹が減っているのか痛いのか、よく分かりません」

「じゃあ、とにかく何か食べよう。食べられなければ途中でやめればいいし……とにかく俺は食べるからな」ほとんど意地になっているな、と思いながら西川は宣言した。

線路の東側がささやかな商店街になっており、食堂がやたらと多いのに西川は気づいた。昼がパスタだったから米が食べたいな、と思いながら街をぶらつく。中華、洋食屋、居酒屋……中華でいいか、と適当に店を選んで入る。今日は油脂分を取り過ぎかもしれないが、こうなってしまう日もある。

椅子に座ると、「足が棒になる」を実感できた。特に膝《ひざ》から下は、今にも痙攣《けいれん》を起こしそうだった。まったく、だらしなくなったものだ……自嘲《じちょう》気味に考えながら、メニューを眺める。手っ取り早く腹が膨れるチャーハンが目についた。どうせなら、ハーフサイズのチャーハンにラーメンの組み合わせにするか。麺類が昼と被《かぶ》るが、メニューを吟味するのも面倒だった。庄田は茄子《なす》の味噌《みそ》炒《いた》め。そちらの方がよかったな、と自分の判断を後悔する。頼んでしまったものは仕方ないが……どうも、今日の俺は調子が狂っている。

西川は、油染みたテーブルの上にメモを広げた。この街で、取り敢えず会うべき人間は五人。うち二人は不在で、二人には話が聴けたが、内容はなかった。どうも熊井は、十八歳まで住んでいたこの街では、いい人間関係を築けなかったようだ。話を聴かなければならない人間はあと三人。会えなかった二人は後回しにするとして、残った一人を、この後攻めよう。

「石山理穂《いしやまりほ》か」西川は、ボールペンで名前に下線を引いた。

「女性ですね」庄田が煙草《タバコ》をくわえた。最近、時々吸っているのを見る。この仕事は、煙草に頼らなければならないぐらいのストレスは溜《た》まるものだ。庄田がぼうっとした表情を引き締め、「いいですか？」と訊ねる。

「ああ」煙草ぐらいでリラックスできるなら、煙たいのは我慢しよう。実際西川は、自分でも、喫煙者に寛容だと思っている。

煙が漂い出す中、西川は手帳を見返した。先ほどようやく会えた一人……畑野《はたの》浩輔《こうすけ》の話には、まったく内容がなかった。畑野自身は、高校を卒業後、地元の介護施設で働いている。今日も仕事から帰って来たばかりで、げっそり疲れていた。それこそ、話を聴くのも申し訳なく思えるほどに。そもそも畑野は最初、熊井の名前を思い出せなかった。それほどよくある苗字でもないのだが……思い出した後も、最近は特に連絡を取り合っていない、と分かっただけだった。

松波は、どこからこういうリストを引っ張り出してきたのだろう。おそらく、熊井の家族から「仲がよかった人」として教えてもらったのだろうが、その情報自体が間違っていたか、家族の思い違いだった可能性もある。

「うまくないな」

「そうですね」相槌《あいづち》を打った庄田が、煙草を灰皿に押しつけた。

「全然吸ってないじゃないか」まだ長い煙草は、フィルターのところで折れ曲がっている。

「何だか煙草も不味《まず》いんですよ」

「本当に、体調が悪いんじゃないのか？」

「そんなこともないですけどねえ」言いながら、また胃を擦った。

料理が運ばれてきて、二人の会話は中断させられた。ラーメンとチャーハン……炭水化物の取り過ぎだ。まあ、普段は食事にも気を遣っているから、今日ぐらいは羽目を外してもいいだろう。それよりも、腹が膨れたら起きていられなくなるのではないか、と心配になった。そういえば、バッグの中にガムがあったはずだ……確か、きついミント味。あれで目を覚ましておこう。

ラーメンもチャーハンも塩気が強く、後で喉が渇きそうだった。それに、化学調味料の味わいが舌に強く残る。少量ならいいのだが、こうも露骨に使われると、喉の奥の方に甘ったるい感じが滞留してきてたまらない。しかし、街場の中華料理屋はこんなものだろう。それにしても、庄田の茄子炒めの方が美味そうに見える。脂分は大量で、皿に茶色い油が溜まっているが、ほとんど野菜なので、多少は健康そうだ。

「何か、外へ追いやられた感じがしますね」

「確かにな」西川は、食べ終えたラーメンのスープをレンゲでかき回した。塩気が強過ぎて、既に喉が渇いている。水を飲み干して立ち上がり、近くの給水器でコップに水を満たして席に戻る。庄田の料理はそれほど塩辛くないようで、コップの水は手つかずだった。

「それ、美味いか？」

「まあまあですね」庄田が茄子をご飯の上に乗せ、最後の一口を頬張った。中華なのに何故かついてきたたくあんを最後に食べて、食事を終わりにする。ほぼ無意識のように、煙草に火を点《つ》けた。今度は平気な顔で煙を噴き上げた。

「煙草、美味そうだな」

「あ、そうですね」庄田が薄い笑みを浮かべた。腹を擦りながら、「何か、腹が減ってただけみたいです」

「そりゃよかった」自分も煙草が吸えれば、と思った。手持ち無沙汰《ぶさた》というより、ストレスから逃げたい。咳払《せきばら》いして気持ちを入れ替え、もう一度メモを広げる。石山理穂の名前を、ボールペンで突いた。

「石山理穂は、ガールフレンドかね」

「そうじゃないんですか？」

「ということは、親公認か」熊井周辺の情報は、親から出ている。

「そういうことになりますね」庄田の反応は、どこかぼうっとしていて掴み所がない。

「そんなものか？」

「何がですか」

どうにも会話が嚙み合わない。西川は首を振り、何とか考えをまとめようとした。駄目だ、今夜は言葉が実を結ばない。頭の芯《しん》が痺《しび》れるような感じがした。

「何でもないよ……出られるか？」

庄田が慌てて煙草を揉《も》み消した。まずいタイミングだったな、と西川は悔いる。煙草はまだ長いままだ。今は一本二十円もするのに。しかし庄田は、気にする様子もなかった。

「行きましょう」

コートを摑んだまま、財布から千円札を引き抜く。どうやら病気ではなく、こいつも腹が膨れて気合いが入ったようだ。一方俺は……何となく釈然としない気持ちは残っていたが、歩き回るためのエネルギーだけは補給した。

そう考えないと、夜の長さに負けそうになる。


石山理穂は自宅にいた。というより、家業を継いでいた。「石山酒販」——酒屋の若い女性店主、ということだ。

ちょうど店は閉店したばかりだったが、中へ入って西川は驚いた。銘酒がずらりと棚に並んでいる。山形の十四代、石川の天狗舞、北海道の男山。日本酒にはそれほど詳しくない西川だが、いかにも高級そうなのは、見ただけで分かる。それだけではなく、洋酒の品《しな》揃《ぞろ》えも豊富だった。こちらの方が西川の好みである。シングルモルトはラフロイグ、グレンモーレンジ、グレンフィディック。バーボンはブッカーズ、エライジャ・クレイグ、ベーシル・ヘイデンと有名どころが揃っていた。バーボンはストレートでちびちび舐《な》めるのもいいが、甘みのある炭酸――ジンジャーエールなどで割っても美味い。その味を思い出すと、頬が緩んだ。ただ、今酒を呑《の》んだら、胃に落ち着いた瞬間に眠ってしまうだろう。

理穂は薄茶色のシャツにデニムの前掛け、太目のジーンズという動きやすい格好だった。足元は軽快なスニーカー。長い髪を後ろで一本に束ね、背中に流している。細面の顔に一重の目が、涼しげな感じだった。慎重にバッジを確かめると、理穂はまず表に出てシャッターを閉めた。それから二人に椅子を勧め、自分はレジの後ろに立ったまま応対した。酒瓶がずらりと並んだ棚を背負った理穂の姿は、妙に絵になっている。

「熊井君のことでしたよね」理穂の声は、その立ち姿同様、凛《りん》としていた。どこか堂々とした気配も感じさせる。

「高校時代の友人、ですよね」西川は調子を合わせた。

「ええ」理穂がちらりと腕時計を見た。男物のような大きい時計。時計好きの沖田がはめていてもおかしくない感じだ。

「何か予定でも？」

「ああ、この後稽古《けいこ》で」

「何か習い事ですか？」

「いえ、舞台稽古です」

「芝居ですか？」西川は目を見張った。それなら、このすっきりと様になった立ち姿も理解できる。

「素人芝居ですけど。市民劇団に入ってるんです」

「そういう趣味はいいですよね」

西川は愛想笑いを浮かべたが、理穂は表情を変えなかった。西川は一つ咳払いをして、話を先へ進めることにした。こういう人間を相手にした時は、てきぱきと話を進めるに限る。

「最近、連絡は取っていましたか？」

「正月に会いましたよ」

「どこで？」いきなり当たりくじを引いた気分になり、西川は思わず身を乗り出した。つい一週間前のことではないか。

「東京で」

「東京のどこですか？」

「あの、神宮前にセレクトショップがあるんですけど」探りを入れるように、理穂が言った。西川が「セレクトショップ」の意味を知っているかどうか、疑っている様子だった。

「ええ。何という店ですか？」

彼女が告げた名前を聞いて、西川は驚いた。熊井が週に一回、休日に顔を出していたという、あの店ではないか。

「それは、偶然ですよね」念押しをする。

「ええ」

「彼が何かしたんですか」

「そうですけど、何か問題でも？　彼が何かしたんですか」

「公務執行妨害と傷害です」

理穂が眉をひそめた。不機嫌そうにしている方が魅力的だな、と西川は不謹慎に考えてしまった。

「どういうことですか？」

「詳しいことは言えませんが、今、行方を追っているんです」

「彼、こっちには全然帰って来てませんよ」

「その話は、正月に会った時に聞いたんですか？」

「そうですね」

理穂が疲れたように溜息を漏らし、カウンターの向こうで腰を下ろした。エプロンのポケットから煙草を取り出し、一本くわえる。西川に、目線で許可を求めた。今日はずいぶん副流煙を吸っているなと思いながら、西川はうなずいた。理穂は深く一服すると、静かに目を閉じた。しばらくそうしていたが、おもむろに目を開くと、「彼、嫌われてたから」とはっきりと言った。

「高校時代の話ですか？」

「手癖が悪いんです」

「何か盗んだりとか？」

声に出して認めたくない様子で、理穂は無言で素早くうなずいた。指先から立ち上がる煙をじっと見詰める。

「あの、証拠はない話ですよ」

「どういうことですか？」

「クラスで物がなくなることが何回かあって……財布が盗まれたりしたんですけどね。状況から、彼がやったとした考えられなかったんです。でも、先生たちも穏便に済ませようとして、警察に届けなかったし、うちの学校は大人しい子ばかりだったから、彼に突っこむような人もいなくて……そういうことが何回かあった後、避けられるようになって。それで、卒業したらさっさと東京へ出て行ったんです」

「そうですか……」古い話なので、今さら証明しようもないだろう。しかし西川は、ある種の確信めいた物が心の中に生まれつつあるのを意識した。犯罪者的性癖。熊井が「手癖の悪い子ども」だったとしたら、そこから強盗殺人へ至るまでの道程は……長いが、障害は普通の人より少ないかもしれない。

「でも、公務執行妨害とか、どういうことですか？」理穂が眉をひそめる。

「それはちょっと言えないんですが……この正月に会ったのは、久しぶりだったんですよね？」

「卒業以来です」

「変わってましたか？」

「いえ、あまり」理穂の顔に、薄っすらと笑みが浮かんだ。かすかに悪意を感じさせる表情。「相変わらずで……ちょっとおどおどしてるっていうか」

「そうなんですか？」

「昔に比べて、ずいぶんお洒落にはなってましたけどね」

「ショップの店員だから」

理穂がうなずき、煙草を揉み消した。結局、最初の一服以外には吸っていない。煙草は単に、時間に区切りをつけるための小道具なのかもしれない。

「でも、変わってたのは、外見だけでしたよ」

「それでよく、話ができましたね」

「それはまあ……何となく。同級生だし。それにあの頃、私は彼と普通に話してた方ですから」

「疑ってなかった？」

理穂が一瞬西川を睨んだ。その態度の意味が分からず、西川は眉根に皺《しわ》を寄せた。恋愛感情？　西川の気持ちを察したのか、理穂がゆっくりと首を振る。

「根拠は何もなかったんです。でもああいう時って、一人が疑い出すと、皆そこへ流れちゃうんですよね。彼は、本当に盗んだかもしれないし、そうじゃないかもしれないけど、ある意味被害者ですよ。誰もはっきり確かめないのが悪いんです」

「疑わしきは罰せず、ですか？」

「別に、そういうんじゃないですけど」理穂が溜息をついた。「私だって確認しなかったし。そういうことを聞くの、怖いじゃないですか。噂《うわさ》が本当だったら、どうしたらいいんですか？」

「分かります……それで、この前会った時はどんな話を？」なかなか会話が前へ進まない。苛立たしさを感じながら、西川は訊ねた。

「近況報告とかですね。でも、だいたい私が聞くだけだったけど。私の方は特に話すこともないので」

「自分でちゃんとお店をやってるのに？」

「親がやってたのを継いだだけですから」理穂が肩をすくめた、「こんなの、大したことはないです……彼はずっと、苦労してたみたいだから」

「仕事がない時期もあったようですね」

理穂が素早くうなずいた。もう一本煙草を引き抜いたが、今度は火を点けずに、掌《てのひら》の上で転がす。

「不景気ですからね……まあ、今はちゃんと仕事に就けたし、よかったんじゃないですか」

「荒《すさ》んだ気配とかはなかったですか？」

「いや、特にそういうことは……昔から、淡々としていたから」

「話を蒸し返すようで申し訳ないけど、高校生の時の盗み……それは、どうしてですか？」

「どういう意味ですか？」理穂が西川を軽く睨む。

「どうしてそんなことをやったか、ですよ」

「やったかやってないかなんて、分からないんですよ」理穂の目がさらに細くなった。

「皆は、疑っていたんでしょう？　つまり、彼ならやりかねないと思っていたわけだ。周りがそういう風に考えるには、大抵理由があるんですよね。例えば家が貧乏で、いつも金に困っていたとか」

「まあ、そういうこともあったかもしれないけど、それより雰囲気じゃないですか」

「雰囲気？」

「何となく、泥棒もやりかねないっていう雰囲気」

「よく分からないな」西川は首を傾げた。

「私も分かりませんよ」理穂が首を振る。「それが分かったら、世の中に犯罪者なんかいなくなるんじゃないですか」

リストに載った五人からは、その夜のうちに話が聴けた。しかし、収穫と言える収穫は、理穂の証言だけ。それにしても、事件に直接つながるような話ではない。

十時半。二人はくたくたになって、向河原の駅へ向かっていた。

「今日はこれで解散にしよう」

「特捜に連絡しなくていいんですか？」庄田が訊ねる。

「報告するようなこと、何かあったかな？」

「いえ」庄田が無愛想に言って口をつぐんだ。ふと思い出したように、「自分、武蔵小杉まで歩きます」と言った。

「その方が近いのか？」

「ええ。南武線だと乗り換えが多いので」

「分かった……明日は、一度特捜に集合しよう」

「お疲れ様です」

ひょいと頭を下げて、庄田が南武線の踏切を渡って行く。実際は、南武線を使っても横須賀線を使っても、それほど帰宅時間に変わりはないはずだ。俺といるのが鬱陶しくなったのか、と西川は苦笑する。その気持ちは分からないでもない。昨夜ミスして、それからずっと一緒なのだ。お互いに気まずい思いはあるし、帰途、会話が弾むとも思えない。西川としても、一人になれる時間はありがたかった。

がらがらの上り電車でシートにだらしなく腰かけ、目を閉じる。睡魔が襲ってきたが、一瞬だけ熊井の顔を思い浮かべた途端に、吹っ飛んでしまった。目を開け、前屈みになってあれこれ考える。今のところ、どうしようもない。考える、推理するという西川の得意技が生かされるような事態にはなっていないのだ。やるべきことは、熊井の行方を割り出すこと。そのためには、実は人海戦術が一番適している。ひたすら歩き回り、目撃証言を捜し、人間関係を解きほぐす。

これは俺の仕事じゃないな。

病院のベッドで呑気《のんき》に寝ている沖田のことを考えると、何だか腹が立ってきた。こういうのは、まさにお前の仕事じゃないか。

……とにかく、家に戻ったら今日の聞き込みをまとめよう。それを明日、沖田に渡してやる。あいつもそろそろ、足を使わず仕事をするのを覚えてもいい頃だ。

第三章

何と暇なことかね……時計以外に趣味を持たない自分の乾いた私生活を、沖田は今さらながら意識した。書類を読めと西川に言われ、素直にそれに従ってみたものの、一日で飽きてしまう。放《ほう》り出すと、他にやることが何もなくなってしまった。

病院に運びこまれてから二度目の朝。朝食を終えた沖田は、風呂《ふろ》に入りたいなと切実に願いながら、ベッドで横になっていた。どうも風呂は無理そうだから、売店で新聞でも仕入れてくるか。熊井が逃げた一件は記事にはなっていないはずだが、他のニュースを読んでも暇潰《ひまつぶ》しにはなる。もっとも、自分が本当に字を読みたいかどうかは分からなかったが。

サイドテーブルに置いた封筒に目をやる。もう一度、事件関係の資料を読み直して……やらなくてはいけないと分かっていたが、それをやってみたところで、何になる？　西川のような分析能力がないことは、自分で一番よく分かっていた。あいつは、行間に埋もれた事実を見つけ出すのが上手《うま》い。まるで一枚の紙ではなく、シーツを見ているようだ。襞《ひだ》や皺《しわ》の陰に何かが隠れている……そういうものでもないだろうが、あいつの記憶力と閃《ひらめ》きには、時々驚かされる。

ま、あいつにできるなら、俺にもできるかもしれない。同じ人間、何が違うわけでもないだろうし。西川は、俺が書類から何かを見つけ出すとは期待してもいないだろうが、それならそれで、新たな発見をして驚かせてやってもいい。

しかし、その前に煙草《タバコ》にしようか……病院の敷地内では煙草が吸えないので、一度外に出るしかない。何とか松葉杖《づえ》にも慣れてきたが、煙草を吸うためだけに、五分もかけて外へ出るのは馬鹿馬鹿しかった。病院お仕着せの寝巻きの上にコートを引っかけて、という姿も相当間抜けである。かといって、一々着替えるわけにはいかないし……結局昨日は、煙草を吸うようになってから、一番消費本数が少ない一日になってしまった。思い切って禁煙しようか、などと考えてしまう。

封筒に手を伸ばした瞬間、ドアが開く。検診の時間ではないはずだと訝《いぶか》ったが、現れた人物を見て、沖田は思わず顔を綻《ほころ》ばせた。寒さのせいか顔を赤くした響子が、遠慮がちにドアのところに立っている。

沖田は軽く手を振った。それでようやく、響子が病室に入って来る。両手で大きな紙袋を抱えていた。ベッド脇の小さな椅子《いす》に腰を下ろすと、紙袋を腿《もも》の上に乗せて一息つく。

「着替えとか」

「ああ、悪い」

「ごめんね、昨日、来られなくて」

「大丈夫だよ」大丈夫じゃない。病院の寝間着はごわごわして着心地が悪く、横になっていても何となく落ち着かないのだ。「長崎はどうだった?」

「いつも通り」

響子は毎年、正月にまとまった休みを取って長崎に帰郷する。実は、嫌がっているのだが……年取った父親が、「そろそろ家の商売を継いでくれ」といつもしつこく迫ってくるのだ。彼女としてはそのつもりは毛頭ないのだが、親の頼みなので無下には断れずにいる。本当は、自分がしっかりすればいいのだが……最初は被害者の家族と刑事という立場で知り合った。つき合い始めたのはその事件が解決してからだから問題はないが、いい加減けじめをつけないと、とも思う。響子の方でもそれを期待しているはずだ。結婚すれば、故郷へ戻らない強力な言い訳になる。

響子が、袋の中からジャージの上下を取り出す。もう二年以上も部屋着にしているもので、生地がくったりしてきて着心地は最高だ。

「帰って来る予定、早めたんじゃないか？」

「一日だけ。本当は今日だったんだけど、西川さんから連絡を貰《もら》ったから、昨夜の最終で戻って来たの」

「啓介《けいすけ》は？」

「もちろん、一緒。学校も始まるし」

啓介は、離婚した響子の一人息子だ。もう中学生だが、小学生の時にある事件に巻きこまれ、それ以来、心に傷を抱えたままである。普段はまったく普通に振る舞っているが、ふとした時に見せる暗い表情が、沖田は気になっていた。まだ事件の記憶を消化し切れていない……それはそうだ。下手《へた》をしたら殺されていたかもしれない、そんな記憶が簡単に抜けるわけではないのだ。十分なカウンセリングは受けたはずだが、だからといって、昔の無邪気な自分を取り戻したわけではない。小学校高学年——自我が確立され、反抗期になるところであんな目に遭い、啓介の人格は複雑に骨折したようなものである。元には戻れない。

響子との結婚に踏み切れない理由の一つが、この問題だ。啓介がもっと小さかったら——それこそ小学校の低学年だったら、迷いなくプロポーズしていたと思う。途中から人生に入っていっても、父親がいることが何らかの助けにはなったかもしれないから。しかし今、啓介は中学生である。よく会って話もするのだが、どことなくよそよそしい雰囲気もあった。自分が母子二人の人生に入っていくことで、微妙なバランスが崩れてしまうのが怖い。

「着替える?」

「ああ」沖田は寝間着の襟元を引っ張った。「着心地最悪なんだよ、これ」

「じゃあ」

立ち上がり、響子がベッドの周囲のカーテンを引いた。沖田は素早く寝間着を脱ぎ捨てた。響子が「体、拭《ふ》く?」と訊《たず》ねてくる。

「タオルでもあるのか?」

「ウエットティッシュなら」

「それでいいや」ウエットティッシュなど玩具《おもちゃ》のようなものだが、それでも体が湿ると何となく清潔になったような気になる。頭が痒《かゆ》いのはどうしようもないが……沖田の不快感に気づいたのか、響子がすかさず言う。

「あとでドライシャンプーを買ってくるから」

「ああ」

「背中、拭くね」

言われるまま、響子に背中を向ける。ひんやりとしたウエットティッシュの感触が心地《ここち》好《よ》かった。首筋から腰の所まで拭いてもらうと、すっきりした気分になる。ジャージを着ると、何となく自宅にいるような寛《くつろ》いだ雰囲気になってきた。下を着替えるには、響子の手助けが必要だったが……ギプスは足首から先だけだが、何とも動かしにくいのだ。

「助かった」カーテンを開いて、沖田は久しぶりに安堵《あんど》の笑みを浮かべた。

「怪我《けが》は大丈夫なの？」響子が汚れたウエットティッシュをまとめてゴミ箱に捨てた。

「大したことはない。単純骨折だから、すぐに治るよ」

「入院はどれぐらいになりそう？」

「二、三日って言われてる。別に、入院してる必要もないと思うんだけどな。松葉杖があれば、普通に歩けるし」

「でも、仕事に行ける？」

「それは……」沖田は黙りこんだ。警察は、普通の職場に比べれば朝が早い。八時半には席についていないとまずいのだが、その時間帯だと、もろにラッシュにぶつかる。毎朝揉《も》まれるだけでもうんざりするのに、松葉杖で電車に乗りこんだらどうなるか。いっそのこと、車椅子を使うか？　それなら駅員が手助けしてくれるはずだ。

「少しゆっくりしたら？」響子が緩い笑みを浮かべた。「ずっと忙しくしてたんだし」

「そうはいっても、事件の最中なんだよな」沖田は枕《まくら》を腰に当て、頭の後ろで両手を組んだ。「何だか、自分だけ仲間外れにされたような気分だ」

「そんなこと、ないでしょう」

「でも実際、今回は俺のヘマだったんだよなあ」溜息《ためいき》を漏らす。いつの間にか、響子には本音を隠さず話せるようになっているのだ、と気づく。甘えさせてくれる存在。こういう人には、人生で何度も出会えない。もしかしたら、一度きりではないか。

「そういうこともあるでしょう」

響子が薄い笑みを浮かべながら、紙袋の中を探った。小さな箱を取り出した瞬間、甘い香りが病室に漂い、沖田は思わず頬《ほお》を緩めた。ドーナツだ。普段は甘い物などほとんど口にしない沖田だが、響子が作った菓子だけは食べる。その中でも、ドーナツは絶品だった。どことなく、子どもの頃に食べたドーナツを思い出させる、懐かしい味。

「コーヒーもあるけど」ポットが出てきた。

「何から何まで」

沖田が頭を下げると、響子が声を上げて笑った。

「何か、変よ」

「そうかな」

「そんな、他人行儀な……」

沖田は、喉《のど》の奥に何かが詰まるような不快感を覚えた。彼女の方では、自分を「他人」とは思っていないわけか。ありがたい話だが、今の自分が、その気持ちに応《こた》えられるかどうか。

響子のドーナツは安定した美味《おい》しさで、コーヒーも濃く、美味《うま》かった。一つでやめておこうと思ったが、ほぼ無意識のうちに二個目に手を伸ばしてしまう。

「これじゃ、太るな」

「たまにはいいじゃない」

「昼飯を抜かないと」ドーナツは残り四つ。カロリー的には、今日の食事はこれだけで終わりにした方がいいかもしれない。

「少しぐらい多く食べても大丈夫よ。普段、ろくに食べてないんだから」

「まあね」一緒に住んでいるわけではないから、響子と食事ができるのは、多くて週に二、三回だ。それ以外の自分の食生活を考えると、つくづくうんざりしてしまう。駄目な大人の典型だ。ファストフードばかりに頼っているわけではないが、食事について真面目《まじめ》に考える気にもなれない。基本的には手早く済ませることしか頭になかった。腹が満たされればそれでいい。

朝食の後のドーナツ二個は、胃に効いた。これは本当に、昼食抜きにすべきかもしれない……それにしても、煙草が恋しかった。驚くべきことに、今朝はまだ一本も吸っていないのだ、と気づく。ストレスを溜《た》めこんで、体にいいわけがない。

「ちょっと歩こうか」

「大丈夫なの？」響子が心配そうに訊ねる。

「練習だよ。松葉杖に慣れないとね」

「煙草、やめたら？」

「いやいや」完全に見抜かれているな、と沖田は苦笑いした。「まあ、ちょっと散歩しようよ」

「コートだけで大丈夫？　今日、寒いわよ」忠告しながらも響子はすぐに立ち上がり、小さなロッカーを開けて沖田のコートを取り出した。

そう言えば一月に着るようなコートではなかったのだ、と思い出す。ベッドから降りるまではスムーズにいけるので、片足で立ったまま、何とかコートを着こんだ。響子が手伝おうとしてくれたが、断る。これぐらいは一人でできないと、この先が思いやられる。

「それより、会社は？」

「今日まで休み」

「啓介を一人にしておいていいのか」

「大丈夫よ」響子が強張《こわば》った笑みを浮かべた。やはり心配なのだ、と分かる。「もう中学生なんだから」

「でも、さ」

「あまり心配しないで」響子が沖田の腕を取った。「一人で歩ける?」

「もちろん」沖田はコートのポケットに煙草とライターが入っているのを確かめて、松葉杖を手にした。前のめりになるよう意識して、大きく松葉杖を動かしていけば、歩くのとほぼ同じスピードで進めることが分かっている。松葉杖は案外頼りになるものだ。上半身はひどく疲れるが。響子もコートを着て、荷物をまとめたので、急に侘《わび》しくなる。このまま帰るつもりなのだろうが……。

すっかり慣れた松葉杖を使い、病院を抜け出す。「寒い」という響子の言葉は大袈裟《おおげさ》ではなかった。寒風が斬《き》りつけるように吹き、思わず首をすくめてしまう。だが、一生懸命歩いているうちに汗が滲《にじ》み出てくるのは、経験から分かっていた。やはり、松葉杖はまだ体の一部になっていない。

病院の前の歩道まで出ると、何故《なぜ》か吸殻入れが置いてある。公道上なのに、誰が管理しているのだろう、と沖田は不思議に思った。ゆっくりと、煙草を二本灰にする。すぐに三本目に火を点《つ》けようとしたが、響子の鋭い視線に合って断念した。

「今日はどうする?」

「夕方、もう一回来るわ」

「大変じゃないか?」

「でも、いろいろあるでしょう」

「寝てるだけだから、何もないよ」

「何か、暇潰しになるようなものでも……」

「暇なら、売店で雑誌でも買うから」彼女に迷惑をかけてはいけない、という気持ちが先立つ。彼女と会うまでは、何でも一人でやってきたのだし。「啓介のこともあるだろう? 無理しなくていいよ」

「でも、ね」

彼女は渋ったが、実際今のところ、面倒を見てもらう必要もないのだ。もちろん、話し相手がいるのはありがたいが、彼女は啓介の世話もしなければならない。

「来るのは暇な時でいいよ。俺も、仕事しなくちゃいけないし」

「入院中なのに?」

「西川が大量に書類を置いていった」

「そうなの?」響子が鼻に皺を寄せる。「こんな時なのに……」

「いいんだ。他の連中は皆、外で歩き回ってるんだから。俺だって参加したいぐらいだよ」

「無理しないでね」

「書類を読むだけじゃ、無理もクソもない」本当は、俺にとっては一番嫌で辛《つら》い仕事なんだが。煙草のパッケージを弄《いじ》っているうちに、向こうからやってくる人影に気づき、沖田は思わず溜息をついた。「それに、仕事は追いかけてくるからな」

さやかが、足早にこちらへ向かって来るところだった。まだ沖田たちには気づいていない。見舞いではなく、どうせ何か仕事を持ってきたのだろうと思い、沖田は機先を制して「三井！」と声をかけた。さやかがはっと顔を上げ、一瞬の間を置いてにやりと笑う。これはまずかったかもしれないと、沖田は瞬時に後悔した。さやかと響子は顔を合わせたことがあるだろうか……たぶん、一度もない。これは間違いなく、後でからかわれるな、と思った。だいたい、さやかは仕事でも何でもしつこいのだ。

「どうも」

さやかが、歩きながら爽《さわ》やかに頭を下げる。外面だけはいいんだから……と沖田は渋面を作った。響子がぴんと背筋を伸ばし、さやかに向かって頭を下げる。

「いつもお世話になっています。追跡捜査係の三井です」立ち止まって、もう一度馬鹿丁寧に頭を下げる。

「本多《ほんだ》響子です」

「お噂《うわさ》はかねがね――」

「余計なことを言うな」

沖田は釘《くぎ》を刺したが、さやかのにやにや笑いは止まらない。これは後で説教だな、と沖田は顎《あご》を引き締めた。

「何の用だ」

「何の用って……仕事に決まってるじゃないですか」さやかが、途端にむっつりとした表情になる。「骨折ぐらいでお見舞いに来るわけないでしょう？　西川さんから、追加の資料を託されました」

「何なんだ、あいつは」沖田は呆《あき》れて、さやかが持つ紙袋に目をやった。どう見ても、昨日西川が持ってきた物より分厚い。「何で、一日で資料が増えるんだよ」

「いろいろ入ってますから」

「それは、特捜のちゃんとした仕事なのか？」

「いえ」

「じゃあ、西川の勝手な判断か？」

「ま、そういうことですね」

「何だよ、それ。俺にわざわざ暇潰しの材料を持ってこなくてもいいんだぜ」

「暇潰し？」さやかが目を細める。「違いますよ。西川さんは、ここから何か、新しい事実を引っ張り出して欲しいと思ってるんです。本気ですよ」

「無理。俺にそんなことを要求するな」沖田は首を振った。ふと、右腕に触れた響子の手に気づく。響子は警告するように、小さく首を振った。そういうこと言っちゃ、駄目。

「どうします？」さやかが封筒を突きつけた。「持って帰りますか？」

「分かったよ。受け取る。でも、何か出てくると思うなよ。そんなに上手い具合に、書類から何かが見つかるわけじゃないんだから……それより、俺に読ませたいなら、こいつを病室まで運んでくれ。この通り、両手が塞《ふさ》がってるんだ」松葉杖を両脇の下に挟んだまま、沖田は肩をすくめた。

「いいですよ」

「あの、じゃあ、私はこれで」響子が遠慮がちに言った。

「無理しないで」彼女は自分で宣言した通り、今晩にでもまた来るかもしれない。そんなことで疲れて欲しくなかった。

「大丈夫」さやかに向かって頭を下げ、響子は去って行った。

背中を見送り、さやかの顔に視線を戻すと、案の定、にやにやしている。

「何がおかしいんだ？」

「噂には聞いてましたけど、美人ですね」

「煩《うるさ》いな」

「そういう時は、『そうだ』って言うべきじゃないですか。その方が、女性は喜びますよ」

「俺には、そういう台詞《せりふ》は似合わないよ」

「またまた」さやかの笑みが大きくなる。肘《ひじ》で小突いてきそうな勢いだった。「照れなくてもいいじゃないですか」

「俺のスタイルじゃないんだ」沖田は少しだけ口調を強めた。それでさやかが引っこむとも思えなかったが。

「お邪魔でしたよね」

「ああ、邪魔だ」

切り返すと、さやかが一瞬むっとした表情を浮かべる。

「阿呆《あほ》らしい。こんなことをやってる暇はないんだ。仕事なんだろう？　さっさと戻ろうぜ」

「肩、貸しましょうか？」

「ふざけるな。もう松葉杖に慣れたよ」

「順応性、高いですね」

「そんなことで褒められても嬉《うれ》しくない」沖田はぴしりと言った。しかし、さやかのにやにや笑いが消えたわけではなかった。

沖田は、すぐには病室に戻らなかった。相部屋なので、仕事の話をあれこれしていると煩がられるし、内容が漏れるのもまずい。響子のコーヒーを飲んだばかりだが、病院内の喫茶室にさやかを誘った。午前中とあって、客の姿はほとんどなかったが、観葉植物——造花だった——の植えられた仕切りの陰に入り、目立たないように気をつける。

さやかが封筒の中身をあけ、ざっと内容を説明する。昨夜の聞き込みの結果のメモ、熊井の個人情報の数々。それにも増して重要に思えたのは、服役中の村松の供述調書だった。かなり分厚い、それを見ただけでも、村松が犯行について相当詳細に語っていたのが分かる。ぱらぱらとめくっただけで、詳しく読むのは後回しにする。

「読まないんですか？」さやかが不満そうに言った。

「一人の方が集中できるから、後で読むよ……それで、特捜はどんな雰囲気なんだ？」

「あまりよくないですね。うちは除《の》け者です」

俺のせいか、と沖田は暗い気分になった。まったく、情けない話だ。ちょっとぶつかったぐらいで転落とは……力がないというより、バランス感覚が鈍くなっているのだろう。どちらにしても、肉体的に負けた、という感覚は相当痛い。

「で、西川は？」

「向河原で聞き込みしてますけど」

「向河原って、川崎の？」

「ええ。熊井の出身地なんです」

「何か有力な情報は？」

さやかが、Ａ４三枚のメモを取り上げた。西川の几帳面《きちょうめん》な字で、聞き込みの成果がびっしりと書かれている。しかしこれを、成果と言っていいかどうか……熊井が、高校時代に盗みの疑いをかけられていたことは分かったが、それが直ちに強盗殺人に結びつくとは思えない。

「で、今回の件に対するお前の見方は？」

答える代わりに、さやかは肩をすくめた。

「何だよ、自分の意見はないのか？」

「熊井がやったのは間違いないんじゃないですか。だって、服役している人間がわざわざ喋《しゃべ》ったんだし、警察に気づいて逃げ出したのが、何よりの証拠でしょう」

「あくまで傍証だ。別件で後ろめたい思いをしていただけかもしれない」

「そうかもしれませんけど、本人を捕まえない限り、はっきりしたことは言えませんからね」

「ああ、じゃあ、頑張ってくれ」沖田はひらひらと手を振った。熊井を捕まえる……その捜査には是非参加したい。足跡を探して街を歩き回るのは、自分が最も得意とするところだ。だが、この足ではどうしようもない。隔靴掻痒《かっかそうよう》とはまさにこのことだ、と思った。

「で、怪我は大丈夫なんですか」立ち上がりながらさやかが訊ねる。

「遅いよ」沖田は苦笑して、コーヒーを啜《すす》った。薄い……響子が用意してくれたコーヒーの苦味が口の中に蘇《よみがえ》った。これを飲み干したら、味覚が狂いそうだな。響子のコーヒーがまだ残っているから、病室に戻ったら口直しだ。沖田も立ち上がる。片足で立って松葉杖をつく——そのタイミングは、ほぼ完全に物にしていた。もしかしたら、片方の松葉杖だけでも歩けるかもしれない。後で試してみよう。どうせ暇なのだし。

「そんなことより、お前は何の仕事をさせられてるんだ」

「張り込みです。熊井の家での張り込み……今、ちょっと抜けてきたんですけど、二十四時間体制で監視ですよ」うんざりしたように首を振る。「家に戻って来るわけないと思いません？」

「だろうな。でも、誰かがやらなくちゃいけない仕事だ」

「絶対、厄介払いですよね」

「そうだろうな」

「だったら、仕事から放り出せばいいのに。他にやることもあるんですから」

「まあまあ……」沖田は苦笑しつつ、さやかを宥《なだ》めた。「こういう時もあるから」

「最初からうちがやっていれば、主導権を握れたんですけどね。なかなか上手くいきませんん」

「そういえばこの件、大竹がちょっと調べてたんだよな」

「ええ」

「あいつ、どうしてる？」

「よく分かりません。相変わらず、あまり喋らないんで」

「だろうな」

「それにしても響子さん、綺麗《きれい》な人ですね」さやかがいきなり話題を変えた。

「ああ？」

沖田は動揺して、声がひっくり返ってしまった。さやかがにやりと笑う。

「大人をからかうんじゃない」

「からかってませんよ」

「そういうのが、からかってるって言うんだ」

「子どもじゃないんですから、文句ばかり言ってないで大人しくしていて下さい。病院に迷惑かけないで下さいよ……あ、そうだ」

さやかが、トートバッグからノートパソコンを取り出す。

「肝心な物を忘れてました」

「何だよ、それ」

「沖田さんのパソコンですよ。これがないと、仕事にならないでしょう」

「俺は西川じゃないんだぞ。あいつみたいに、書類やパソコンばかり見てたら、目が悪くなる」

「そう言えば沖田さんって、ずいぶん目がいいですよね」

「字を読まないようにしてるからな」

「それでよく、今まで仕事してこられましたね」

「煩いな。からかってる暇があるなら、さっさと張り込みに行け」

「分かってますよ」さやかがむっとして反論した。「今だって、無理して抜け出して、わざわざ届けに来たんですよ」

「文句は西川に言え。あいつの命令だろう？　俺は頼んでないんだから」

「こっちだって仕事なんですよ」さやかが声を張り上げたが、すぐに口をつぐんでしまう。きょろきょろと周囲を見回し、「煩いですよね」と言った。

「ああ」認めて、沖田は封筒とノートパソコンを取り上げた。そこで、このままでは病室に戻れないことに気づく。片腕が完全に塞がってしまうのだ。誰かの手を借りるか……しかし、喫茶店のスタッフに頼むわけにもいかない。結局、さやかに病室まで来てもらうしかないのだ。

「悪いけど、病室まで運ぶの、手伝ってくれないか」ひどく間の抜けた気分だった。

「そんなの、自分でやればいいじゃないですか」

さやかはすっかり臍《へそ》を曲げていた。仕方ない、奥の手だ。

「美味いドーナツがあるんだけど」


いくら何でも、残り四個を全部持っていかなくてもいいじゃないか。

沖田は、かすかに残るドーナツの甘い香りを嗅《か》ぎながら、憮然《ぶぜん》とした。これで昼食は、味気ない病院食に決定だな。いっそ、先ほどの喫茶店で何か食べようか、とも思った。サンドウィッチやスパゲティ、ピラフなど、いわゆる喫茶店メニューは揃《そろ》っている。だが今は、そもそも腹が減っていない。朝食後に食べたドーナツ二個が、まだ胃の中で自己主張している。

まあ、こんな時間から昼食のことを考えても仕方がない。沖田はベッドの上で胡坐《あぐら》をかき、さやかが新しく持ってきた書類を広げた。普段、こんなだらしない格好で調書を読むことはないので、何だか気合いが入らない。両手で頰を一発張り、気持ちを前へ向かわせた。

まず手に取ったのは、村松の調書。事情聴取はかなり入念で、計三回に分けて話を聴いていたことがすぐに分かった。最初は去年の暮れ。年内にもう一度、さらに年が明けてからも、特捜の刑事が面会している。

村松は、静岡刑務所で服役していた。沖田は行ったことがないが、確かA級——刑期八年以下の初犯の服役者を対象にした刑務所である。最初のページには、村松のプロフィルも書かれていた。年齢は、現在三十三歳。出身地は埼玉で、十一年前に地元の大学を出てから、職を転々としていた。ずっと不景気が続いているからな、と沖田はかすかに同情した。職種は様々で、スナックのバーテンから塾の講師、道路工事まで多岐に亘《わた》っている。どれも長続きしなかったのは、本人の性格によるものか、雇う側の事情だったのか。

服役そのものは、不幸な偶然が原因だと言っていい。十か月前、勤めていたさいたま市内のスナックで、客同士の喧嘩《けんか》に巻きこまれてしまったのだ。割って入って止めようとした村松は、誤って被害者を突き飛ばしてしまう。倒れた被害者は床に頭を強打し、硬膜下血腫《けっしゅ》で翌日死亡した。裁判員裁判での判決は、懲役三年。悪意があってやったのではない——むしろ善意から手を出したはずなのに、ちょっと厳しいのでは、という印象を沖田は抱いた。この辺は、裁判の記録を読んでみないと分からないが……本筋には関係ない話だ。

こういう時、脇筋に気を取られると、肝心なことを見落としてしまう。

一つ大きく息を吐いて、沖田は書類に意識を集中した。普通の調書と違い、一問一答の形で記してある。これはあくまで「参考」ということか。

——墨田署管内で起きた強盗殺人事件に関して、情報を持っているようだが。

「犯人に心当たりがあります」

——名前は？

「熊井悦司」

——年齢、住所などは？

「年齢は三十歳ぐらい。住所は、今は分かりませんけど、神宮前に住んでいるはずです」

——どういう経緯で知り合ったのか。

「バイト先が一緒でした。赤羽の製本工場です」

手書きで、バイト先に関する書きこみがあった。「別紙参照」とある。バイト先での事情聴取は、別にまとめられているということか。書類をひっくり返してみたが、見当たらない。こんな風に封筒に何でもかんでも突っこんでしまうと、見つけるのも大変なんだぜ、と苛《いら》ついた。

——一緒に働いていた期間は？

「三か月ぐらいです」

――どちらが先に辞めた？

「熊井です」

誰が事情聴取したのか分からないが、馬鹿ではないか、と沖田は思った。これは、取調室で正規に調書を取るような取り調べではない。人定質問や関連情報の確認などは飛ばして、真っ先に本筋に飛びつくべきなのだ。まあ、病院のベッドに縛りつけられている俺が何か言っても意味はないが……こういうのは、負け犬の遠吠えだ。

――話を聞いた日は、正確に覚えているか。

「三年前……正確には覚えていません。冬でしたけど。クリスマスが近い時期だったような気が……」

――告白の内容を具体的に。

「仕事上がりで、二人で呑《の》んでいる時でした。その日は盛り上がって、結構酒が入って……二軒目の店で、いきなり『人を殺したことがある』って言い始めたんです」

――具体的には。

「酔っていたのでよく覚えてないんですが、東京の下町の方で、家に押し入って人を殺して、金を奪った、ということでした」

――金額は？

「人を殺したにしては少ない、と言ってました」

――それを聞いてどう思ったか。

「びっくりしましたけど、酔っていたので、あまり真剣に聞いていませんでした。冗談じゃないかと思いました」

――その話は、それきりだった？

「気になったので、二、三日してからもう一度聞いてみました。また二人で呑みに行って、酔わないうちに聞いて……認めました」

――その時の熊井の様子は？

「周りを気にして、ほとんど聞こえないような小声で話しました。ざわついている店だったので、よく聞こえなかったんですけど、話は間違いありません。絶対に誰にも言うな、と念を押されました」

注釈で、この時の店――二度目に行った店の名前が書きこんである。

「カード使用履歴から、熊井がこの店に行っていたことは裏づけられた。日時も十二月二十日で、村松の証言とほぼ合致している。店への事情聴取は完了したが、店員は二人とも記憶にないと証言」

それはそうだろう。よほどの常連でもなければ、店員も客の顔は一々覚えていない。しかも三年も前の話だ。

――熊井はどうして打ち明けたと思うか。

「プレッシャーに耐えられない、と言ってました」

――それを聞いてどう思ったか。

「本当にやった、と思いました。話がすごく具体的でしたし、真剣な様子だったから」

――そういうことをするタイプに見えたか。

「全然見えませんでした。体は大きいけど、優男で……人を殺すようなタイプには思えなかった」

――しかし、証言は信じた。

「目が、真剣でした。それに話も具体的だったんです。普段から、冗談を言ったり人をからかったりするタイプじゃないから、本当のことじゃないと、そんなことは言い出すわけがないと思いました」


そして、「犯人しか知りえない事実」と判断していい証言があった。

人を殺したのに、財布から五万円を抜いただけで、他に現金は見つからなかった、というのだ。銀行のカードを盗んでもよかったけど、足がつくと思うと怖かった、というのが熊井の言い分である。

殺された牛嶋の家から何がどれだけ盗まれたかは、犯行当時、マスコミには公表されなかった。発表では「室内から現金が盗まれていた」としていただけで、実際には警察も、具体的な被害額を摑《つか》んでいなかったのだ。金が盗まれたとする根拠は、財布が空になっていたことだけ。

牛嶋は、事件の数年前に妻を亡くして一人暮らしだった。同じ墨田区内に別に家を構えていた息子は、父親の家にどれぐらい金があるかは、把握していなかったという。普段はあまり行き来していなかったというから、それも当然だろう。財布の中に幾ら入っていたかなどは、知るはずもない。しかし、財布の中にカードが残っていたのは事実である。犯人は現金だけ奪ってカードは取っていかなかった――この事実は、警察と犯人しか知らない。

それにしても、熊井は――本当に熊井が犯人だとしたら――案外冷静だったようだ。焦っていれば、財布を引っつかんでそのまま逃げるだろう。それなのにわざわざ現金だけを抜いて、カードは財布に残している。最初から計画的犯行だったのか。

――その後、その話はしたか。

「一度もしていません。熊井は急に、『喋ったら殺す』と脅してきました」

――それを信じたのか。

「事が事だから、本当に殺されるかもしれない、と思いました。それで、確かその話を聞いた一週間ぐらい後に、熊井は急に会社を辞めました」

――それは何か、事件と関係があってのことか。

「分かりません。アルバイトの契約期間切れでした。契約を延長して働くことはできたんですけど……何も言わずに辞めてしまったので」

――その後、何か連絡は？

「一度もありません」

――この情報を誰かに話したことは？

「ないです。本当かどうか分からなかったし、警察に話して面倒なことになるのも嫌だったので。それに、本当だったら殺されるかもしれないと思いました」

そういうことだから犯罪が減らないんだよ、と沖田は憤った。仮にも殺人事件である。どうして話を聞いた時にすぐ、積極的に情報提供しなかったのか。村松自身、熊井の発言に疑問を持っていたのか、あるいは本当に仕返しを恐れていたのか。もっとも、こんな話をいきなり持ちこまれても、特捜が真面目に調べる保証もない。最近の警察は――認めたくはなかったが――門前払いが得意である。その結果、実際に犯罪が起きて被害者が出てしまうケースも少なくない。特に、ストーカー事件などにおいてはそうだ。

――何故今になって話す気になったのか。話すタイミングはいくらでもあったはずだ。

「刑務所で新聞を読んで……警察が、あの事件をまだ追いかけていることが分かって。だったら、黙っていないで喋るべきだと思いました」

沖田は書類を引っ搔《か》き回し、新聞記事のスクラップを見つけた。去年の十二月に掲載された記事。追跡捜査係の仕事に焦点を当てたもので、要するにヨイショ記事である。沖田たちは普段、記者の取材を受けることはない。現場で偶然顔を合わせても、「ノーコメント」を貫き通して逃げるのが常だ。だいたい警察は、積極的な「広報」が苦手である。昔から、「聞いてくるから仕方なく答える」というのがマスコミに対する基本姿勢なのだ。

だが、時代は変わった。自分たちのやっていることを積極的にアピールしないと、「税金の無駄遣いだ」と非難を浴びかねない。そのため時々、当たり障りのない——捜査に直接影響のない内情を、新聞や雑誌に書いてもらうことがある。一種のリスクコントロール。この記事もその一つだった。なかなか表に出てこない追跡捜査係の仕事を紹介する狙《ねら》いで、鳩山からは、「お前たちも取材を受けろ」と指示されたのだが、沖田と西川はすぐに逃げた。普段はまったく合わない二人だが、こういうところでは、気持ちは一致している。結果、取材を受けたのは鳩山と大竹だった。考えてみれば、あの無口な大竹がよく、取材を受ける気になったものだ。普段は、身振り手振りまで読み取ってやらないと、何を考えているか分からないのに。

その時、大竹が現在取りくんでいる事件として挙げたのが、墨田区の資産家殺しだった。基本的に、普段の追跡捜査係の仕事は、個人個人に任されている。ファイルをひっくり返したり、関係者に話を聞いたりして、物になりそうな事件を探すのだ。上手くいきそうだとなったら、全員で一斉に再捜査にかかる。あの時は、大竹が一人で調べていて、それを記者に明かしたのか……あの時点では、解決につながる手がかりは一つもなかったはずだ。だからこそ話したわけだし。少しでも解決しそうな可能性のある事件だったら、絶対に表に漏らさない。

この記事を見て、村松は事件を思い出したというのか？　理屈としてはおかしくはないが、何となく不自然さが残る。三年前に聞いたことが、新聞記事がきっかけで蘇るものだろうか？　いや、あり得るかもしれない。「人を殺した」という告白は、どんな状況で聞いても衝撃的なものだ。それを真面目に捉《とら》えるかどうかは別にして。村松は、自分の中で、この告白を上手く嚙《か》み砕いて消化できなかったのではないかと思う。恐らく最初は、冗談だと思っただろう。だが二度目の告白、そしてその直後に熊井が姿を消した——会社を辞めたことも、不気味な想像を加速させたはずだ。それからは意識の外へ押し出していたのかもしれないが、服役しているうちに、気持ちも変わってきたのかもしれない。そして、新聞記事が告白の引き金になった。

筋は通っている。西川流に考えれば、「論理的」。だが、どうしてもすっきりと頭の中に落ち着かない。村松本人から直接話を聴いていないのだから当たり前だが……せめて、事情聴取した刑事に話を聴けないだろうか。だが、病室にいたままではどうしようもない。何とか、村松に会いに行きたい。片足の自由が効かなくても新幹線には乗れるわけだし、退院さえすれば……しかし今のところ、医師の許可は出ていない。溜息をつき、村松の調書を伏せた。かなり詳しく話は聴いているが、完全とは言えないだろう。何とか自分で事情聴取する方法はないものか。

無理だ、とすぐに結論が出る。もちろん、松葉杖をつけば歩けるが、ただ歩くのと、誰かに話を聴くために歩き回るのとでは勝手が違う。人の家に上がりこむ時には、特に面倒だろう。そう考えただけでうんざりしてくる。まったく、どうしたらいいのか……松葉杖なしで歩けるまでどれぐらいかかるか。それまでに事件は解決してしまうかもしれない。

そうなったら、耐えられないだろう。身悶《みもだ》えするしかない。

元々、自分が主体的になって捜査を始めた事件ではない。だが、恥をかかされた、という事実は消えないのだ。この恥を消すためには、自分の手で熊井を捕まえるか、あるいは事件の真相を明らかにするしかないのだが、今は何もできない。

さて、どうしたものか。

書類に集中するのはやはり難しい。読んでいるうちに、「自分ならこうする」と考えて気が散ってしまうのだ。まったく、情けない……いっそのこと、不貞寝《ふてね》でもするか。しかし実際には、まったく眠くない。昨夜、久しぶりにたっぷり寝てしまったのだ。完璧《かんぺき》に生活のリズムが乱れている。治療中なのだから仕方ないとはいえ、こんなことでいいのだろうか。何もできない自分の情けなさが身に染みてきた。

病院というのは規制だらけの場所だが、抜け道はある。その日の午後、また外まで煙草を吸いに行って戻って来ると、隣の病室に入院している同年輩の男に声をかけられた。

「煙草なら屋上で吸えるよ」と。

「禁煙じゃないんですか？」

「いやいや」男が苦笑しながら首を振った。「先生たちや看護師の人も吸うからね。一々外へ出るのは面倒臭いし、結局黙認なんですよ」

「じゃあ、行ってみます」

「向こうには、灰皿はないからね」

沖田は、携帯灰皿を翳《かざ》して見せた。何度か外と往復して煙草を吸っているうちに、一杯になってしまっていたが。

最上階まではエレベーターで上がったが、そこから先で難儀する。階段は、松葉杖には大変な障害だ。脇の下にきつい痛みを感じながら、何とか上り切って屋上へ通じるドアを開けた。寒風が一気に吹きつけてきたが、今日は青空が広がり、気分はいい。

屋上に人気はなく、どこで吸っていいのか分からない。洗濯物がはためいていたので、そちらに煙がいかないよう、屋上の隅まで移動して火を点けた。煙草は素直に美味い。本数が減っているせいかもしれないな、と思った。捜査が夜遅くまで長引く時など、一日に二箱以上吸ってしまうこともあるのだが、今日はまだ一箱が半分も減っていない。一日一箱が自分の適量かもしれないな、と思う。空を仰ぎながら煙を噴き上げると、冷たい風さえ心地《ここち》好く感じられるのだった。

携帯が鳴り出す。まったく……病室では当然電源を切っているが、出た途端に入れる。この辺は自分も一種の貧乏性と言える。入院中だから電源を切ったままでもいいのに、連絡を逃すのが嫌で仕方ないのだ。

「書類は読んでくれたか」西川だった。

「まあね。でも、あれを全部読むには、一晩じゃ足りないぜ」

「まさか。二時間もあれば楽勝だろう」

「しかも追加しやがって。仕事を増やすなよ」

「どうせ暇なんだろう？」

「そりゃそうだけど……で、何の用だ？」

「特に用はない」

沖田は吸殻を携帯灰皿に押しこんだ。本当に一杯で、蓋《ふた》が閉まりそうにない。面倒になって、そのままにしておいた。そんなことよりも、西川の口調が気になる。いつも淡々と冷静な男なのだが、今日に限ってはやけに不安そうだ。

「用がないなら電話してくるなよ。だいたい、入院している人間に電話するなんて、非常識だろうが」

「出なければ出ないで、しょうがないと思ってた」

「なるほど……捜査が行き詰まって、俺のアドバイスが欲しいんだな？」

「そんなわけ、ないだろう。お前を当てにするほど、切羽詰まってない」吐き捨てたものの、西川の声にはやはり元気がない。

「じゃあ、何なんだよ」

「いや、別に」

「いい加減にしろよ。俺も忙しいんだぜ」煙草を吸ったり、とか。「こういう訳の分からない電話は、怪我によくないし」

「そうか」

「で、本当は何なんだ」

「いや、まあ、色々やりにくくてな」西川の声の背後で、電車が通過する音が聞こえた。踏み切りの近く……熊井の実家近く、向河原の駅近辺にいるのではないかと思った。ＪＲ南武線は、やたらと踏切が多いのだ。

「特捜に、痛い目に遭わされてるんだろう」

「まあな」

「で、逆襲するために、俺が何か見つけたんじゃないかと期待してる」

「……そういうことだ」

想像が当たったのでにやりとしたが、そこから先、上手く話を進められない。こちらだって、提供できるような材料はないのだ。

「悪いけど、何もないぜ」

「マジかよ。あれだけ資料を投げたのに？　俺だったら、とっくに何か見つけてるぞ」

「ない物はないんだ」もちろん、まだ目を通していない書類もあるが、何か出てきそうな気配はない。

「ちゃんと読んだのかよ」

「読み終わるわけないだろう。読み終わっていないのに、また新しい物を送りつけてくるんだから、溜まる一方なんだぜ」

「俺だったら絶対見つけてるぞ。特捜の連中も、何か見逃しているんだ。見逃してるから、熊井は五年も捕まらなかったんだからさ」

「じゃあ、代わるか？　お前が書類を読んで……」

「その間、お前は静かに療養か。それじゃ、不公平だ」

「不公平とか、そういう問題じゃないだろう。俺は動けないんだぜ。どうしようもない」

電話の向こうで、西川が息を呑む気配が感じられた。沈黙は、沖田にも不快なものだった。

「で、どうするんだよ」静けさに耐え切れず、こちらから口を開いてしまう。

「どうもこうも、取り敢《あ》えずこのまま、特捜の指示通りにやるしかないだろう」

「鳩山さんは？」

「特捜の言いなり。一応、この件はうちの責任だと思ってるからさ」

「……分かってるよ」沖田は唇を嚙み締めた。「すぐに復帰するさ」

「そうしてくれ。慣れない仕事をすると疲れるからな……何か分かったら連絡してくれ」

「見つかれば、な。期待するなよ」

電話を切り、沖田はまた空を見上げた。こんな風に天を仰ぐことなど、ほとんどない。それで何が分かるわけではないし、気分が晴れることもなかったが、何かが変わりつつあるのは間違いなかった。

それも、嫌な方向に。追跡捜査係全体のリズムが乱れている。

第四章

一晩寝たぐらいでは、疲れは取れないものだ。西川は、この十分でたぶん五回目になる欠伸《あくび》を噛《か》み殺した。それで楽になるわけでもないのだが、どうしても我慢できない。唯一自分に哀れみを感じないのは、熊井の家を張り込んでいるさやかと大竹のことを考える時だけだった。あれも哀れ、かつ実りが期待できない仕事である。どう考えても、熊井がアパートに戻って来る可能性はない。

昨日に続いてコンビを組んでいる庄田も、普段にも増して無口だった。もっともこの男の場合は、疲れ切っているというより、言うべきことがないのだろう。

二人は自主的に、熊井の高校時代の友人たちを割り出して訪ねていたのだが、どの証言も、どんよりとした雲の中に隠れているように曖昧《あいまい》だった。そして問題はいつも最後に、財布の窃盗問題につながっていく。「間違いなく熊井がやった」と冷笑する人間もいれば、「たぶんそうだ」と曖昧に証言する人間もいる。いずれにせよ、疑いは濃厚だった——もちろん、そんな騒ぎがあったことさえ忘れている人間もいたが。

問題は、十年以上前のトラブルをほじくり返しても、熊井の行方は分からないことだ。そもそも熊井は、高校を卒業してからは、地元との縁を完全に切っていたようである。最近熊井と会った、話したという人間は、昨夜の理穂だけだ。しかし彼女の証言も、手がかりになりそうにない。

行き場を失い、何となく、聞き込みのハブである向河原駅に戻って来る。立川行きの下り電車が通り過ぎるのを見送りながら、西川はしばし考えた。このままこの街で聞き込みをしていても、手がかりが得られるとは思えない。一方、松波に命じられた仕事は終わった、とも言える。リストに載っている人間は、全《すべ》て潰《つぶ》し終えたからだ。ところがそれを報告しても、新しい指示はなく、「分かった」の一言で片づけられた。こんなところで無意味な捜査を続けていたら、勝手に動いても問題はないだろう。こんなところで無意味な捜査を続けていても、何も生まれない。

「転進するぞ」

西川が呼びかけると、庄田が驚いたように顔を上げた。

「どこですか」

「どこでもいい。ここ以外の場所だ」

おいおい……言ってしまってから、西川は自分の発言に驚いた。こんなやけっぱちの考え、行動パターンは、沖田そのものだ。本能だけで動くあいつは、時に大きなネタにぶつかることもあるが、空回りしている時も少なくない。沖田はそういう無駄を何とも思わない人間だが、自分には無理だ。非効率的、無意味な行動に耐えられるほど、ずぼらではない。

考えた。やるべきことは一つ、熊井の居場所の割り出しだ。そのためには、やはり最近の動向を探るしかない。過去をいくら探っても、手がかりは摑《つか》めそうになかった。

「熊井が勤めていた原宿のショップには、誰かが行ってるんだよな」庄田に念押しする。

「張り込んでるはずです」

「しかし、勤務先に現れるものかね」

「さあ」

庄田が関心なさそうに言った。真面目《まじめ》なのだが、いつもどことなく上の空なのが気になる。同期のさやかからすれば、それが頼りなく見えるに違いない。

「いずれにせよ、勤務先には行けないな。他の連中とバッティングする可能性がある」

「ええ」

「何か、他にいい考えはないか」

「そうですね……」庄田が顎《あご》に拳《こぶし》を当て、うつむいた。必死で考えている様子は窺《うかが》えるが、何か出てきそうな気配はない。

「昔のバイト先を当たってみるか」

「そうですね」繰り返し言って、ゆっくり顔を上げる。手帳を取り出し、ぱらぱらとページをめくって、すぐに必要な情報に行き当たった。「分かっているだけで、バイト先は七つありますよ」

「空白期間もあるんだな」

「ええ」

「だったら、まずはその空白期間を埋めよう……」喋《しゃべ》りながら、ふと思い至る。「誰か、不動産屋からは事情聴取してるか?」

「していたはずです……簡単に」

「今のアパートの前に住んでいた場所、どこだか分かってるか?」

「それは……」庄田がまた必死にページを繰った。「ないですね」

「ちょっと待て」西川は自分の携帯を取り出した。松波は「必要な情報はメールで流す」と言っていたし、事実、昨日から何度もメールが来ていた。一通一通にもう一度目を通していったが、古い住所に関するデータはない。

「よし、まず不動産屋に当たろう。熊井の人生を再構築するんだ」やはり、過去に手がかりがあるような気がする。

「了解です」溜息《ためいき》をついて、庄田が手帳を閉じた。

「何だよ」あまりの元気のなさに、心配になってきた。

「いや、何でもないです」

「元気ないじゃないか」また胃が痛むのだろうか。

「そりゃ、疲れますよ」もう一度溜息。「何か、一昨日から無駄足踏んでるだけじゃないですか」

「まだ、溝にはまってないからな」そう、捜査には「溝にはまる」と感じる瞬間がある。

何か手がかりが摑めた瞬間。その時から動きが速くなり、世界に色を感じるようになる――しかし捜査の大部分は、灰色の世界をとぼとぼ歩いて行くようなものだ。この三日間は、完全に灰色の世界だった。そういうことに慣れているつもりでも、間違いなく疲れる。その疲労は庄田にだけではなく、自分にも蓄積しているはずだ。

捜査はゆるりと動き出した。神宮前のアパートを仲介した不動産屋には、契約当時のデータがまだ残っていて、熊井が以前住んでいた住所が明らかになったのだ。

墨田区内、本所吾妻橋駅の近く――それを知った瞬間、西川は奇妙な感覚に襲われた。強盗殺人事件の現場に近過ぎる。西川の感覚からすると、住んでいる街で計画的な犯行に及ぶというのは、まずあり得ない。裏道までよく知っているという意味では、犯人側にとってプラスかもしれないが、逆に知り合いに見られる可能性も高くなるからだ。

「この辺りに足はあるか？」

「初めてですね」庄田が淡々と答える。「何か……開けてますね」

西川も同じ印象を抱いた。この付近も、元々は埋立地ということだろうか、坂がほとんどなく、道路も整然と整備されている。広い浅草通りが街の真ん中を貫き、その両側にはマンションやオフィスビルが建ち並んでいた。整然としているが活気ある雰囲気なのは、生活とビジネスが無理なく一つの街に溶けこんでいるためだろう。

東を向けば、スカイツリーが嫌でも目に入る。東京タワーの圧迫感も相当なものだが、さすがにスカイツリーには及ばない、と西川は思った。何しろ高い……雲が低い時は、先端が見えなくなるのではないだろうか。そしてグレー一色なので、妙な迫力がある。東京タワーは、赤いというだけで結構愛嬌《あいきょう》のある存在なのだ、と改めて思った。ここはスカイツリーの最寄駅から一駅離れているのだが、それでもすぐ近くから見下ろされている感覚が強い。この辺りに住んでいる人たちは、こういう感じにもう慣れているのだろうか、と心配になった。しかしすぐに、慣れる時間があったはずだ、と思い直す。スカイツリーは一晩にして完成したわけではない。徐々に高さを増していくのを見ているうちに、自然な光景になっていったのかもしれない。

「最初に現場を見ておこうか」

「そうですね」

二人は浅草通りを、隅田川《すみだがわ》方面に向かって歩き出した。墨堤通りと交わる交差点は五叉路《ごさろ》で、北西方面が雷門通り、南西方向は清澄《きよすみ》通りになる。北へ向かうのは墨堤通り……大まかに区役所方面を目指した。先に立つ庄田は、住宅地図を見ながら歩いている。一瞬立ち止まって振り返り、「この角を右へ曲がったところが、被害者宅です」と告げた。うなずき、彼の後について右折した西川が見たのは、空き地だった。思わず眼鏡をかけ直す。この情報は、頭になかった。

モルタル造りの古い民家が建ち並ぶ一角。場所によっては、家が互いに支えあうように密着しているが、その中で、歯が一本欠けたような空き地があった。

「ここか？」西川は道路の向かい側に立ち、空き地を見つめながら訊《たず》ねた。

「そうですね」庄田の声には戸惑いが感じられる。

「空き地になっているっていう情報はなかったのか？」

「特に聞いていません」

「なるほど……」不自然ではない。何が起きたのかは簡単に想像がついた。土地持ちだった被害者だが、息子は既に独立して暮らしていた。悲惨な事件の舞台になった生家に、わざわざ住みたいとは思わないのではないか。家と土地が手に入っても、それが逆に重荷になる可能性もある。相続税は、事件に巻きこまれたという事情があっても、減免されないはずだ。それに土地や建物は、持っているだけでも毎年税金がかかる。親と同じように不動産業でもやっていれば話は別だが——それこそ降って湧《わ》いた財産になるだろう——そうでなければ重荷になるだけだ。

「被害者の息子は何をやってる人なんだ？」

「何でしょうね……ちょっと覚えてないですけど」庄田が肩をすくめる。

「普通の会社員とか？」少し苛《いら》立《だ》ちながら西川は言った。「不動産屋の息子が不動産屋になるとは限らないが、やるなら父親の商売を継ぐのが普通だろう」

「でしょうね。あるいは支店を任されていたとか」

「そうなのか？」

「いや……」庄田の耳が赤くなった。「想像です」

「想像するのは悪いことじゃないけどさ……穴が多いな」

西川は一歩を踏み出した。古い一戸建ての家が目立つ中、所々に小さなマンションが混じっている街並みだ。道路はフラットで、カーブは少ない。歩いているうちに、いつの間にか区役所の前に出てしまった。いきなり、それまでの下町らしい雰囲気とはまったく違った新しい街が顔を見せ、かすかな違和感が生じる。アサヒビールの巨大な建物、それに匹敵する大きさの区役所の庁舎やタワー型のマンションが一角に集まり、そこだけ墨田区ではなく、六本木辺りの雰囲気を醸し出しているのだ。

その一角に近い隅田川沿いは、「隅田川テラス」として整備されている。河原のうねった地形をそのまま生かしたような、親水公園。寒いにもかかわらず、川風に吹かれながらぼんやりとベンチに座っている人が何人もいる。

「熊井のマンションは？」

「もうちょっと北の方です」庄田が住宅地図に視線を落とした。

「川沿いを歩いて行こうか」

必ずしもそちらが近道というわけではなさそうだったが、少し気分転換をしたかった。今回の件ではどうも、何をやっても心がダメージを受ける。

土手を乗り越えて川縁に出ると、一気に冷たい風が襲いかかってきた。タイル敷きのテラスはゆるやかにカーブしながら北の方へ続き、隅田川の対岸の景色もよく見渡せる。手すりは鉄枠で、波をイメージしたような、うねった曲線がはめこまれ、立体的になっている。手すりの近くを歩いていると、川面《かわも》が案外近いのに気づいた。かすかな水の臭《にお》い……釣り船が、ゆっくりと北上していく。見上げると、土手の上は首都高六号線。

「冷えますね」庄田が両肩を抱くように擦《さす》った。

「そうだな」冷えた方がいいのだ、と思いながら西川は言った。寒い方が頭の働きがよくなる――いつもはそうだが、今回ばかりは、その法則は通用しそうになかった。どんな小さなものでも手がかりがあれば、そこから推理を広げることができるのだが、今回はまだゼロだ。

途中でテラスから土手に上がり、一般道に戻る。テラスを歩いて来たのは、単なる遠回りに過ぎなかった、と後悔した。何か思いつけばともかく、まったく意味のない行動。気持ちも暗く落ちこんだままである。西川は口をつぐんだまま、ひたすら歩き続けた。

事件当時に熊井が住んでいたのは、五階建ての小さなマンションだった。かなり古い。

「家賃は幾らぐらいするんだろうな」

「さあ……ワンルームだとして、五万とか六万ぐらいじゃないでしょうか」庄田が首を捻《ひね》る。

「駅からは結構遠いな」

「そうですね。でも、最寄駅はやっぱり本所吾妻橋になると思いますよ。浅草からだと、橋を渡らなくちゃいけないし……橋を渡ると、実際の距離よりも遠い感じになるんじゃないでしょうか」

「そうだな」西川は手を伸ばして、住宅地図を受け取った。熊井の家と被害者の家……直線距離にして、百五十メートルほどか。やはり近い。近過ぎる。西川は、被害者宅付近の様子を思い浮かべた。俺だったら、あそこで何かしようとは絶対に思わない。近所の人の目を考えれば……しかし一人暮らしの人間だったら、また感覚は違うかもしれない。普段から、誰にも見られていない孤独感を味わっていてもおかしくはないだろう。自分を透明な存在だと思えば、住む家の近くで犯罪に走る気になっても不思議ではない。

二人はさっそく、マンションでの聞き込みを始めたが、すぐに壁にぶつかった。庄田が言った通り、単身者向けのワンルームマンションのようで、平日の日中に家にいる人はほとんどいなかった。全ての部屋のインタフォンを押し終えたところで、西川はここでの聞き込みを諦《あきら》めた——当面は。住人を摑まえやすい夜に来るべきだ。

すぐに近所の聞き込みに切り替える。とはいっても、難しそうだ……一人暮らしの若い男が立ち寄る場所は限られている。その辺に住む人に話を聞いても、まず目撃証言は得られないだろう。気安い定食屋や中華料理屋、安い居酒屋などがいいのだが……駅からかなり離れてしまったこの辺りには、そういう店は見当たらない。

「近くに喫茶店、あったかな」

庄田が、また住宅地図を見た。指でなぞっていくのを、西川は黙って見ていたが、そうしている間にも寒さが身に染みてくる。水が近い場所はやはり寒いのだ、と実感した。

「駅の方へ行かないと、ないですね」

「熊井は喫茶店が好きなんじゃないかな。少なくともコーヒーは好きだと思う」

「ああ、神宮前の店にも、よく通ってたんですよね」

「休みの度に行くっていうのは、相当気に入ってたんだと思う。もちろん、コーヒーじゃなくて、あの店がお気に入りだったのかもしれないけど」

「捜してみますか」

「道案内は任せるよ」

　庄田の後について歩き出す。そうしながら西川は、この付近の印象を頭に焼きつけようとした。基本的に治安はいいはずだ。区役所や大きな企業がある街は、昼でも夜でも人通りが多い。もちろん、日付が変わる頃には人気はなくなるはずだが、それが理屈で分かっていても「いつでも誰かに見られているかもしれない」という感覚は、強く心に染みこみ、なかなか離れないものだ。

　古い家が多いのは確かだが、街自体は綺麗《きれい》だ。細い路地に、鉢植えを並べたりしている家が多いせいかもしれない。ささやかなものでも、緑があれば心が和む。そう言えば最近、妻の美也子は鉢植えを育て始めた。アイビーが多いのだが、玄関に緑が溢《あふ》れているのは、なかなかいい光景だ。あれを外に出して、道行く人の目を楽しませるのもいい。アイビーは丈夫だから、外で雨露に濡《ぬ》れ、風に吹かれても元気に育つはずだ。やり過ぎると、そのうち家の壁全体がアイビーに覆われてしまうかもしれないが、それはそれで古い洋館のようで味があるかもしれない。ただし、新築の家が多いあの辺りでは、浮いてしまうだろう。

それこそご近所の手前、遠慮しなければならない感じだ。

馬鹿馬鹿しい……頭を振って妄想を追い出し、西川は歩調を速めた。いつの間にか、庄田はずいぶん先に行ってしまっている。ふと立ち止まり、振り返ると、不審そうな視線を向けてきた。自分の横にある店を指差し、うなずきかける。西川は小走りで彼に追いついた。

「家から一番近い喫茶店っていうと、ここですかね」

ビルの一階に入っている店で、相当古い。窓ガラスからは既に透明感が消え、中の様子ははっきり窺えなかった。

「これは……」西川が想像していたようなイメージではない。先日訪れた、神宮前のカフェのようなお洒落《しやれ》な店を考えていたのだが、ああいう店は、この辺にはないのかもしれない。「入ってみるか」

「そうですね」庄田が地図を畳んで背広の内ポケットに入れ、ドアを開けた。からん、と呼び鈴が涼しく鳴るのも、昭和の喫茶店をイメージさせる。

店内には、煙草《タバコ》とコーヒーの臭いが染みついていた。こういう店は、どちらかというと沖田の好みだな、と思う。というよりあいつは、基本的に煙草が吸える店ならどこでもいいのかもしれないが。

カウンターの奥にいたマスターは、暇そうに新聞を読んでいた。五十絡みの男で、短く刈り上げた髪はほぼ白くなっている。カウンターの上の灰皿からは、煙草の煙が頼りなく立ち上がっていた。西川たちに目を留めると、辛《かろ》うじて愛想笑いと判断できる表情を浮かべ、立ち上がる。しかし西川がバッジを示すと、愛想は一瞬にして消えた。

「ああ、警察……」つまらなそうに漏らした。

「お仕事中申し訳ないんですけど、ちょっと時間を貰《もら》ってもいいですか」

「お仕事中も何も、ご覧の通りで。今は暇ですよ」肩をすくめて皮肉に言いながら、店内を見回す。客はゼロ。ずっと手持ち無沙汰《ぶさた》にしていたようだ。

西川はカウンターにつき、庄田がその背後に控えた。こういう並びになると、相手はいらないプレッシャーを受けるのだが、と思いつつ、西川は庄田に何も言わなかった。この場で修整するようなことではない。

「コーヒーでもどうですか？」

その誘いはひどく魅力的だった。ずっと歩き回って喉《のど》が渇いているし、コーヒーの刺激で活を入れ直したいとも思う。しかし西川は、首を振って断った。コーヒーの準備をしている間に、マスターの関心は自分たちから離れてしまうだろう。あるいは、何か考え直す隙《すき》を与えてしまう。できれば、こちらの質問だけに集中して欲しかった。

「早速なんですけど、この男に見覚えはありませんか」

西川は、熊井の写真をカウンターに置いた。手にとっていいかどうか分からない様子で、マスターが腕組みをしたまま、写真を見下ろす。ふと鼻に皺《しわ》を寄せると、「触っていいですか？」と訊ねる。

「じゃあ、ちょっと……」マスターが、頭に引っかけていた眼鏡をかけ直し、写真を手にした。眼鏡の奥で目を細め、写真を凝視する。やがて顔を上げると、眼鏡を頭の上に戻し、「熊ちゃん？」と短く言った。困惑が滲《にじ》んでいたが、写真の人物が誰なのかは認識しているようだった。

久しぶりに当たりだ、と西川は気持ちを引き締めた。座り心地の悪い丸椅子《いす》の上で、何とか体を安定させ、身を乗り出す。

「ご存じなんですか」

「ええ、うちにはよく来ていたから」

「常連さん？」

「そう、ですね。だいたい、週に二回は。夜勤のバイトで上がりの時とか……そう言えば最近見ないけど、どうしたのかな」

「引っ越しました。ずいぶん前ですよ」

「あらら、そうなんですか」マスターが眼鏡を手に取り、頭を掻《か》いた。「知らなかったな。いつの間にか来なくなってたから」

それはそうだろう、と西川は納得した。本当にあんな事件を起こしたとすれば、この街にいられるわけもない……それにしても、熊井にすれば大赤字だっただろう。あの強盗で得た金は、おそらく数万円程度。引っ越しするには、数十万円はかかる。アルバイト生活の身にすれば、相当の大金だ。

「週二回というと、結構多いですよね。毎日顔を出す人もいるけど」

「まあ、そうですかね。このマスターは、何十年も、地元の人たちを相手に店を続けてきたのだろう。堅実とも言えるが、発展性のない商売なのも間違いない。もちろん、スカイツリーができた今は、観光客を当てこめるかもしれないが……店の寂れ具合を見ると、そういう様子でもなかった。

「彼は、どんな感じの人でした？」

「大人しい若者」すぐに返事がきた。

「ここへ通っていた頃は、まだ二十代でしたね」

「それぐらいかな？　年齢は聞いたことないけど」

「何か、話とかしましたか？」

「うん、まあ、世間話をね。彼、野球が好きでね……うちへ来るのも、スポーツ新聞を読むためみたいなものだったから」マスターが苦笑する。

うなずきながら、西川はカウンターに置かれたメニューを見た。コーヒー一杯四百円……街場の喫茶店としては、最近では安い方だろう。それで長い時間粘られたのでは、店としても迷惑だったのではないか。

「当時は、この近くで働いていたんですよね」

「そう。仕事がきついって、いつも愚痴を零《こぼ》してたけどね」

西川は黙ってうなずき、マスターの口から情報が出てくるのを待った。こちらでは当然、当時彼が何をしていたかは分かっている。倉庫会社勤務。主に大手食品会社の下請けをやっていた会社で、商品の仕分けや管理などをしていたはずだ。仕事場はこの近くにある冷凍倉庫で、仕事はかなりヘビーだったことが想像される。

「仕事はどこで……」話が続かないので、結局訊ねてみた。

「近くの倉庫です。冷凍倉庫なんで、真夏でもダウンジャケットを着て仕事するような感じらしいよ。そういうの、結構辛《つら》いでしょうねえ。体温の調整が効かなくなって、体を壊すんじゃないかな」

話好きのマスターなので、これまでのところは助かっている。もしも何か知っていれば、いい情報が漏れてきそうだ。

「どんな感じの人でした？」最初に戻って質問を繰り返した。

「それは、いい人ですけど」マスターが急に真顔になった。「何なんですか？　事件でもあったんですか？」

「まあ、そういうことです」西川は言葉を濁した。この一件——熊井が自宅から逃亡したことは、まだマスコミには発表されていない。いずれどこかが気づいてすっぱ抜くかもしれないが、この段階では話せないことだった。

「警察には秘密も多いですね」

「捜査ですから」

西川は努めて冷静な表情を作った。好奇心が強い人間はお喋りになりがちなので御しやすいが、逆にこちらも喋るものだと思って突っこんでくる。しかしこのマスターは、無理に話を広げようとはしなかった。

「とにかく、大人しい青年ですよ。結構いい男なんだけど」

「そうですよね」西川はカウンターに置いた写真をちらりと見た。

「俳優にでもなればって勧めたこともあるけど」

「そこまでは……どうでしょう」西川は苦笑した。確かにすっきりとしたハンサムな顔だちではあるが、芸能界で活躍できるようなカリスマ性があるとは思えない。

「結構苦労してたみたいなんですよ。ずっと就職できなくてね。ちょうどその頃、すごく景気が悪かったんじゃないかな？」

「そういう時期だったでしょうね」その時だけに限った話ではないが。バブル経済崩壊以降、若者の就職は常に厳しい状況だ。

「仕事も何回か変わって、経済的にもきつかったと思うな。うちでコーヒー一杯飲むのだって、結構な贅沢《ぜいたく》だったんじゃないですかね」

倉庫でアルバイト……仕事はきつそうで、それだけ給料はいいはずだが、生活がかつかつだったことは簡単に想像できる。

「しかし、今は何してるのかね」マスターが首を捻る。

「ショップで……服を売ってるみたいですね」少なくとも三日前までは。

「ありゃ、そうなんだ」マスターが眼鏡をかけ直した。「意外ですねえ。そんなお洒落な感じでもなかったけど」

「そういう店で働きたいとか、いつか自分で店を持ちたいとかいう話はしてませんでしたか」

「そういうのは、なかったなあ」

西川は、次第に失望が広がるのを感じた。話し好きではあるが、情報は持っていないようだ。

「ここへはいつも一人で?」

「そう、だいたいね」

だいたい、という曖昧《あいまい》な表現が引っかかる。「常に」ではない。

「連れがいたこともあるんですね?」突っこみながら、バイト先の同僚ではないか、と西川は想像した。熊井が働いていた倉庫は、ここからそれほど遠くない。近くに住む同僚がいれば、仕事帰りに立ち寄ってコーヒーを、というのは自然な行動だ。

「ああ、女の人ね」

「女性? バイト仲間ではないんですか?」

「違う、違う」マスターが、何故《なぜ》か慌てて手を振った。「同棲《どうせい》してたんですよ。一回見て、何となくそんな様子だなと思って、後で聞いてみたんです」

あのワンルームのマンションで？　二人きりで持ち物が少ないとはいえ、常に顔を突き合わせて生活するのは、結構きついのではないだろうか。一戸建ての自分の家でさえ、建てる時にはわざわざ自分が一人になれる場所を確保した。階段下のデッドスペースを使った穴倉のような場所だが……あそこは妙に落ち着く。

「どんな女性でした？」

「すらりとした、ちょっといい女でね」マスターが相好を崩す。「年は、熊ちゃんと同じぐらいかな？　ちょっと大人びた感じもしたけど、背の高い女性って、だいたい実年齢より年上に見えるから、分からないな」

「何回ぐらい、ここに来ました？」

「二回か三回かな。たぶん、食事を作るのが面倒になったんでしょう。うち、一応ちゃんと料理も出しますから」

「最近は、見てませんか？」

「見てないですねえ。お客さんっていうのは、常連さんでも、いつの間にか来なくなったりするから」

　二人で逃亡していた？　マスターにさらに質問を浴びせかけたが、彼の記憶もそこまでだった。仕方ない、とも思う。熊井は週に二度ぐらい現れる常連だったのだろうが、それだけの存在である。突然来なくなったことにも、それほどショックを受けた様子ではないし……それでも、女の存在が明らかになっただけでも、大きな収穫である。あのマンションを管理している不動産屋かオーナー、あるいは住民に聞き込みをすれば、女の正体は割れるかもしれない。

熊井が住んでいたマンションの方へ引き返しながら、西川は庄田とブレーンストーミングをした。こういうことをする相手としては、頭も口も回転が速いさやかの方が適しているのだが。

「事件が起きた当時、熊井は女と同居していた可能性が高い」

「ええ」

「その女は、事件について、何か知っていたかもしれないな」

「そうかもしれません……もしも、人を殺して帰って来たら、普通の状態じゃないですからね」

「興奮しているか、落ちこんでいるか、おかしいのはすぐに分かるはずだ」

「そうじゃないとしたら……」

「女も共犯者だった」西川はぴしりと言った。

もちろん、その可能性が低いことは分かっている。現場——血の海になった床に残された足跡は、一種類しかなかった。靴のサイズでいえば、二十七センチ程度、男性の足跡と見られている。共犯者がいたとしたら、動き回らないでどこか一か所にじっとしていたとは考えにくい。そう、どこかで熊井に指示を飛ばしていただけとか……それはそれで異様な光景だ。しかもそれが女性だとしたら、西川の想像を超えている。

「ちょっとあり得ないかな」西川はすぐに前言を撤回した。「女は何も気づかなかった、という方が現実的だろう」

「……でしょうね」庄田もうなずいた。「だいたい、男女ペアで犯罪っていうのは、ほとんどないですよね」

「少なくとも俺は、経験したことはないな」

マンションまで来て立ち止まり、手帳を広げる。自分のメモを見返して、事件前後の態井の動きを確認してみた。引っかかる……事件の一月ほど前に、この近くでのアルバイトを辞めているではないか。もしかしたら、その時既にどこかに引っ越していたかもしれない。確かに、神宮前のアパートを借りた時の住所はここになっていたが、本当に住んでいた保証はないのだ。どこか知り合いの家にでも転がりこんでいた可能性もある。

やはりその辺りの事情は、同居していた女に確かめるしかない。

既に夕方。帰宅している人がいるかもしれないので、西川はマンションでの聞き込みを庄田に任せた。一方自分は、マンションの管理会社に電話を入れ、事実関係を確かめることにする。幸い担当者がいて、当時の賃貸関係を調べてくれた。

「借主は女性でした」

当たりだ。西川は鼓動が激しくなるのを意識しながら、先を促した。

「ええと、菊島絵里香《きくしまえりか》さんですね」社員が淡々とデータを読み上げる。「引っ越してきたのは六年前、四年前には部屋を引き払っている。引っ越し先は分からない——しかし、緊急連絡先と保証人として、両親の名前があった。実家は仙台《せんだい》。

「引っ越し先は、本当に分からないんですか?」

「そうですね。こちらでは特に、確認する必要もないので。何か問題があっても、連絡先が分かればそれで済みますし」

取り敢《あ》えず、一番欲しい携帯電話の番号は手に入った。まず、そこに連絡してみよう。庄田を呼び戻し、路上に立ったまま確認作業を続ける。西川が電話をかける間、庄田は緊張した面持ちでずっと横に立っていた。

「はい」いきなり男の声が応じた。「春日《かすが》ですが」

「菊島さんの携帯ではないですか?」

「違いますよ」

「菊島絵里香さんの知り合いではない?」

「はあ?」若い男のようだったが、いきなり声が乱暴になった。「何すか、いったい。そんな人、知りませんよ」

「警察です」

告げると、一瞬間が空いた。切られないようにと、西川は質問を畳みかけた。

「この電話、いつから使っていますか?」

「いや、いつって……一年ぐらい前?」急に自信を失った口調になった。

一度解約した携帯電話の番号が、他の人に回るのにどれぐらいかかるだろう。その辺は通信業者に聞いてみないと分からないが……男が絵里香を庇《かば》って嘘《うそ》をついているとは思えなかった。それに、絵里香が携帯を解約してしまった可能性も低くないだろう。より安い契約や欲しい機種を求めてキャリアを変えるのは、奇妙な話ではない。

あるいは犯罪に絡んでいたら。

自分の痕跡《こんせき》を消すのに、今は携帯を手放してしまうのが一番手っ取り早い。いろいろ不便にはなるだろうが、追跡されるよりはましだろう。さらにパソコンやクレジットカードを使わなければ、警察としては、追うのが難しくなる。

しかし、熊井は犯行当時からずっと携帯を変えていない。特捜本部は微弱電波を追跡中だ。ただし今のところ、熊井は携帯の電源をずっと切ったままのようだ。あの男も、それほど馬鹿ではないのだろう。

携帯が鳴った。通話ではなく、メールの着信。誰だろうと思って見ると、松波である。タイトルは短く「強殺で逮捕状」。何だ？　話が急に転がり始めて、西川は動転した。開いて確認すると、殴り書きのメモのような内容だった。

「神宮前の部屋で見つかった指紋と、強殺現場で採取された指紋が一致。強盗殺人容疑で逮捕状を請求中」

指紋は決定的な材料だ。間違いなく、逮捕状は出るだろう。となると、対外的には「犯人が割れた」と発表し、指名手配すれば済む。実際に捕まるかどうかは別にして、特捜は十分仕事をした、と評価を受けることになるはずだ。

もっとも西川としては、それで納得できるわけではない。犯人を逮捕し、裁判で裁かれるまでは、事件は決して解決しないと思う。ただし、逃げて隠れてしまった人間を捜し出すのは、案外難しいものだ。指名手配されたまま、二度と表に出てこない人間も少なくない。既に自殺している状況も想定しなくてはいけないだろう。

「自分にも来ました」庄田が携帯を掲げてみせる。

「一度戻った方がいいな」

「連絡、入れなくていいですか?」

「いや」一瞬考えた末、西川は結論を出した。「こっちも報告することがあるし、直接顔を出そう。どうせ、墨田署はすぐそこだし」

確かに「すぐそこ」だが、本所吾妻橋界隈から墨田署へは行きにくい。署の最寄駅は総武線か大江戸線の両国駅で、何度か電車を乗り換えなければならないのだ。直線距離にすれば、二キロぐらいなのだが……三十分歩く時間がもったいない。仕方ない、タクシーを奢《おご》ろう。

二人は浅草通りまで出て車を拾った。他の刑事たちはどうしているだろう。このメールを受けて、慌てて特捜本部に上がろうとしているのか。いや、熊井の家を張り込んでいるさやかたちは、現場を離れるのを許されないだろう。依然として、熊井の身柄を確保するのは最優先事項だ。

結局、自分たちの捜査は役に立たなかったのかもしれない。そう考えると、常に淡々としていることを自分に強いている西川も、落ちこんでくるのだった。

　松波は、まったく突然に憑《つ》き物が落ちたようだった。どっしりと椅子に座り、湯呑《ゆの》みから美味《うま》そうに茶を啜《すす》っている。電話がかかってきたので受話器を取ったが、話し方も丁寧で声も低かった。西川たちの姿を認めても、表情を強張《こわば》らせることもない。軽く頭を下げてきたので、西川はかえって動揺した。熊井を犯人と断定できただけで、これほど人が変わるものか……。

　松波の前で、「休め」の姿勢を取ると、椅子を勧められた。急な変わりようにさらに驚きながら、西川は近くの椅子を引いてきて松波の正面に座った。細いテーブル一つを挟んでいるだけなので、顔が近い。座り直して、少し距離を置いた。

「メール、読んだか？」

「ええ、それで戻って来ました」

「何とか、九枚を犯人だと断定できた。現場の指紋は、どれも一部分しか残っていなかったんだが、科捜研が頑張ってくれたよ」

「よかったです」どう反応していいか分からず、無難な言葉を選んだ。「今後の方針としては、どうするんですか」

「変わらず、だ。熊井の所在確認に全力を尽くす」

「一つ、情報があります……勝手に動いたので、申し訳ありませんが」

「ああ、いいんだ」松波が顔の前で手を振った。「自分の判断で動くのは、あんたのようなベテランならではのことだからな。若い連中にも教えてやってくれ。庄田も勉強になるだろう」

「はあ」

庄田が気のない返事をすると、松波が声を上げて笑った。笑顔には、やや凶暴な気配が感じられ、西川はまだ緊張を解けなかった。

「それで、情報というのは？」一転して表情を引き締める。

「熊井が、事件当時に同居していた女がいました」

「何だと」松波の表情が、「引き締まった」から「緊張した」に変わっていた。メモ帳を手元に引き寄せ、ボールペンを構える。「名前は」

「菊島絵里香。年齢は現在三十歳です」

「今はそこに住んでいないんだな」

「ええ。事件の後で引っ越したようですが、現在の連絡先は分かりません。携帯も変わっていました」

「怪しいな」松波が顎を撫《な》でる。

「そうですね」

「共犯か？」

「そうとは言い切れませんが、何か事情を知っている可能性はあります」

「電話を突っこんでくれ。ないかもしれないかも熊井とつながっているかもしれないからな」

「よし」松波がボールペンの先を勢いよくメモ帳に叩《たた》きつけた。「電話を突っこんでくれ。その女には是非、話を聴きたい。もしかしたら、今も熊井とつながっているかもしれないからな」

「分かりました」

　席を離れ、西川は少しだけほっとした。松波から逃れられたからではなく、彼の気持ちがまだ緩んでいないと分かったから。指名手配で終了ではなく、あくまで熊井を追い詰める気でいるのだ。それなら、こちらもできるだけ協力しよう。

　仙台の実家に電話を入れる前に、西川は菊島絵里香の名前をネットで検索するよう、庄田に命じた。最近は、意外なところに個人の痕跡が残っていることがある。実際西川は、一年ほど前に手がけた事件で、犯人の行動をSNSで発見したことがある。自分の痕跡をネットの海に残してしまった馬鹿。

「特に、それらしい物はありませんね」

「SNS関係は？」

「その名前での登録はないようです」

「そうか……」

　西川は座り直し、姿勢を正した。受話器に手を伸ばす前に、頭の中で質問を整える。一番知りたいのは、絵里香が今どこにいるか、だ。実家に戻っている可能性もあるし、別の男を摑まえて結婚しているかもしれない。状況によって、その後の質問も変えていかなくてはならないだろう。要は、相手を警戒させないことだ。事件に関係しているとなったら、相手は誰でも——特に親の場合は警戒する。反射的に、子どもを庇ってしまう可能性も考慮しなければならない。

よし、軽く嘘をつこう。嘘というか、作り話。五年前の事件を再捜査していて——これは嘘ではない——目撃者に話を聴く必要が出てきた。娘さんはその頃、事件現場のすぐ近くに住んでいて……悪くない。警察がどこまで徹底的に捜査するかなど、関係者以外には分からないのだから。

電話番号をプッシュし、相手が出るのを待つ。六時半……夕食の支度中だろうか。書類に記載されていた名前は父親のようだが、電話に出るのは母親の可能性もある。女性に対する時は、できるだけソフトにいかないと。

「もしもし」

不機嫌そうな男性の声。食事を邪魔したかもしれないと思い、西川はことさら丁寧に切り出した。

「菊島さんのお宅でいらっしゃいますか？」

「そうですけど」依然として、ぶっきら棒な声。

「私、警視庁捜査一課追跡捜査係の西川と申します。お忙しいところ——」

「警視庁？」

いきなり挨拶《あいさつ》をぶった切られた。所属の説明が長過ぎたかと思い、西川はすぐに言い直した。

「警視庁捜査一課です」

「警察ですか？」

「ええ。東京から電話しています」

「警察が何の用ですか」警戒するというより、露骨に不機嫌そうな口調だった。

「お嬢さん――絵里香さんにお話を伺いたいことがありまして……捜しているんですが、今どこに住んでいるのかが分からないんです。携帯電話の番号も変わってしまっているようですし」

「娘のことは知らない」

いきなり電話が切れた。西川は「もしもし」と呼びかけてみたが、当然反応はない。唖《あ》然《ぜん》として受話器を見詰めると、庄田の視線に気づいた。

「どうしました？」

「切られた」

「はあ」庄田はあまり感情を表に出さない。今も、興味なさそうな口調だった。

「切られたんだよ。娘の名前を出した途端に、がちゃん、だ」少し苛立って、西川は言葉をぶつけた。

「何ですか、それ」

「分からない。親子関係がややこしいのかもしれないな」家出同然で故郷を後にして、それ以来ぎすぎすした関係が続いているとか。親子とはいえ——いや、親子だからこそ、一度関係が捻《ねじ》れると修復は難しくなる。

「まずいですね」

「ああ。話が聴けないとなると……お前、かけ直してくれないか？」庄田は東北出身だと思い出した。それが、仙台の人にとっては何か刺激になるかもしれない。「同郷の好《よし》みでどうだ」

「自分、仙台じゃないです。青森なんですけど」

「ああ……」

青森と仙台ではまったく違う。訛《なま》りも異なるし、共通の話題もないだろう。しかし庄田は、臆《おく》することなく電話に手を伸ばした。一分後には、やはり受話器を置くことになったが。

「駄目か」

「いきなり切られました」

「前科を調べろ」

一瞬戸惑った庄田が、再び受話器を取り上げた。警察に協力しない人間というと、まず前科者が想像される。痛い目に遭っていれば、どうしてもそういう態度に出るものだ。庄田が前科を照会している間に、西川はちらりと後ろを振り向いて松波の様子を観察する。誰かと電話しており、こちらの動きは目に入っていないようだった。

庄田が受話器を置いて、首を振った。

「本人にも父親にも、前科はないですね」

「そうか……ちょっと時間を置いてかけ直そう。今話したのは、父親だな？」

「そうだと思います」

「母親と話せればいいんだがな……固定電話は、誰が出るか分からないから困る」いつからこんな風になってしまったのだろう。十年？　十五年？　最近は、固定電話にかけることがほとんどなくなっているほどだ。庁内の連絡ぐらいのものだろうか。美也子に電話する時でさえ、自宅の電話ではなく携帯にかける。

「そうですね」庄田も渋い表情だった。

「後でもう一度かけ直そう」

松波の電話が終わるのを待ち、追跡捜査係として絵里香を追いたい、と進言した。

「仙台の方はどうだった？」しばし考えた末、松波が訊ねる。

「どうも……親の方が拒絶反応を示しています」

「どういうことだ」

「とにかく、警察だと名乗るとすぐに電話を切ってしまうんです」

「ずいぶん嫌われたな……まあ、いい。その線は引き続き押してくれ。張り込みの方は、別の人間にやらせる」

「分かりました」

丁寧に頭を下げて、西川は、まだ本部に残っている鳩山に電話をかけた。事情を説明し、当面、絵里香の追跡に傾注する、と告げる。

「何か手はあるのか?」

「今のところ、仙台の両親ぐらいですね」

「だったら、そっちを当たるしかないか」

「出張しますか?」

「必要だと思うならそうしてくれ。で、どうする? こっちへ引き上げてくるか?」

「そうします。一度、擦《す》り合わせをしておきましょう」腕時計を見る。七時近い。さやかと大竹が現場から引き上げて本庁で合流するのは、早くても七時半になるだろう。

今夜も長くなりそうだ。西川は覚悟を決めた。


さやかも大竹も疲労の色が濃かった。しかし、絵里香という新たな手がかりの存在を聞くと、少しだけ顔色がよくなる。刑事にとって最大の栄養源は、いつでも新しい手がかりなのだ。

「で、どうしますか?」一通り説明し終えたところで、西川は鳩山の顔に視線を止め、仰天した。欠伸をしている。怒鳴り散らすわけにもいかず、咳払《せきばら》いをして注意を呼び戻した。

「あ？　ああ、そうだな……」

「仙台、行ってみますか？」

「その前にもう一度、電話してみろ。母親なら、話が通じるかもしれない」

鳩山にしては珍しく、まともな指示だ。西川は庄田に目配せし、電話をかけるよう促した。嫌そうな顔をした庄田が受話器を取り上げたが、今度はいつまでも話し出さない。やがて、小さく溜息をついて受話器を置いた。

「どうした？」

「誰も出ませんね」

無視する作戦できたか……壁の時計を見上げる。午後八時。これからどう動くかは難しいところだ。

「出ないなら、直接行ってみるしかないだろうなあ」

鳩山が呑気《のんき》な口調で言った。どうもこの男は……扱いにくい。頭から押さえつけるように命令してくるなら、まだ対処しようもあるのだが、もやもやと発言を続けて、最後の判断はこちらに投げてしまうようなところがある。管理職として、無責任といえば無責任だ。しかし今夜は珍しく、自分で命令を下した。

「西川、頼むわ」

「俺ですか？」西川は自分の鼻を指差した。冗談じゃない……ようやく特捜本部の呪縛《じゅばく》から解放されて、自分本来のペースで仕事できると思っていたのに。これでは、書斎派の面目丸潰れである。

「お前しかいないだろう。沖田は使い物にならないし……そうだ、三井、沖田はどんな具合なんだ?」

「ああ、元気ですよ」さやかがにやにや笑いながら答えた。「ちゃんと看病してくれる人がいますから、入院生活も楽しいんじゃないですか」

「おお、そうか」鳩山も嬉《うれ》しそうに笑う。

この連中は、いつまで経《た》っても結婚に踏み切らない――踏み切れない沖田をからかって、楽しんでいる節がある。もちろん、自分もその一人なのだが。

「あいつのことは心配しないでいいですよ」西川は言った。「大した怪我《けが》じゃないんだし、休暇を貰ってるようなものですから。すぐに退院してくるでしょう」

「書類を押しつけたんだろう?」

「別に、何か出てくるとは思ってませんけどね」西川は肩をすくめた。沖田は――こういうことは考えたくもないが――刑事としては優秀である。粘り強さ、押しの強さ、閃《ひらめ》き。どれも事件を捜査する上では欠かせない要素だ。だが決定的な欠点がある。論理的な思考ができない。それ故、調書の読みこみは苦手で、露骨に避けてもいる。勘に頼る人間にありがちなことだが、頭の中でチャートを組み立てられないのだ。

「とにかく、同期の好みで行ってやれ。沖田がいれば、あいつに行かせるんだがな」

「私も一緒に行っていいですか?」さやかが手を挙げた。

西川は驚いて彼女の顔を見た。疲れているはずなのに、何故か嬉しそうにしている。東京にいても仕事はいくらでもあるし、そちらの方が見込みがあるかもしれない。もっとも、きつい仕事が続いた後に、ふと東京を離れたくなる気持ちは、理解できないでもなかった。移動の時間を休憩に当てられるし、知らない街を歩き回ることで、気分をリフレッシュできる。きつい仕事が待っているのでなければ、一種の休暇のようなものだ。どうやら彼女も、この仙台行きを楽しい休暇と考えている節がある。いいだろう。向こうで家族と面会する時の主役は、さやかにやってもらおう。警察の仕事で楽な場面など一つもないのだと、そろそろ思い知ってもいい年齢でもある。

西川は、新幹線のデッキで美也子に電話をかけ、席に戻った。既に九時半……東北新幹線は、上野を通過して大宮へ向かう途中だ。仙台着は十一時過ぎ。今夜は何もできないので、向こうへ着いたら寝るだけだ。庄田が宿を手配してくれていて、予約が取れ次第メールがくるはずだが、まだ連絡はない。もしかしたら宿は一杯で、駅か所轄の宿直室で夜明かしすることになるのでは……冗談じゃない。そんな惨めな目に遭うぐらいなら、どんなに夜遅くなっても、絵里香の実家を急襲してやる。

妻の美也子が、体を案じてくれた。何もなければ定時上がりがいつものパターンだからだ。自宅へ帰っても書類の精査はするのだが——それはほとんど趣味の領域だった——西川はとにもかくにも早く家へ帰って、家族一緒に食事をすることで、自分の生活のペースを保っている。それが一昨日は徹夜、昨日も帰り着いたのは深夜で、今夜は出張である。美也子が気を揉《も》むのも当然だ。クソ、沖田さえ怪我しなければ……あいつは、喜んで出張していただろう。一つところに腰を落ち着けることができない男なのだ。

席へ戻ると、さやかはのんびり弁当を食べていた。ひどく嬉しそうで、頰《ほお》が緩んでいるのが分かる。

「弁当、美味いか？」腰かけながら、西川は訊ねた。

「美味《おい》しいですよ。駅弁は、出張の楽しみですよね」

「そうかねえ」西川は、冷えた米が苦手だった。しかし今夜は食事を逃していたので、仕方なく自分も弁当を広げる。何となく栄養バランスがよさそうなので幕の内にしてみたのだが、実物を前にすると、細かいおかずが散らばっているようにしか見えない。不味《まず》そうではないが、笑顔で食べられる感じでもなかった。

弁当を摘《つま》みながら、仙台市内の地図を広げる。市町村合併後の仙台は、海辺から山の方までやたらと広くなり、場所によってはＪＲ仙台駅からかなり遠い。時間があれば作並《さくなみ》温泉か秋保《あきう》温泉に泊まるのだが、と思いながら絵里香の実家の住所を確認する。地下鉄で五駅、といったところだ。結構遠いが、まだ市街地の中である。庄田が仙台駅前のホテルを取ってくれれば、動きやすい。うまく行けば、午前中には仕事が終わるはずだ。

寒々とした食事を終え、仙台の地下鉄の時刻表を確認する。始発は五時台で、六時になると十分に一本は走っている。いくら何でも五時台の電車に乗るのは早過ぎるだろうから……。

「明日、五時半起きだな」

「ええ？」弁当の最後のご飯を口に運んでいたさやかが、目を白黒させた。

「その時間なら、摑まえられるだろう」

「そうですね」さやかが溜息をつく。気晴らしの出張が、途端に苦行になってしまったようだった。

第五章

これほど暇な時間を過ごしたことは……記憶にない。自分は一種の活動亢進《こうしん》だと、沖田は常々思っている。いつも動き回っていないと、体の機能が停《と》まってしまいそうな恐怖感があるのだ。

それが今、一日のほとんどを過ごしているのはベッドの上である。やっていることといえば、書類の読みこみ……いや、ぼうっと視線を落としているだけだ。視神経と思考が分断されてしまっている。

昨夜、庄田からメールが入っていたが、電源を落としていたので、気づいたのは今朝になってからだった。熊井は指名手配された。さらに、西川とさやかが仙台に飛んだという。捜査の動きを余さず教えてくれるのはありがたい限りだが、逆に侘《わび》しさが増す感じもした。動けないだけに、苛立《いらだ》ちが募る。

入院も三日目になると、次第に諦《あきら》めの気持ちが生じてくる。焦っても仕方ないと、今朝は朝食を終えてすぐに屋上へ上がり、煙草《タバコ》を楽しんだ。煙草はたっぷりある。響子には頼めないので、昨夜抜け出して、一カートン仕入れておいたのだ。

しかし、いつまでも屋上で煙草をくゆらしているわけにはいかない。ここでも顔見知りが何人かできたのだが——それぞれどこか後ろめたい雰囲気を漂わせている——そういう人たちと会話が弾むわけでもなかった。自分はつくづく、非社交的な人間だと思う。捜査になれば別で、いくらでも図々しくなれるのだが、私生活はないも同然だ。

煙草を三本、ゆっくり灰にして病室に戻ると、響子がいた。思わず顔をしかめる。まだ八時……この時間にここへ来るには、家を相当早く出なければならない。朝早くてげっそりしているはずなのに、沖田の姿を認めると、柔らかい笑みを浮かべた。しかしそれも一瞬のことで、鼻に皺《しわ》を寄せる。

「煙草、吸ってきた？」

「ばれたか」笑ったつもりだったが、顔は引き攣《つ》ってしまう。

「入院している時ぐらい、やめたら？」

「足以外は元気だからねえ……」音を立ててベッドに腰を下ろす。かすかな衝撃が足首に走った。

「これ、買ってきたわ」響子が、コンビニエンスストアの袋から、無煙煙草を取り出した。正確には無煙煙草ではなく嗅《か》ぎ煙草なのだが、とにかく煙は出ない。「病室で吸っていいかどうか、分からないけど」

「助かる……それにしても、早いな。会社の方、大丈夫なのか？」

「ちょっと出勤を遅らせたから」

「そういう無理は効くんだ」

「ＩＴ系なんて、どこもそういうものよ」

数年前まで、響子はＩＴ系企業の派遣社員だったが、派遣期限が切れる頃になって、会社から正規採用を打診され、一も二もなくそれを受け入れたのだった。この時代に珍しい話である。仕事は多少きつくなったようだが、身分が保証されるのが大きかった。

沖田が結婚に踏み切れない理由の一つがそれだ。響子は最初、離婚後の生活のために仕方なく働き始めたのだが、今は仕事が生活の柱の一つになっている。要するに生き甲斐《がい》だ。そこに自分が入って行って、彼女のペースを乱すのが正しいのかどうか、分からない。響子とつき合うようになって初めて、自分は案外変化を恐れる人間だということに気づき、沖田は驚いていた。

「しかし、悪いな」

「大丈夫よ。これでも子どもを一人、育ててきたんだから」

「俺は子どもじゃないよ」

「今は似たようなものじゃない……体、拭《ふ》く？」

「そうしようかな」

風呂《ふろ》に入れないのはきついが、体を拭くだけでも、少しはましな気分になる。それに今日は、響子が買ってきてくれたドライシャンプーがあった。それでかなり、頭がすっきりした。すっきりすると、動けない自分を意識して、さらに嫌な気分になってしまったが。

入院三日目では、あまり話すこともない。症状に変化はないし、退院の話をするにはま

さを想像していた。当たり障りのない内容の会話を交わしながら、沖田は彼女が去った後の侘しさを想像していた。

「大丈夫？」会話が詰まりがちになるのが気になったのか、響子が心配そうに訊《たず》ねる。

「ああ」

「こういうの、慣れないものね」

「そうなんだよ」

響子がちらりと、サイドテーブルに目をやった。膨らんだ封筒が二つ、雑に積み重ねてある。

「入院してるのに、仕事なの？」

「西川が押しつけていきやがった」

「ああ、昨日の……頼りにされてるのね」

「そうじゃない――」言いかけ、言葉を呑《の》む。西川の本音は、未《いま》だに読めなかった。本当にここから何か手がかりが見つかると期待しているのか、それともせめて読む物だけでも提供してやろうというお情けなのか。いずれにせよ、この事件では自分は用なしではないか、と沖田は自虐的に考えていた。熊井は犯人と断定され、指名手配もされた。それで捕まるとは限らないが、西川たちは着実に手がかりを見つけて、熊井を追っている。俺が何もできずにベッドに縛りつけられている間に……子どもっぽい僻《ひが》み根性だが、仲間外れにされたとしか思えない。もちろん、全《すべ》ての責任は自分にあるのだが。

「あまり焦らないでね」

「そうは言うけどさ、こんなに暇だったこと、生まれて初めてだ」

「休暇だと思えばいいじゃない」

「全然動けない休暇なんて、休暇じゃないよ。せめて新婚旅行とか……」

つい言ってしまって、沖田は口をつぐんだ。響子も同じように唇を引き結び、沖田の顔を凝視している。男の勝手な思いこみかもしれないが、響子は俺がプロポーズするのを待っているのかもしれない。今の真剣な表情を見れば、「新婚旅行」という単語に敏感に反応したのがすぐに分かる。

「ま、とにかく今は、休んでるしかないんだよな」沖田は話を誤魔化した。どうしても踏み切れない。響子が少しだけ悲しそうな表情を浮かべているのを見て心が痛んだが、これは大事な問題なのだ。自分の中で完全に踏ん切りをつけ、納得した上でないと、ちゃんとした求婚の言葉を口にすることもできない。本当は、もっと簡単に考えるべきかもしれないが、沖田にとってこの問題は、目下、人生における最重要課題だ。片手間で取り組んではいけない。

だったら今が、まさに最高のタイミングだ。暇な入院生活で、考える時間だけはたっぷりある。ここで結論を出して――もちろん前向きの結論だ――退院と同時にプロポーズ、が理想的ではないか。そう、こんな風に世話を焼いてもらっていることのお礼としても。

いや、それはあまりにも打算的ではないだろうか。何かしてもらったからそのお返し、という感覚で結婚するのは間違っている。純粋に愛のために——だが、そんなことを考え始めると、脳がフリーズしてしまう。四十歳をとうに過ぎているのに、何だか中学生みたいな純真さだ、と自分でも思う。今時、中学生の方がよほど進んでいるかもしれない。

沖田の思いを知ってか知らずか、響子はいつもの穏やかな笑みを浮かべていたが。

沖田は相変わらず、病室のテレビを見ていなかった。金が勿体《もったい》ないということもあるし、一度テレビをつけると、そちらに意識を吸い取られてしまいそうで怖かったから。同じ理由で、パソコンも使っていない。それ故、ニュースが見たくなると、ロビーまで降りて行く。常にNHKが流れているので、最低限の情報はチェックできるのだ。今も、昼のニュースを眺めるために、ロビーに降りて来たのだが、そこで見知った顔を見つけた。声をかけるべきかどうか、迷う。向こうもこちらを覚えているはずなのだが、ギプス姿の自分を見せるのは、何となく恥を晒《さら》すような感じがしていた。

だが、こういう時に限って、向こうが先に自分を見つけてしまう。松葉杖《づえ》なので急なターンもできず、しっかり顔を見られてしまった。そのまま無視してくれればいいのだが、大股《おおまた》でこちらに近づいて来る。

相手は沖田の前で立ち止まり、上から下までじろりと見下ろした。

「ああー、大したことはない。足首の骨折だ」何か言われる前にと、沖田は先に説明した。

「聞いてます。ヘマしたそうですね」

ダイレクトに切り出されてかちんときたが、反論できない。事実は事実だし、相手の穏やかな笑みを見ていると、反論する気力もなくなってくる。大友鉄《おおともてつ》、刑事総務課勤務。以前は捜査一課にいたから、沖田も古くからの顔見知りである。

「そういうことだ」松葉杖に体を預けたまま、肩をすくめた。

「いつまで入院してるんですか」

「それほど長くないと思うけど、分からない」

「骨折ぐらい、沖田さんなら気合いで治りますよ」

「まさか」沖田は思わず苦笑した。「それよりお前さん、病気じゃないよな」

「ええ。仕事です」

実際大友は、事務室から出て来たのだ。入院患者の情報でも求めて来たのかもしれない。しかし、ご苦労なことだ。彼は妻を亡くして、捜査一課から刑事総務課に志願して異動した。子育てのためである。だが、時々頼まれて、難しい事件の捜査に参加していた。

「また、いいように使われてるのか」

「仕方ないですね」

大友が肩をすくめる。元学生演劇の経験者ということで、普通なら決まらないこういう仕草も、やけに板に付いている。

「座った方がいいんじゃないですか」

「それは、俺と話をしようという意味かな？」沖田は仰天した。顔見知りという程度で、親しく話したことはほとんどないのだ。だいたいこの男が、仕事の途中で雑談をするとは思えない。

「他意はないですよ。足に負担がかかりそうですから」

断る理由もないので、沖田はそろそろとベンチに腰を下ろした。大友は、少し間を置いて座る。

「事件のことは聞いてます」

「逮捕状も出たそうだ」

「たぶん、犯人はすぐに見つかりますね」

「そうかね」

「逃げ切るのは、簡単じゃないですよ」

「その気になれば、東京には隠れる場所はいくらでもあるぞ」

「西川さんが入っているから、大丈夫でしょう」

「何だよ……お前、あいつを買ってるのか？」

「西川さんは優秀ですから」

これでお前は俺の敵だぞ、と沖田は心の中で毒づいた。何も、西川を持ち上げなくてもいいのに。しかし、そんなことで喧嘩《けんか》する気にはなれず、低い声で同調した。

「ま、特捜も動いてるし、何とかなるだろう」

「しかしこれ、単純な事件なんですかね」

「何か気にかかるのか?」

ちらりと横を見ると、大友が首を横に振っていた。具体的に知っているわけではないが、違和感がある、という感じだろうか。恐らく、これ以上突っこんでも、彼も説明できないはずだ。

「行き当たりばったりに、資産家の家を狙《ねら》いますか?」

「それはそうだな」沖田としても、気になっている部分である。しかし計画的な犯行だったかどうかは、熊井を逮捕してみないと分からない。

「金がありそうだと思ったら、もう少し入念に下調べするはずです」大友がなおも持論を展開した。

そこは、大友の言う通りだ。たんす預金を馬鹿にしてはいけない。金融機関を信用しない人間が増えて、自宅で保管される現金は、日本全体では相当な額になっているのだ。多少なりとも目端の利く泥棒なら、行き当たりばったりに家に忍びこんだりはせず、事前に調査するだろう。

「とにかく、犯人の行動が雑です」

「素人だろうからな」完全にそうとは言いきれないがな、と思いながら沖田は答えた。熊井が高校時代に、窃盗の疑いをかけられた話は聞いている。要するに、元々そういう性癖のある男なのではないか。もしかしたら、表に出ていないだけで、他にも犯罪歴があるかもしれない。世の中で、闇《やみ》に埋もれている事件は少なくないはずだ。

「もう一度、犯人の行動をおさらいする必要があるでしょうね」

「それは、特捜がやってるよ」

大友の強い視線を感じた。おいおい、お前、何か知ってるのか？　俺の手元に資料があることを、誰かから聞いたのか？　大友は一応、部外者である。この話がこれ以上進まないように、沖田は話題を変えた。

「ところでお前さん、結婚した時にはどんな感じだった」

「何ですか、いきなり」大友の顔が少しだけ歪《ゆが》んだ。「古い話ですよ」

「どんな感じだった？」沖田は質問を繰り返した。

「どんな、と言われても」途端に歯切れが悪くなる。「どういう意味ですか？」

「いや、だからプロポーズのこととか」

「何でそんなことが知りたいんですか」

「後学のためにだよ、相棒」

大友が首を捻《ひね》る。どうしてこんな質問を浴びせかけられているか、まったく理解できていない様子だった。それを見て、沖田もこれ以上質問を続ける元気をなくしてしまった。

「何でもない。今のは忘れてくれ」会話の打ち切りを告げるために、沖田は松葉杖を摑《つか》んだ。

「僕の場合は、ごく自然にでした」大友が唐突に言った。「学生時代からつき合ってましたから、成り行きですね」

「劇的なプロポーズとか、なかったんだ」

「そういうの、笑い話にしかなりませんよ」大友が苦笑する。「ま、一般的には、最後は度胸じゃないですかね」

「度胸？」

「いろいろ、面倒なこともありますよ。でも、そういうことを一々考えていたら、絶対に結婚できない——結婚だけに限らないでしょうけどね」

「仕事も同じか」

「後の影響のことなんか考えていたら、無茶はできないでしょう。とにかく、度胸ですよ。最後は思い切って飛びこむしかありません」

大友が立ち上がり、一礼して去って行った。この野郎、俺の事情を知っているのか……沖田はむっとしたが、大友の言うことにも一理ある。迷っていなかったら、それほど親しくもない男に、こんな話をするわけがないのだから。

そう、俺は確かに迷っている。

もやもやする気持ちを向ける先が、書類しかないというのは悲しいものだ。相手の顔を見て、声を聞いて——という作業がないと、自分が怠慢な公務員になってしまったような気がする。

それでも、見ないよりは見た方がましだ。

実際、気にかかっていることもある。大友も言っていたが、犯人の行動が、本当に行き当たりばったりだったのかどうかが謎《なぞ》だった。やはり犯人は、被害者が資産家と知って狙っていた、と考えるのが自然である。何故《なぜ》なら、被害者が住んでいた家——今は空き地になっているらしい——は、結構な年数を重ねていた上に、それほど立派な建物ではなかったからだ。一見しただけでは、金持ちが住んでいそうな家とは思えなかったはずだ。わざわざそこへ押し入ったのは、生活実態を知っていて、家に金目の物があると踏んでいたからに違いない。

それにしても、妙だ。盗まれたと見られているのは、「現金数万円（仮）」だけ。普段使っていた財布の中に、札が一枚もなかったことから推定されたのだが、そもそもいくら入っていたかが分からない。長男の証言——「普段、現金はそれほど持ち歩いていなかった」があるだけである。

そして何より、金庫が手つかずになっているのが奇妙だった。手提げ金庫で、多少重いものの、持って歩けないほどではない。ダイヤル錠がついていたが、然《しか》るべき道具があれば、こじ開けるのは難しくなかっただろう。そして中には、二百五十万円を超える現金が残っていた。しかもこの金庫は、ローボードの上に堂々と置いてあったのである。部屋を物色しようとしたら、まず真っ先に目につく場所。犯人がそれを無視したのは何故だろう。警察が、あまりにも早く到着したから？　それでも、あの金庫ぐらいは持って逃げられたはずだ。人を殺しておいて、肝心な金庫に手をつけなかったというのは、理解できない。

どうにも納得できなかった。

盗まれた物のリストをチェックしていく。財布から抜かれたであろう現金の他に、長男が「なくなっている」と主張したのは家の権利書だけだった。これだけは、ローボードのどこにしまってあるのか聞いていたらしいが、犯人――熊井がそれを使って家をどうこうしたという形跡はない。おそらく、訳も分からず、その辺の書類を適当に摑んで逃げていったのではないだろうか。

盗品リストの中で、奇妙な物に気づいた。USBメモリ。何だ、これは？

長男の証言が、メモになって添付されていた。
・被害者が使っていたノートパソコン（東芝製、2005年夏モデル）には、常にUSBメモリが挿さっていた。それがなくなっており、どこを探しても見つからないという。犯人が盗んだとしか考えられない、とのこと。
意味が分からない。何か金になるような情報が入っていたのか？　もちろん情報は金になるのだが……半引退状態の老不動産屋が、それほど重要な情報を握っていたとも考えにくい。

一度気になり出すと、頭の中がそれで一杯になった。この件を確かめられる人間は……特捜にいるだろう。だが、係長の松波は駄目だ。あの男は追跡捜査係を目の敵にしているし、俺が電話すれば、機嫌が悪くなるのは目に見えている。考えた末、庄田に電話をかけることにした。あいつは東京にいるはずだし、探りを入れさせよう。

妙な疲労感を覚えたが、気持ちを奮い立たせてロビーに降りる。自動販売機が置いてある一角のベンチに座り、怪我《けが》した右足を投げ出して、携帯を取り出した。かけてみたが、つながらない。どこかで張り込み中で、電源を切っているのかもしれない。何度かかけ直してみたが、結果は同じだった。そのままメッセージを残してもよかったのだが、それではいつ返事がくるか分からないし、病室では受けられない。覚悟を決めて、特捜本部に電話を入れた。誰か電話番の若い刑事がいると甘く見ていたのだが、悪いことに電話に出たのは松波本人だった。まずい……切ろうかと思ったが、いきなり愛想のいい応対をされて、沖田は切るタイミングを逸してしまった。

「おう、具合はどうだ？」

「ええ、はい……何とか」自分でも嫌になるほどどぎまぎしてしまう。苦手なタイプではあるが、情けない話だ。

「電話して大丈夫なのか？　まだ病院だろう」

「ロビーに抜け出してきました」

「何か、連絡でも？」

こちらが仰天するほど愛想がいいのは、捜査が一気に進展したためだろう、と推測した。とにかく強殺事件の犯人は熊井だと確定したのだ。長年の特捜の苦労が報われた格好であり、これなら、普通に話しても大丈夫かもしれない。とはいっても、安心して気を抜くと失敗することも多いので、下手《したて》に出ることにした。

「余計なことかと思いましたが、調書を見直しています」

「ああ、そういうことならどんどんやってくれ……で、何か見つかったのか？」

やけにテンションの高い話し振りに、沖田は少し引いてしまった。こちらは意識して、低い声で喋《しゃべ》る。

「ちょっと気になったことがありまして」

「何でも言ってくれ」

こいつは、どうにも調子が狂う……しかし向こうの機嫌のよさは、徹底的に利用すべきだ、と思い直した。

「盗まれた物のリストに、ＵＳＢメモリがありましたよね」

「ああ、そうだったな」

「普段の仕事に使っていた物だと思いますけど、何だったんでしょう」

「いや、それは分からない」松波の声が少しだけ落ち着いた。「長男も、内容までは知らなかったようだ。仕事用だろうとは言っていたが、確信はないようだな。一緒に暮らしていないし、仕事を手伝っていたわけでもない」

「そうですよね……そのパソコンから、熊井の指紋は出ているんですか？」

「ちょっと待て」

何かをごそごそと弄《いじ》る音が聞こえてきた。沖田は電話を持ち替え、彼の返事を待った。ほどなく電話に戻ってきた松波の声は、一層低くなっていた。

「出ていないな」

「妙ですね。事件現場の部屋には、熊井の指紋があちこちについていたんですよね？　ということは、奴は手袋もしていなかったはずです」本当に計画的犯行だったのだろうか。しっかり準備すれば、手袋を使うぐらいは考えつきそうだが。

「そういうことになるだろうな。実際にそうだったかどうかは、熊井本人に聞いてみないと分からないが」

「USBメモリを抜けば、パソコンに指紋がつくんじゃないですか？」

「いや、あんな物は引っ張れば抜けるだろう」

「普通は、パソコンにも触りますよ。USBメモリは案外硬く挿さっていますからね。軽いノートパソコンだったら、特にそうです」

「なるほど」

「もちろん、抜く時に指紋がつかないように、ハンカチか何かを使った可能性もありますが」

「可能性としては、な」

そう、可能性だけだ、と沖田は思い直した。理論と実際の犯行現場の間には、とんでもない隔たりがある。

「しかし熊井は、現場で相当慌てていた様子じゃないですか。それがどうして、USBメモリを抜く時だけ、そんなに慎重になったんでしょう。だいたい、USBメモリを盗む意味が分からないですよね。そこに重要な情報が入っていると分かっているぐらいなら、他のこともっとよく分かっていたでしょう。そもそも、金庫を持って行かなかったのは理解できない」

「それは、警察の到着が早かったからじゃないかね」

「どうも腑《ふ》に落ちないんですがねえ」それは自分も考えたのだが、と思いながら沖田は言った。

「分かるが、それが今、重要な問題なのか？　そんなことは、熊井を捕まえればいくらでも説明させられる」

「そうだといいんですけどね」

「何が言いたい？」松波の声が尖《とが》る。本来の怒りが蘇《よみがえ》ってきたようだった。

「五年前のこと、今でも覚えていますかね。これが分からないと、何となくしっくりこない気がするんですが……」

「先走り過ぎだ。事件の本質には関係ないだろうが。それに、あれだけの事件だぞ？　五年経《た》とうが十年経とうが、忘れるわけがないだろう」

「刑事の記憶なら、もっと鮮明でしょうね」

「ああ？」

「当時、現場にいた刑事に話を聴いてみたいんですが」

「そんな暇はない」

松波の調子は、すっかり元通りになっていた。怒らせるつもりはなかったのだが……自分が無理を言っているのは承知の上で、沖田はさらに頼みこんだ。

「当時特捜本部にいて、今はどこかへ異動した人もいるでしょう。そういう人なら、時間はありますよね……ちょっと話を聴かせてもらうわけにはいきませんか」

「それは……いや」松波が躊躇《ちゅうちょ》して、一瞬言葉を切った。次に声を出した時には、何故か怒りは消えていた。「いないこともないな」

「そうでしょうね」

「そっちへ行かせようか」

「いや、そこまでしてもらわなくても……電話で話せますから」

「俺から話をしてみよう。お前は病院のベッドで大人しくしていろ」

何のことだ？　首を捻った瞬間、電話は切れてしまった。かけ直そうかと思ったが、これ以上話を続けていると、松波を本気で怒らせてしまうかもしれない。その相手をするのは面倒だった。それに松波が紹介すると言っているのだから、それはそれでいいではないか。こっちは黙って待つだけだ。

果報は寝て待て、と言うし。

二時間後、沖田は多少の動揺を感じながら、五年前に現場に急行した刑事と面会していた。動揺したのは、相手が予想もしていなかった女性だったからである。自分より何歳か年下で、名前だけは知っている。警視庁全体でも、女性刑事はまだ数が少ないから、どうしても目立ってしまうのだ。

伏見真樹《ふしみまき》は、事件発生当時は所轄の墨田署にいて、現場に一番乗りした一人だった。そのまま特捜に入ってこの事件の捜査を担当していたが、一年後に本庁の捜査三課に異動、去年、世田谷西署の刑事課に転出していた。

真樹は、明らかに緊張していた。まさか、五年も前の事件のことで呼び出されるとは思ってもいなかったのだろう。椅子《いす》を勧めたが、座ろうともしない。もっとも、こっちがベッドに胡座《あぐら》をかいた状態では、まともに話はできない。沖田は彼女を喫茶店に誘った。

「いいんですか?」松葉杖を使って立ち上がる沖田を見ながら、真樹は心配そうに言った。

「これもリハビリのうちだから。もう、慣れたし」そう言って、真樹を先導しながら廊下を歩いて行く。

午後の面会時間に入っているので、喫茶店は混み合っていた。何とか空いたテーブルを探して、腰を下ろす。コーヒーを頼んで、これが今日最初の一杯だと気づいた。普段はコーヒー漬けなのに……俺の習慣は、大きく変化しつつあるようだ。

「それで、お話はどういうことでしょう」前置き抜きで、真樹が切り出した。

「現場の話なんだ」沖田も調子を合わせて本題に入る。彼女は、どういうことなのか早く知って、楽になりたいと思っているのだろう。「あなたは、現場にほぼ一番乗りした」

「制服組のすぐ後でした」

「当然、しっかり見ていると思う」

「そのつもりでした」

よし、結構だ。記憶力には自信があるタイプなのだろう。しかも断定しないのは、慎重な証拠である。

「部屋にパソコン――ノートパソコンがあったのは、確認したかな?」

「ええ。ローボードの上に。東芝製の黒いパソコンでした」

記憶力テスト、合格。これなら、かなりはっきりした証言が期待できる。

「その時に、USBメモリを確認できたかな?」

「いえ」

即答。沖田は眉《まゆ》をひそめて見せた。真樹が一瞬目を瞑《つぶ》り、眉間《みけん》に皺を寄せる。集中しようとしているのだ。目を開けると、ゆっくりと首を横に振る。

「見ていません」

「見ていない……USBメモリがなくなっていることは、後で確認されたみたいだけど」

「それは息子さんの証言です。私が話を聴きました」

「じゃあ、間違いないね」

「現場の検分の時に同席してもらったんですけど、最後の頃になって気づいたんです」

「その検分は、いつ？」

「発生の翌日ですね。朝からでした」

「その間は、当然現場は封鎖されていたわけだ」

「もちろんです」真樹が硬い口調で言った。「それと、ＵＳＢメモリですが、あくまで発生直後は確認できなかった、という意味ですから」

「どういうことかな？」

「あのパソコンには、何か所かにＵＳＢの挿しこみ口がありました。横と、たぶん後ろも……横には何も挿さっていなかったと思いますけど、背後は分かりません」

「そういうことか」沖田は腕を組んだ。彼女はしっかり覚えているし、正直に話しているようだが、これではどうしようもない。謎が深まるばかりだ。「つまり、ＵＳＢメモリがなくなった根拠は、息子の証言だけなんだね」

「そういうことになります」真樹が顎《あご》を引き締めた。

「息子は、信用できそうな人間なのか？」

「証言は、信用……できます」

一瞬空いた間が、沖田は気になった。かすかにうなずき、その空白について説明するよう、促す。

「明らかに、親子の関係はよくなかったようですね。どうも父親は、息子をだらしないと思って嫌っていたようで……父親は、一代で不動産業を大きくしたんです。誰に聞いても、バイタリティ溢《あふ》れるタイプ、という答えが返ってきました」

「裏を返せば、多少強引なことでも平気でやるわけか」

真樹がかすかに顔をしかめる。死者に対する露骨な悪口を避けようとするその姿勢に、沖田はますます好感を抱いた。

「あの辺、バブルの時期に地上げとかあったのかね」

「どうでしょう。具体的な話は聞いていません。近所の人たちにも、よく愚痴を零《こぼ》していたようですよ」

コーヒーにはまだ手をつけていない。「いずれにせよ……」真樹が短く切り揃《そろ》えた爪を弄った。

覇気がない、と思えたようです。近所の人たちにも、よく愚痴を零《こぼ》していたようですよ」

息子としてはたまらなかっただろうな、と沖田は苦笑した。親子には様々な事情がある。

息子の方で、父親を、不動産業という商売を嫌がって避けていた可能性も否定できない。

「息子さんの仕事は？」

「それが、不動産業なんです」真樹の顔が少し皮肉に歪んだ。「父親とはまったく関係なく、独立してやってたんですけど、あまり上手《うま》くいってなかったようですね」

「何だよ、それ……」沖田は首を傾《かし》げた。親に対してライバル心でも抱いていたのか。

「それで家を出て、ほとんど接触がなかったわけか」

「そうですね。息子の証言では、会うのは年に一回か二回、ということでした」

「近くに住んでいたはずだけど」

「ええ……とにかく、一緒に住むのが嫌だったんでしょう」真樹の顔が歪む。「そういう親子関係は、珍しくはないと思います。親子だからこそ、一度憎しみが生まれると、徹底して憎み合いますからね」

「年に一回か二回でも、会わないよりは会う方がましかもしれないな」

「そうですね」真樹がまた爪を弄った。「先ほどの話ですが、息子さんは信用できると思います。事情聴取した時も、冷静でしたから」

「親が殺されたのに？」

「嫌っていれば、冷静なのも理解できます。少なくとも私は、信用しました。証言にも矛盾がなかったですし」

本当に？　沖田は腕を組んだ。真樹は、パソコンにUSBメモリが挿さっているのを確認できなかった。だったら長男は、どうしてその状況を知っていた？　父親が使っている時に、たまたまパソコンにUSBメモリを挿しているのを見たから？　それで、「いつも挿さっていたはず」などという言葉は出てくるだろうか。大きな問題ではないかもしれないが、この場では解明できないことであり、それ故沖田の心に刺さった。

それにしても——西川は、いつもこんなことをやっているのだろうか。文章に潜んだ小さな矛盾や謎を追いかける？　刑事の仕事というより、ミステリ小説を読んでいるようなものだ。作者が必死に隠した伏線や手がかりを丹念に探し出し、結末に至るより前に犯人を言い当てる。

しかし刑事の場合、想像——推理だけで犯人を指摘するようなやり方は御法度だ。小さな疑問でも、具体的な証拠を入手して合理的に解決する。しかし今自分は、動き回ってこの疑問を解くわけにはいかないのだ。真樹は好意から——命令だからかもしれないが——病院まで足を運んでくれたが、息子を呼びつけるのは無理だろう。

全ては、このクソ忌々しい怪我のせいだ。

しかし怪我した責任は自分にある。どこにもぶつけようのない怒りが、体の中を駆け巡った。

再び、一人。ベッドに寝転がり、両手を頭の下で組んで天井を見上げながら、USBメモリの謎を考える。いや、実際には謎というほどではないのかもしれない。長男の勘違いということも考えられる。そもそもどんなデータが入っていたのか分からない限り、重要性を判断できない。

腹筋を使って上体を起こす。運動不足のせいか、それだけで腹筋が笑ってしまうようだった。このままの状態が続いたら、戦列復帰がいつになるか、分からない。退院できても、リハビリにはそれなりに長い時間がかかるだろう。いっそのこと、医者に無断で抜け出してしまうか……松葉杖をつきながらでも、できる仕事があるはずだ。

携帯電話が鳴り出したので、慌てて止める。先ほど喫茶店にいた時に電源を入れ、そのまま消すのを忘れていたのだ。着信を確認すると、庄田である。今頃、こちらから電話を入れたのに気づいてコールバックしてきたのか……用事はとうに終わってしまったが、一応、礼ぐらいは言っておかないと。ついでにニコチンを補給しておくのもいい。沖田は煙草とライター、それに携帯電話をジャージのポケットに突っこみ、病室を出て屋上に向かった。

まず、煙草を一服……松葉杖をついたまま煙草を吸うのも、すっかり平気になってきた。昨日はだいぶ脇が擦《す》れ、今朝は痛みが残っていたのだが、今日はもう平気だ。一本吸い終わったところで、ベンチに腰を下ろし、庄田を呼び出す。

「すみません、連絡が遅くなりまして」

「いや、いいんだ。仕事中だったんだろう?」

「ええ」

「こっちの用事はもう終わったから、心配しなくていいぜ」

「あ、そうですか」

庄田は、特にむっとしている様子もない。中には、ちょっとしたことで臍《へそ》を曲げてしまう人間もいるのだ。庄田はまだ大人しい方だが、さやかなど、その傾向が強い。

「ところで、そっちはどんな具合だ?」

「今は、熊井の過去を探っています。バイト先を当たっているんですが……運がない男ですね」

「というと?」

「バイト先が倒産したり、派遣切りに遭ったりして……どれも、本人には責任がない感じです」

「それは確かに、運が悪いな」自分たちは幸運なのだと思う。「公務員の仕事は安定していて楽だ」という考えには反論するが——実際自分はこのように怪我しているのだし——よほどとんでもないことをしなければ、馘《くび》にならないのは事実である。「それで強盗に走ったのか？」

「そこが上手くつながらないんですが……」

「高校の時の窃盗騒ぎについては、どうなんだ」

「それも、確定できません。騒ぎがあったのは確かなんですが、実際に盗んだかどうかは、今となっては何とも言えませんからね。当時は偏見もあったんじゃないですか」

「ああ」ありがちな話だ。川崎は都会だが、高校は小さなコミュニティである。噂《うわさ》には尾ひれがついて広がり、本人が否定しようがお構いなしに、罪人にされてしまう。その経験が、熊井の心に暗い影を落としていてもおかしくはない。「盗癖があったかどうかは、はっきりしないわけだな」

「そうです。親は否定しているんですが、家を出てからはあまり頻繁に会っていないようですから、その証言を全面的に信じていいかどうかは分かりません」

「親は、熊井が指名手配された事実を知っているのか？」

「……ええ」庄田の声が暗く落ちこむ。

「まさか、お前が知らせたんじゃないだろうな」

「違いますけど、想像すると辛《つら》いですね」

デリケートな男なのだな、と沖田は改めて思った。普段それほど積極的に話すわけではないので、本音は読み難《にく》いところがある。

「親はどうしてる？」

「自分は直接知りませんけど、辛いんじゃないですかね」

「そいつは分かるよ」

「少なくとも、人を殺すような人間ではない、と言ってるそうですけど」

「ああ」

仮に高校時代の窃盗が事実だったとしても、人を殺して金を奪うという残虐な犯行との間には、越え難い壁がある。それに熊井は、自暴自棄にはなっていなかったはずだ。何度も仕事で挫折《ざせつ》しながら、必ず次の働き先を見つけ出し、最後は正社員になっていたのは、心が折れていなかった証拠である。

「熊井と同棲《どうせい》していた女の方はどうなんだ？　西川たちは仙台まで行ってるんだろう？」

「まだ何も連絡が入っていません。上手くいってないのかもしれませんね」

庄田が、昨夜二回、電話を叩《たた》き切られたことを説明した。何というか……今回の事件は、親子関係の断絶があちこちに横たわっているようだ。熊井と両親。絵里香と両親。被害者とその長男。親子関係とはかくも難しいものかと思うと、嘆息が漏れ出る。あるいは自分と啓介も……響子との結婚に踏み切れないもう一つの大きな理由が、啓介の存在である。

それは、拒絶への恐れだった。啓介が事件に巻きこまれて以降、できるだけ寄り添ってきたつもりだが、それでも彼の心を引き寄せることができたという自信はない。啓介にすれば、母親と二人きりの生活に突然入って来た闖入者《ちんにゅうしゃ》、という認識かもしれない。だからといって、どうしていいかは分からないのだが。

気を取り直して話を進める。

「他はどうだ？　順調なのか？」

「熊井に逮捕状は出ましたけど……」

庄田が口を濁す。それで沖田は、熊井の足取りがまだ掴めていないのだ、と悟った。あの男は、あの現場で俺を突き飛ばした後、こつ然と姿を消してしまったことになる。こういう場合、捜索の開始が早ければ早いほど、見つかる確率が高いのだが……一年逃げ切られれば、その後で見つけ出すのは困難になる。

「誰か、逃亡の手助けをしそうな奴はいないのか？」

「今のところは、いません」

「仕事先の関係とかは？」

「それはないですね」庄田が断言した。「迷惑がってます」

「ああ、そりゃそうだろう」分からないでもない。店員――熊井は社員だが――が強盗殺人犯と知らされ、指名手配を受けていることが分かれば、心穏やかでいられるわけがない。「裏切られた」と激怒しても不思議ではないだろう。「ところで、俺の方でも、ちょっと気になっていることがあるんだけど」

「何ですか」

USBメモリについて説明した。できるだけシンプルにしたつもりだが、庄田が沖田の疑念を呑みこんだ様子はない。しかしそれは沖田の勘違いだった。ややあって口を開くと、

「関係ないんじゃないですかね」とつまらなそうにつぶやく。

「関係ない？」沖田は頭に血が昇るのを感じた。人が必死に書類を読みこんで気づいたことを、こんなにあっさり切り捨てるとは――。

「だって、犯人は分かっているんですから、細かいことにこだわっても……今は、熊井を捕まえるのが最優先ですよ」

「わざわざ、当時の担当刑事に話を聴いたんだけど」

「マジでそんなこと、したんですか？」

庄田が言外に非難を滲《にじ》ませる。それに気づき、沖田は一瞬にして、自分の推理の無意味さを悟った。確かに庄田の言う通りだ。今はあれこれ推測しても仕方がないし、この線に捜査員を割り振る余裕もないだろう。熊井が捕まりさえすれば、事件は百パーセント解決するのだ。何だったら、取り調べは自分が担当してもいい、と思った。動き回れなくても、取り調べなら何の支障もない。ベッドに寝たままでも、何時間でも追及してやる――そんな、自分に都合のいい話が通用するとは思えなかったが。おそらくどこかのタイミングで、追跡捜査係はこの事件から手を引くことになる。自分たちの仕事は、特捜の手伝いではな

いのだ。松波にしても、今は機嫌がいいが、また自分たちを疎ましく感じることになるだろう。横から口出しをして、手柄を奪って行く、と感じてもおかしくはない。一番いいタイミングは熊井の逮捕だが、捜索が長引くようであれば、鳩山が適当なタイミングで撤収の決断を下すだろう。実際現状は、まだ流れで手伝っているようなものだ。

「ああ、分かった。もういいよ」

「大人しくしている方がいいんじゃないですか」庄田がやんわりと忠告した。

「分かってるって」邪魔して悪かった、の一言が出ない。これだから自分は駄目なんだと思いつつ、沖田は無愛想なまま電話を切るしかなかった。

午後早くに、鳩山が病院にやって来た。見舞いのつもりだろう、紙袋をぶら下げている。赤坂にある老舗《しにせ》の和菓子屋のものだ、と沖田はすぐに気づいた。

「腐ってるんじゃないかと思ってな」ベッドの上にちらばる資料にちらりと目をやって、鳩山が言った。

「ええ、腐ってますよ」開き直って沖田は答えた。「いい加減、退院しようと思ってますけど」

「許可は出たのか」

沖田は黙りこんで、腕を組んだ。医者はまだＯＫを出していない。松葉杖があれば動けるのだから、後は自宅でリハビリでもいいはずなのに……もちろん、家にいても、入院しているのと状況は変わらないはずだが。

「ほれ、見舞いだ」鳩山が和菓子の入った袋を掲げて見せる。

「食って下さいよ。俺は今、腹が膨れているんで」本当は、もう空腹感を覚えていた。昼食もほんのわずかな量で、内臓系にまったく異常のない沖田からすれば、雀《すずめ》の涙ほどの量でしかなかった。しかし、甘い物を食べる気にはなれない。

「そうかい？　持ってきた人間が食べるのも変な話だが――」鳩山の相好は、既に崩れ始めていた。

「どうせ自分で食べるつもりで持ってきたんでしょう？」

「まあ、お前一人では食いきれんわな」

鳩山が、嬉《うれ》しそうに包みを開けた。最中《もなか》か……そもそも甘い物はあまり食べないが、最中は沖田が一番苦手な和菓子である。それにしても量が多い。十個……十二個もある。響子が来た時に、少し持って帰ってもらおう。後は他の入院患者にお裾分《すそわ》けするか。

「これな、高いんだぞ」非難するような口調で鳩山が言った。

「分かってますよ。まさか、経費で落としたんじゃないでしょうね」

「ポケットマネーに決まってるだろうが」言いながら、鳩山が箱を開け、小分けされた包みを手にした。出てきた最中は巨大で、見ているだけで食欲が失われる。しかし鳩山は、嬉しそうに齧《かじ》りついた。いい年をして、子どものように邪気のない表情だった。

「そんな甘い物を食べていいんですか」

「肝臓には関係ないらしい」

本当に？　後でこの病院の内科医を摑まえて、話を聴いてみよう。

医者の専門的な説明をバックに忠告すれば、鳩山も少しは反省するかもしれない。肝臓が悪いと言いながら——実際いつも顔色はよくない——隠れて酒を呑みに行っているのは間違いないのだし。西川と、「いつか尾行して確かめよう」と合意しているのだが、それはなかなか果たせずにいる。

鳩山はあっという間に一個を平らげ、次の一つに手を伸ばした。呆気《あっけ》にとられた沖田の視線に気づいたのか、バツが悪そうに、「昼飯は蕎麦《そば》だけだったんだ」と言い訳する。何が蕎麦だけだ……どうせ、たっぷり天ぷらが乗った蕎麦だろう、と沖田は白けた気分になった。

「それで、どんな具合なんですか？　西川たち、仙台まで行ってるんですよね」

「まだ連絡がない」

「こんな時間なのに？」沖田は思わず腕時計を見た。朝から動き回っているはずなのに、何の報告もないのはおかしい。電話一本かけられないような忙しさに巻きこまれているのか、あるいは何の手がかりもない状態を恥じて、連絡できないでいるのか。

「いろいろあるんだろう」

「だけど、事件当時同棲していた女っていうのは、重大な証人じゃないですか。今も熊井の居場所を知っているかもしれないし」

「まあな」鳩山は相変わらず呑気《のんき》な口調だった。

「係長……」沖田は額を揉《も》んだ。「呑気に最中を食ってる場合じゃないですよ。これからどうするんですか？」

「ま、タイミングを見て、だな」

「撤収のタイミングですか？」

「いつまでも引きずるのは、うちのやり方じゃないぞ。今回の件は、うちとしてはプラスにもマイナスにもならない。深入りしても、いいことはないんだ」

「引っかかることもあるんですけど」

またUSBメモリのことを説明した。しかし、鳩山も乗ってくる気配がない。庄田に続いて鳩山にも無関心な態度で接され、沖田は自分が無意味なことにこだわり過ぎているのではないか、という疑念を抱いた。

「ま、あまり気にしないことだ。本筋とは関係ないような感じがするな」

「いずれ、本筋に関係してくるかもしれませんよ」

「お前、松波係長にゴリ押ししたそうだな」鳩山が一転して厳しい口調になり、身を乗り出した。口の端に最中の欠片《かけら》がついているので、迫力はまったくないが。

「別に、してませんよ」ごり押しだと感じれば、松波は爆発したはずだ。今は機嫌がいいが、あの男は本質的に癇癪《かんしゃく》持ちのはずである。

「まあ、いいが……頼むから、大人しくしていてくれよ」

「大人しくって……俺は、どうすればいいんですか」沖田は、ベッドに散乱する書類に向かって指を振った。「これは暇潰《ひまつぶ》しの玩具《おもちゃ》ですか？」

「そうかもしれんな」鳩山が顎に手を当てたままうなずく。

何なんだ、いったい……俺がいなくて、追跡捜査係がきちんと動くのか。動くかもしれない。

今のところ、今回の一件でヘマをやったのは俺一人なのだから。自分は歯車にもなれない存在か、と考えると情けなくなってくる。

第六章

西川はしみじみと失敗を嚙《か》み締めていた。五時半起きでホテルを出て、出勤前の絵里香の父親を摑《つか》まえることはできたが、電話で話した時よりも強い調子で、証言を拒絶された。「話す事は何もない」。目の前で閉ざされるドア。

これ以上の追撃は、事態を悪化させるだけだ。後で母親を攻めることにして一旦《いったん》引いたのだが、西川は頭を捻《ひね》るばかりだった。そんなに父娘の仲は悪いのか?

「父親が、娘に対してあんなに怒るっていうのはどういうことなんだ?」思わずさやかに訊《たず》ねる。

「どうですかね」

さやかが欠伸《あくび》を嚙み殺す。昨夜遅く、今朝も早かったのだから、仕方がないが、西川はかちんときた。自分からこの出張に「行く」と言い出したのではないか。もう少し気合いを入れてもらわないと困る。

「いくら仲が悪くても、話すぐらいはできると思うけど」

「男親と娘は、一度こじれると後は難しいですよ……私にはよく分からない世界ですけど」

さやかは早くに父親を亡くし、母親一人に育てられたはずだ。この場で突っこんでする話ではないが。

二人は、家の近くの路地に身を潜めていた。玄関から叩《たた》き出されて三十分、父親の運転する車が目の前を通り過ぎるのを目撃する。

「さて、母親を攻めるか」西川は一歩を踏み出した。

「同じ結果になると思いますけどね」さやかが肩をすくめる。

「いつからそんなに悲観的になった？」

「昔からですよ」

「そんな風には見えないけどな」

「私、それほど能天気でもないですよ」さらりと言って、さやかが先に立って歩き出す。

絵里香の実家は、まだ新しい一戸建てだった。築五年……十年は経《た》っていないだろう。ということは、娘が家を出てから建てた家、ということになる。絵里香にすれば、自分が育った家が消えてしまったようなものではないか。

ノックすると、すぐに女性が顔を出す。取り敢《あ》えずその場の雰囲気を和ませようと、西川は対応をさやかに任せた。自分も、人に恐怖感を与える風貌《ふうぼう》ではないが、若い女性の方が、相手も気を許しがちだ。

「警視庁捜査一課の三井です」さやかがバッジを示す。爽《さわ》やかな口調には、相手をリラックスさせようという狙《ねら》いが感じられた。「先ほどは大変失礼しました。是非、娘さんのことでお話を伺いたいんですが」

「いえ、でも……」母親はドアの陰に隠れていた。外へ出るつもりはないようで、西川からは顔も見えない。さやかの後ろに移動しようかとも思ったが、自分が顔を見せることで、パワーバランスが崩れるのを恐れた。ここは姿を見せず、黒子に徹していた方がいいだろう。

「そんなに緊張しないで下さい」さやかが笑みを浮かべる。「娘さんが何かしたというわけではないんですから。ただ、連絡先を知りたいんです」

「怒られますから」

「ご主人にですか？」

無言。だが、さやかがうなずいたのを見て、向こうも同じようにしているのだろう、と西川は想像した。

「ここでお話を聴いたことは、表には出しません。ご主人にも分からないようにします」

「でも、分かりますよ」

「奥さんが何も言わなければ大丈夫ですよ」

二人のやり取りを聴きながら、西川は表札を確認した。菊島光一《こういち》、智美《さとみ》。今時、表札に家族の名前が書いてあるのも珍しいが、夫婦だけというところに西川は引っかかった。娘はもう、完全に家族ではないということか。結婚して家から離れたら、そうするのも不自然ではないが……生活を別にしているだけ、という状況で、娘の名前を表札から外すだろうか。父親の深い怒りが背景にあるような気がしてきた。

西川はさやかのコートの袖を引き、表札を見るよう、指示した。一瞬表札に目を留めたさやかが、事情を把握したようで、突っこんでいく。

「娘さんは、今はこちらに住んでいないんですね」

「ええ」

「東京にいらっしゃるんですか」

「それは、ちょっと……」

「言えない事情でもあるんですか？　娘さん、特に前科などはないようですけど」

さやかが畳みかけると、智美の声が一気に低く、冷たくなった。

「当たり前です」言葉を噛み潰《つぶ》すように低い声で言った。

「だったらどうして、娘さんのことを話してくれないんですか？　離れて暮らしていて、心配でしょう。それとも、もう結婚されているとか？」

「違います」

独身、と西川は頭に刻みこんだ。いい情報ではない。結婚していれば、社会に残す痕跡《こんせき》は増えるもので、手がかりを掴みやすい。

「最近、連絡は取っているんですか」

「いえ」

「五年前……東京の本所吾妻橋に住んでいましたよね。その頃何をしていたかは、ご存じですか」

ちょっと突っこみ過ぎだ、と西川は心配になった。あまりにも性急になると、向こうは頑《かたく》なになるかもしれない――いや、これでいいのだと思い直す。頑なになれば、それこそが何か知っている証拠になるのだから。

「知りません」予想に反して、智美の口調は淡々としていて、心の内を感じさせなかった。

「男性と一緒に住んでいた、という話があるんですが」

「そうですか」衝撃的な事実ではないかと思ったが、やはり調子は変わらない。

「ご存じないんですか？」

「私は知りません」

「じゃ、誰か知っている人はいますか？　こちらにも、まだ友だちが残っているでしょう」

さやかは引かなかった。マシンガンのように言葉を浴びせかけるのが、彼女の真骨頂である。矢継ぎ早の質問で、相手の失点を誘うのだ。

「高校までは、こちらだったんですよね」

「ええ」

「東京へは、大学進学で出て行ったんですか？」

「ええ」

智美の答えは短く、余計な情報は一言も漏らすまいという強い意思が透けて見えた。

「それからずっと、向こうにいるんですね」

「そうです」

「で、連絡もほとんど取っていないわけですか……何があったんですか？」

「家の中の話ですから。警察に言うようなことではありません」

何かあったのは間違いない。それが今でも、家族に影を落としている。西川は耳に全神経を集中させたが、さやかが急に強硬な態度に出た。

「警察に言うべきことかどうかは、こちらが判断します」

潮時だ。西川はさやかの背後に回りこみ、智美の正面に陣取った。彼女は西川の存在にまったく気づいていなかったようで、大きく目を見開く。五十代後半、と見積もった。薄手のセーターにジーンズという格好で、ほっそりした体形が目立つ。濃い茶色に染めた形跡のある髪を上げてまとめている。眼鏡の奥の目は、かすかに潤んでいるように見えた。

「警視庁捜査一課の西川です」頭を下げ、眼鏡のフレームに軽く触る。「あくまで参考までに話を聴きたいだけなんです。そこまで頑なになられる理由が分からないんですが」

「家の中の話ですから」智美が繰り返す。

「それは分かります」西川は、真面目《まじめ》な表情を作ってうなずいた。しかし、家の中で何かがあったのは間違いない。「ここで聴いた話は、絶対に表に出ません。警察も、プライバシーはきちんと重視しますから」

「主人に怒られます」

話が最初に戻ってしまった。溜息《ためいき》をつきたいところだが、相手を苛立《いらだ》たせるような真似《まね》はできない。西川は顎《あご》に力を入れて、口元を引き締めた。

「有り体に言えば、私たちは娘さんと話がしたいだけなんです。こちらのご家族の事情に首を突っこむつもりはありません。ただ、娘さんの住所や連絡先を教えてもらえれば、それでいいんです」

「……知らないんです」

意外な言葉に、西川は眉《まゆ》をひそめた。知らない？　いくら何でも、実の娘のことではないか。しかし智美は、嘘《うそ》をついている様子ではなかった。

「いつの間にか引っ越して、携帯電話も変えたみたいで……連絡先が、全然分からないんです」

「ちょっと待って下さい。それは大変なことじゃないんですか」

西川は前に出て、さやかの横に並んだ。智美は一歩引き、完全に玄関の中に入ってしまう。さやかが慌ててドアを押さえた。

「もしかしたら、事件に巻きこまれているかもしれないんですよ。警察には相談したんですか？」

「そんなこと、できませんよ」智美が唇を尖《とが》らせる。「そんな、みっともないこと……」

「どこがみっともないんですか」詰問口調になっているのを意識しながら、西川は言った。「家族の問題でしょう？　何より大事だと思いますけどね。違いますか？」

「それは、普通の家族の場合です」

「こちらは違うんですか？　普通の家族じゃないんですか」

智美がうつむく。眼鏡を外すと、目尻《めじり》をそっと拭《ぬぐ》った。泣くような話なのか、と西川は心にさざ波がたつのを感じた。さやかが西川を睨《にら》みつけて黙らせ、話を引き取る。

「何か、辛《つら》いことがあったんですか」

顔を上げた智美の目はまだ潤んでいたが、涙が零《こぼ》れるほどではなかった。辛いことであったかもしれないが、既に記憶の彼方で霞《かす》み始めているのかもしれない。

「とにかく、娘がどこにいるかは分かりません」

「無事かどうかも？」さやかがさらに追及した。

「無事……生きているとは思います」

「どうして分かるんですか？」

「年賀状は来ますから」

「今年も？」

「ええ」

さやかが助けを求めるように、西川の顔を見た。これ以上突っこんでも、何か分かるとは思えない。智美は本当に娘の居所を知らないようだし、かつてこの家に何があったかを気にし過ぎると、捜査の本筋から外れる。ここは仕方ない……絵里香の行方を探す方法はまた考えよう。それでも西川は、もう一つ質問せずにはいられなかった。

「今年の年賀状は取ってありますね」

「ええ」

「住所は書いていない?」

「ないです」

「そういう年賀状は、いつから届くようになったんですか」

「……四年前です」

西川は緊張で、背中が強張《こわば》るのを感じた。事件の翌年ではないか。本所吾妻橋のマンションを引き払ってから、自分の無事を知らせるための手段として、年賀状を選んだ、ということか。そうだとしたら、娘の方でも家族に対して複雑な気持ちを抱いていたと分かる。

「年賀状、見せてもらえますか」

「それは……」智美が躊躇《ためら》った。

「消印を確認したいだけです。もしかしたら我々の方で、娘さんの居場所をつきとめられるかもしれません。会えれば、こちらに連絡するよう、説得できると思いますよ」

智美が、正面から西川の顔をまじまじと見た。その目に、かすかにすがるような雰囲気が浮かぶのを、西川は敏感に感じ取った。どうやら娘との仲が決定的に悪いのは父親の方で、母親は身の上を案じているはずだ。しかしこの家の中では、父親が絶対的な権力を持っている。母親には相当ストレスが溜《た》まっているはずだ、と西川は同情した。

一度頭を下げた智美が、家の中に引っこんだ。ドアを閉めなかったのは、いい兆候だと思う。完全な拒絶ではない。西川はふっと溜息をつき、自分の中で高まっていた圧力を抜いた。思っていたより緊張していたのを意識する。

「年賀状、どういうことですかね」さやかが小声で訊ねる。

「一種の生存証明だろうな」

「じゃあ、娘さんの方は、それほどこの家を嫌っているわけじゃない？」

「そういうこと……かな」西川は肩を上下させた。両肩から背中にかけてが、鉄板のように凝っている。最近は、誰かと厳しいやり取りをすると、ひどい肩凝りに悩まされる。

「年賀状は、案外便利なんじゃないか。一年に一度だけ、『生きている』って連絡するにはいい手段だよ」

「そういうのが四年前からっていうのは……」

「その件は後で話そう」

さやかがうなずくのと同時に、智美が玄関に姿を現した。両手に、五枚の年賀状を持っている。今さら指紋を気にしても仕方ないので、西川はそのまま受け取った。一枚ずつ消印を確認していく。全《すべ》て新宿区内の局のものだった。年賀状自体は、コンビニエンスストアで売っているような既製品で、メッセージも何もない。ただ、宛先《あてさき》だけが手書きだった。

「この字は、間違いなく絵里香さんのものですか？」

智美が無言でうなずく。心配そうに、両手をきつく握り合わせていた。

「本当に、この年賀状の他に、連絡はないんですね？」

「ありません」

智美に対する事情聴取はこれまでだ。後で何か分かれば、また話を聴きにくればいい——しかし西川は、簡単には諦《あきら》められなかった。なおも粘り、使えそうな情報を何とか引き出す。取り敢えずは、それで満足するしかなかった。

「今の件、報告しなくていいんですか?」地下鉄の駅の方へ向かう途中、さやかが訊ねた。

「報告することなんか、何もないだろう」

「年賀状のこととか」

「話が細か過ぎる」これは単なる手がかり——それも相当薄い手がかりなのだ。わざわざ鳩山の耳に入れるようなことではない。だいたいあのオッサンは、こういう細かい話を聞いても、すぐに右の耳から左の耳へ抜けてしまうタイプだし。「それより、友だちから事情聴取だ」

「家族よりは当てになりますかね」

「そうであることを祈るよ」

西川は、手帳にメモした住所を確認した。仙台は縁のない街なので、住所を見ても、どの辺りなのかさっぱり分からない。助けを求めてさやかの顔を見るが、知らん振りをしている。そもそも彼女も、地図を読むのは苦手だったはずだ。

この辺りは、東京近郊でもよく見られるような新興住宅地で、道路幅も広い。一方、すぐ近くに広大な公園があるせいか、緑は豊かで空は高かった。街路樹が綺麗《きれい》に整備されており、秋には紅葉が楽しめそうだ。一戸建てとマンションが混在する落ち着いた雰囲気は西川の好みだったが、今は街の空気をゆっくり味わう気持ちの余裕さえない。

地下鉄南北線で一駅、仙台駅へ近づいた北仙台。手元に詳しい地図がないので、とにかく歩き回って目的地を探すしかない。地下鉄の中では、二人とも一言も口をきかなかった。西川は、もっと有力な手がかりがないかと必死に頭を働かせていたし、さやかも何か考えている様子である。

ＪＲ仙山《せんざん》線と地下鉄が交差する北仙台駅の駅前は、広々としていた。比較的新しいマンションが建ち並び、ごみごみした様子はない。しかし、先ほどいた辺りよりは古い住宅地という感じで、道は細く、くねくねと曲がっていた。手持ちの地図では確認しようがなく、仕方無しに駅の近くのドーナツショップで道を訊ねる。店員は丁寧に教えてくれたが、それでもまだ自信はなかった。まあ、駅のすぐ近くだというから、何とか見つかるだろう……甘く考えて歩き出したが、すぐに道に迷ってしまった。

「西川さん、地図見るの苦手なんですか」自分のことを棚に上げて、さやかが訊ねてきた。

「苦手だね」

「交番勤務の時とか、困りませんでした？」

「困った。それで馘《くび》になるかと思ったよ」

古い話だ。もちろん、街の様子が覚えられないからといって馘になることはないが、あの時代の経験は、一種のトラウマになったと思う。書斎派への道は、あの頃から始まったのだ……だいたい、初めての街でもすぐに歩き回れるようではないと、聞き込みにも難儀する。

ずっと南へ歩いて行って、片側二車線の広い道路に出る。駅前よりも、この辺りの方が、繁華街の雰囲気が強かった。決して賑《にぎ》わっているわけではないが、飲食店などがちらほらと見かけられる。

「ありましたよ」さやかが目ざとく、目的地を見詰めた。「フラワーショップ大東《だいとう》」と書かれた、深緑色の看板。

マンションの一階にあるこぢんまりとした花屋で、すらりと背の高い女性が、店の前で花を整理していた。寒いのに、ダンガリーのシャツの袖をめくり上げ、軽快な感じを演出している。長い髪は後ろでまとめ、赤いバンダナでくくっていた。長いエプロンは、膝《ひざ》の辺りまである。

「どうする?」

「行きますか……私が」

一つ溜息をついて、さやかが歩き出した。西川は彼女の後につき、少し距離を置いて事情聴取することにする。いきなり二人が並んで現れたら、向こうは警戒するだろう。そうでなくても、警察のバッジには重みがあるのだ。

「お仕事中、すみません」さやかがさっとバッジを示す。「警視庁捜査一課の三井さやかと言います」

「はい？」

視力が悪いのか、女性——大東仁美《だいとうひとみ》が目を細める。体を伸ばすと、さやかがわずかに見上げる格好になった。西川とも、さほど身長は変わらない。足元は、作業のしやすさを考えてか、ヒールのないスニーカーなのだが。

「菊島絵里香さんと、高校の同級生ですよね」

「何ですか、いきなり」ぶっきら棒な口調は、怒っているのではなく、戸惑っている様子だった。「そうですけど、どうして警察の人が……」

「彼女を捜しているんです」

「絵里香、何かやったんですか？」

「そうではありません。ある人物の行方を追っているんですが、絵里香さんが居場所を知っている可能性があるんです」

「その人って……犯罪者ですか」

「それは、捜査の秘密なので言えません」

重たい沈黙に、通り過ぎる車の音が被《かぶ》さった。仁美はうつむき、足元に視線を落としている。話すべきかどうか、迷っている様子だった。さやかがちらりと西川の顔を見る。西川は一歩前に出て、仁美と向き合った。

「我々にも、まだ状況がよく分からないんですよ」

仁美がすっと顔を上げる。率直な物言いに、何か感じるところがあったようだ。

「中へどうぞ」

促されるまま店の中へ入ると、花屋特有のむっとする香りが襲ってきた。中は狭い。ガラスのショーケースが巨大で、空間を圧迫しているのだ。立ったまま三人で話をするには、あまりいい環境ではない。

「こちらです」

奥へ通される。ドアの向こうは、倉庫兼事務所のスペースになっていて、液体肥料を入れた段ボール箱などが積み重ねられていた。小さなデスクと椅子《いす》が一つあるだけで、仁美は座ろうとはしなかった。段ボール箱の壁に背中を預け、緩く腕を組む。

「ここは一人でやっているんですか？」西川は訊ねた。

「はい？」仁美が目を見開いた。

「いや、アルバイトもいないようですし」

「まだ来ていないだけです」

「なるほど」西川はうなずいて見せた。相手をリラックスさせるための、軽目の態度。

「お店は、自分で始めたんですか」

「そうです」

「大したものですね」わざとらしく持ち上げたわけではなく、西川は心底感心していた。自分のような公務員から見れば、どんなに小さな店でも、一国一城の主は尊敬に値する。

こういう店の店主たちに会う度に、自分たちがどれだけ大きな傘に守られているのか、実感せざるを得ない。

「そうでもないです」

「何か、こういう店を開く伝《つて》があったんですか？」

「実家が花卉《かき》農家なので」

「じゃあ、産地直送のようなものですね」

仁美の表情がわずかに綻《ほころ》んだ。前置きはこれぐらいで十分だろう。もちろん、このまま似たような質問を続けることもできるが、彼女は決してお喋《しゃべ》りなタイプではなさそうだ。

「絵里香さんとは高校の同級生、間違いないですね」

声を出さずにうなずく。相変わらず腕は組んだままだった。

「仲がよかったと聴いていますが」

「誰から聴いたんですか」

「親御さんから」

仁美が右腕を持ち上げ、唇に触れた。そうすることで、自分の言葉をコントロールしているようでもあった。

「それは――」

「すみません、遅くなりました！」

元気のいい女性の声が耳に飛びこんでくる。振り向くと、赤いコートに身を包んだ若い女性――たぶんまだ十代だ――が、店に駆けこんできたところだった。西川たちを見て、ぴたりと動きを止めてしまう。

「ちょうどよかったわ。お店、お願いね」仁美が静かな口調で告げる。

「はい、あの……」アルバイトの女性が、心配そうに仁美を見た。雇い主がピンチだとでも思っているのかもしれない。

「何でもないから」

「いいんですか?」

「大丈夫」

アルバイトの女性が、事務室に顔と手だけを突っこみ、壁にかかったエプロン――仁美とお揃《そろ》いだった――を素早く取っていく。ドアを閉めるかどうか迷っていた様子だが、結局開けたままゆっくりと後ずさった。さやかも同じ疑問を抱いたようで、西川に目線で「どうするか」と訊ねてきたので、無言で首を横に振る。聞かれて困るような話はないはずだ。外から冬の風が吹きこんでくるのは辛いが、我慢できないほどでもない。肩を二、三度上下させてから、話を続けた。

「最近、絵里香さんとは連絡を取っていますか?」

「はい……いいえ」

「どっちですか」つい詰問口調になってしまう。西川は言葉の強さを和らげるために笑みを浮かべて見せたが、彼女に対して効果はないようだった。

「メールはしています。電話は……ないですね」

「電話……携帯の番号は分かりませんか」

「知らないんです」

西川は思わず眉をひそめた。メールの方が気楽だし好きだ、という人がいてもおかしくはないが、散々メールしているのに、電話番号を知らないということがあるのだろうか。

「携帯メールですか？」

「向こうはウエブメールですね」

「それが絵里香さんだという保証は？」

「別に、疑う理由はないです」

そう言いながら、仁美の表情が曇る。少し考えてみれば、どこかおかしいということは分かるはずだ。それらしい名前のアカウントは、誰でも取れるものである。例えば絵里香はとうに殺されていて、誰かが彼女の名前を使って仁美を騙《だま》しているとか……いや、あり得ない。理屈としてはそういうことも成り立つが、その行為に意味があるとは思えない。少なくとも、今のところは。

「実際に会ってますから、絵里香とは」

「いつ？」

「二年前、ですね。私が東京へ行った時に、一緒にご飯を食べました」

「場所は」

「新宿ですけど」

「その時、彼女はどこに住んでいたんですか？」

「中野だったと思いますけど、詳しいことは……」拳《こぶし》を口に押し当てる。

「聞かなかったんですね」

「そうです」

西川は激しい違和感を覚えていた。高校時代からの友だちなのに、住所も電話番号も知らないとは。メールの交換と、たまに会うだけで、友人関係が続いていると言えるのだろうか。

「別に、聞く必要もないと思いますけど」仁美がささやかな抵抗を見せた。「連絡は取れるし、会う気になればいつでもどこでも会えるじゃないですか」

「でも、郵便のやり取りをすることもあるでしょう。何か送ったり、送られたりで」

「そういう関係じゃないんです、私たち」

「親しい仲だった、と聴いていますけど。絵里香さんにとっては、あなたが唯一の親友だったと」

「それは……向こうのご両親の思いこみじゃないですか」仁美が首を傾《かし》げた。「絵里香は、壁を作るタイプだったから。高校時代は、友だちなんかほとんどいなかったですよ。私は中学校から一緒だったから、普通に話してたけど……でも、嫌われていたとか、そういうことじゃないですからね。ただ口数が少なくて、余計なことを喋るのが嫌いなタイプっているでしょう。自分の世界に閉じこもりがちな」

「絵里香さんは、どんな世界に閉じこもっていたんですか？　東京へ出てからはどうしていたんですか」

「大学に行って……卒業してからは、結構仕事を変えていました」

「不景気ですからね」

「というより、飽きっぽいところがあるんです。東京だから、仕事をする気になれば、いくらでもあると思うけど」

「何か大きな目標があって、そのために仕事を選んでいたんじゃないんですか？　つなぎみたいな感じです」

「うーん……」仁美が天を仰いだ。「そういう感じでもなくて。本当に、飽きっぽいんです」

「二年前に会った時は、何をしていたんですか」

「ＩＴ系の会社――ウエブデザインの会社にいました」

響子と同じか……もしかしたら顔見知りかもしれない。いや、それは浜辺で一粒の砂が見つかるだろうと当てにするようなものか。ＩＴ系企業で働く人間は、東京だけで何人いるのだろう。

「でもそれも、嘘かもしれません」自分に言い聞かせるように仁美が言った。

「嘘？」

「適当に話を合わせているみたいで。話していても、どこか上の空っていう感じでした」

「昔からそういうタイプだったんですか？」

「そういうこともないですけど……ちょっと変わったかもしれません。自分の世界に入りこむというより、他人を寄せつけない感じになってたかな」

知られたくないことがあるからでは、と西川は想像した。それこそ、死刑になりかねない犯罪の片棒を担いだとか。そんな秘密を抱えていれば、人は変わらざるを得ない。本人は同じつもりでいても、端から見れば別人のようにもなり得る。

「どういう会話だったんですか？　あまり話が乗らないような感じもしますけどね」

「昔話でした」

「ああ」ありがちだ。東京と仙台に離れて暮らす旧友……互いの近況を語り合っても、話は絶対に盛り上がらない。むしろ、高校時代の友人の噂《うわさ》話をしている方が楽しいだろう。あるいは、現在の状況を知られたくないが故に、わざと昔の話題に誘導したとか。

「私も、特に今の生活では話す内容もないですし。花屋なんて、三百六十五日、同じような仕事ですから」

「それを続けていけるのは、すごいことですよ」西川は心底感心して言った。刑事の仕事には、山も谷もある。犯罪は一つ一つ違うし、取調室で相対する犯人は、千差万別だ。だからこそ飽きがこないわけで、仁美のように日々同じような仕事をきっちりこなしている人は、間違いなく自分よりもずっと忍耐強いと思う。

「何がすごいのか分かりませんけどね」仁美が肩をすくめる。「でも、そんな感じでした。当たり障りのない会話っていう感じですかね。私の方から誘ったんだけど、ちょっと失敗したかなって思って」

「絵里香さん、誰かつき合っている人はいませんか？」

「恋人ですか？」

「ええ……五年前には、ある男性と同居していたことが分かっています。我々は、その男性を捜しているんですけどね」

「同棲《どうせい》ですか？　そんな話は聞いたことないですけど」

「女性二人で話をしていれば、だいたいそういう話題になるものじゃないですか？」

「まあ、そうですかね」仁美が苦笑した。「でも実際に、そんな話は出なかったですよ」

もしも当時、絵里香が熊井とつながっていれば……迂闊《うかつ》に話して、疑われるようなことは避けたいだろう。だったらそもそも、知り合いになど会わなければいいのに。

ふいに、作戦を思いついた。

「一番最近連絡を取ったのは、いつですか？」

「お正月ですね。おめでとうメールで」

「その時は、変わった様子はなかったですか」

「ええ、特には……」

「連絡すれば、すぐに返信が来ますかね」

「そうですね。反応はいい方です」

一日中パソコンの前に座っている仕事なのか。あるいはウエブメールをスマートフォンでチェックしている可能性もある。

「こういうことをお願いするのは心苦しいんですが、彼女を騙してくれませんか」

「はい？」

「呼び出して欲しいんです。東京へ行くので、また会いたいって」

「嫌です。困ります」即座に仁美が断った。「それじゃ、本当に騙すことになるじゃないですか。ちょっと変な関係かもしれないけど、絵里香は一応、友だちなんですよ」

「分かっています」西川はうなずき、打ち明けた。「でも、我々が調べているのは殺人事件なんですよ」

途端に、仁美の顔が引き攣《つ》った。

「こんなことで、上手《うま》くいきますかね」

「どうかな」西川は携帯を開き、さやかの疑問を受け流した。

こんなこと——仁美を囮《おとり》に使う作戦。「明日東京へ行くので、会えない？」というメールを送らせ、返信を待つ。「二年前は比較的簡単に会えた」という彼女の説明に、賭《か》けてみる気になった。

目の前でメールを送ってもらってから、一時間。返信があれば、すぐに連絡がくることになっているが、今のところ気配はなかった。もしかしたら仁美は裏切るかもしれない。微妙な関係にあるとはいえ、相手は取り敢えずは友人なのだ。それを騙すような真似は、どんな状況でも気が引けるだろう。こちらが殺人事件の捜査をしているとしても。

西川たちは、そのまま聞き込みを続けていた。絵里香たちが通っていた高校、絵里香の実家の近所。しかし有力な手がかりはなく、時間だけが過ぎて行く。気づけば、仁美と別れて四時間近くが経っていた。

「駄目ですかね」昼食後、公園のベンチで一休みしている時に、さやかがぽつりと漏らした。

「そうかもしれない」西川は腕を伸ばし、脹脛《ふくらはぎ》を揉《も》んだ。普段あまり歩かない分、疲れは足に来ている。情けない話だと思いながらも、気合いで疲れは取れない。

「どうするんですか」

「もう少し、粘ろう」

「あまり意味がないような気がしますけど……」さやかが手帳をぱらぱらとめくった。

「分かってるよ」西川は背筋を伸ばした。腰にも張りがきている。二、三日ゆっくり温泉にでも行きたいな、と弱気になった。「だいたい、行き当たりばったりで動くのは苦手なんだ」

「ああ、そういうのは沖田さんの得意技ですよね」

「あいつの場合は、出たとこ勝負って感じかな。普段から何も考えてないから」

さやかが短く笑ったが、声に力はない。聞き込みの合間の、同僚の悪口。定番の時間の潰し方だが、せっかく仙台まで来たのにろくな進展がないとなれば、話も弾まない。西川はちらりと腕時計を見た。このままおめおめと帰るのは気が引けたが、自分がやっていることが正しいのかどうか、分からなくなってきている。沖田なら、何か分かるまで意地でも粘るだろう。西川も、執念がないわけではない。ただしそれは、机上の作業に限られる。

電話が鳴った。仁美。萎《しぼ》みかけていた気持ちが一気に膨らみ、頰《ほお》に笑みが漏れる。

「来たぞ」

告げると、さやかの顔がさっと緊張した。西川は一つ深呼吸してから電話に出た。

「西川です」

「返信、ありました」

「いつもこんなに時間がかかりますか？」すぐ返信がくる、という先ほどの言葉を思い出しながら西川は訊ねた。

「今回は……長かったですね」

「それで、返事は？」

「OKです」

西川はほっと息を吐き、会話を続けた。

「時間はどうですか？」

「明日の午後六時ぐらいなら大丈夫だそうです」

「もう一度返信して下さい。場所は——そう、新宿でいいですね。二年前に会った時は、どこで待ち合わせしましたか」

「高野《たかの》の前で」

「だったら、同じにしましょう」仁美は、それほど頻繁に東京へ出て行くわけではないという。そういう人が、一度使った待ち合わせ場所を再度使うのは、不自然ではないはずだ。

「それで返信して、OKが出たら、もう一度連絡してもらえますか」

「……分かりました」非常に引いた感じの声だった。

「絵里香さんに会えたら、事情を説明します。私たちが、あなたを脅して連絡させた、と」

「いえ、別にいいです」仁美の声は醒《さ》めていた。

「どういうことですか？」

「何だか……本当に絵里香と友だちなのかどうか、分からなくなってきたから」

西川は、喉《のど》に何かが詰まるような不快感を味わっていた。自分たちの行動が、仁美の気持ちを変えてしまったとしたら……捜査はいつでも、人の心に波紋を引き起こす。時には、友情を壊すこともあるだろう。こんなことは何度も経験してきたが、それでも心が痛む。

しかし西川は、意識してプロに徹することにした。仁美から、絵里香の特徴を細かく聞き出す。彼女の最近の写真までは持っていないというので、そこは耳からの情報に頼るしかないのだ。容貌《ようぼう》の特徴を頭にインプットして、電話を切る。耳から離した瞬間に、溜息が漏れ出た。

「上手くいったのに、どうして溜息なんですか？」

「いや、何でもない」首を振って彼女の疑問をやり過ごし、携帯を畳んだ。「東京へ戻ろう。明日の午後六時に、絵里香に会える予定だ」

「そうですね。ここにいつまでもいても、情報は入ってきそうにないし……ちょっと、すみません」

さやかがバッグに手を突っこみ、携帯電話を取り出す。着信を確かめた途端に顔をしかめる。

「はい……何？」

これ以上ないほどぶっきら棒な口調で切り出したので、相手が庄田だと分かった。さやかは基本的に人懐っこい性格で、誰に対しても愛想よく接する。その数少ない例外が、同期の庄田だ。どうしてこんなに気が合わないのか、西川には未《いま》だに理解できない。さやかはしばらく、相手の声に無言で耳を傾けていたが、ほどなく軽く爆発した。

「だから、用件を先に言ってよ……うん……ええ？」弾かれたように立ち上がる。「間違いないの？　確認中？　分かった。ちょっと西川さんと相談する」

携帯を耳から離すと、いきなり「熊井が自殺しました」と告げる。西川も思わず立ち上がった。慌てる……いや、これは想定の中には入っていたことだ。逃げ切れないと覚悟した犯人が自ら命を絶つのは、あり得ない話ではない。

「すぐに戻ろう」

さやかが電話を耳に押し当てた。

「これからそっちへ帰るから。時間？　そんなの、分からないわよ。時刻表なんて調べてないから。そう、今、仙台駅からちょっと離れてる。できるだけ早く戻るから」

親指に無用な力を入れて電話を切り、睨《にら》むように西川に視線を向けてくる。それを見て、西川は一気に冷静になるのを感じた。

「仕方ない」

「これで全部終わりなんですか？」

「まあ……被疑者死亡は、確実に幕引きになるからな。それでも、指名手配をかけたまま見つからないよりはましだと思う。それより、どういう状況だったんだ？」

「飛びこみ自殺です」さやかがゆっくりとうなずいた。「ＪＲ御茶《おちゃ》ノ水《みず》駅で、中央線に飛びこんで……」

「こんな時間に？」どういうわけか、鉄道自殺は朝夕のラッシュの時間帯が多い。統計的に見れば、まだ早い時間だ。

「ええ。中央線、ダイヤが乱れてるそうです」

「それは、俺たちには影響はないな」西川は無意識のうちに携帯電話を取り出していた。どこにかける？　鳩山か？　特捜か？　しかし、今の庄田の情報よりも詳しい話は、まだ分かっていないだろう。携帯をズボンのポケットに落としこんで「戻ろう」と宣言する。

さやかが、先に立ってさっさと歩き出した。そのまま振り返り、「タクシーを摑まえませんか？」と提案した。

「その方がいいな」この辺は駅から遠く離れているし、この時間帯だと地下鉄の本数も少ないはずだ。大通りが近いから、流しのタクシーが見つかるかもしれない。

西川が追いつくと、さやかが「絵里香の件はどうするんですか？　続行する意味があるとも思えませんけど」

「いや、やってみよう」西川は即座に言った。「彼女は、事件当時の様子を知っているかもしれないんだから。話を聴けば何か参考になるかもしれないし、もしかしたら共犯の可能性もある。でも一度つないだら、後は特捜に引き渡すのが筋だろうな」

最大の問題は、意外な形で解決してしまった。後の捜査は完全に補充になる。必要なものではあるが、仮に絵里香に会えなくても、熊井を被疑者死亡のまま送致する妨げにはならない。この時点で絵里香は、絶対に必要なパーツではなくなってしまったのだ。

ふいに、空しさがこみ上げる。熊井の人生を考えると、同情さえ芽生えてきた。五年間逃げ続け、思わぬ裏切りによって追われる身になった男。そして最後は、自ら死を選ぶしかなくなった。

それでも、あの男が人を殺した事実は消えない。

「どんな状況だったんだ？」

「両下肢切断で――」

「顔は？」西川は反射的に彼女の説明を遮った。鉄道自殺の場合、往々にして現場は悲惨な状況になる。何度も経験しているが、敢えて想像はしたくなかった。

「傷だらけだけど、確認できる程度には無事だったようです。それと免許証があったから、本人だと断定できたようですね。最終的には、DNA鑑定で判断すると思いますけど。熊井の部屋から、髪の毛なんかが採取できてるはずです」

「なるほど」凄惨《せいさん》な遺体に対面する必要はなさそうだ。「遺書の類《たぐい》は？」

「まだ見つかっていません。持っていたかもしれませんけど、詳しく調べていないそうです」

「どうせなら、自分がやったと書き残してくれているといいんだけどな」

「そう都合よくいかないでしょう」さやかが大きく溜息をついた。「何だか、疲れました」

それは俺も同じだ、と西川は思った。


夕方、東京へ戻り、特捜本部へ直行する。遺体の検分は終わっていたが、一応熊井と対面することにした。いつもながら、緊張感を強いられる。顔は無事だといっても、やはり傷だらけなのだ。

直接の死因は「外傷性ショック死」になるようだ。顔は無事だが頭を強打しており、髪の毛がごっそりなくなるほどの大きな外傷を負っている。タイミングがずれたら、この男は完全にばらばらの肉片になっていたかもしれないと思うと、ぞっとした。

「間違いないんですか？」西川は、同席していた松波に思わず確かめてしまった。

「間違いない」松波は、ビニール袋に入った免許証を掲げて見せた。財布か何かに入れていたのだろうか、損傷もなく、血で汚れてもいない。

西川は免許証を受け取り、じっくりと熊井の顔を見た。自分たちがずっと持ち歩いている写真は、これを元に作られたもので、すっかり頭に入っているのだが、改めて見ると、様々な思いが涌《わ》き上ってくる。後で沖田には、直接話さないといけないな。あいつはどんな顔をするだろう。絶句して、その後不機嫌になるのは簡単に想像できたが。

「残念でした」

「まあ、こういうこともある」松波が両手で顔を擦《こす》った。「逃げられたままよりは、この方がましだよ」

「自殺の目撃者はいないんですか？」

「電車の運転士だけだ。ホームの一番端に立っていたから、近くに人はいなかったんだな……混んでる時間帯でもなかったしな。運転士の証言だと、いきなり飛びこんできたというから、自殺には間違いない。防犯カメラの具合が悪いようで、はっきりとは確認できていないが」

「ああ」駅では、転落防止用のフェンスの設置が進んでいるが、まだごく一部だ。それに、あのフェンスだって、乗り越えようと思えばできないわけではない。むしろ、精神的な壁としての役割が強いと考えるべきだろう。

三人は揃って、遺体安置所を出た。さすがにほっとした気分になる。

「それで、そっちはどうだったんだ」松波が訊ねる。

「熊井と一緒に暮らしていた女——菊島絵里香と接触できる算段ができました。明日の午後六時に、新宿で会います」

「出て来るかな」

「というと？」

「熊井の件は、広報せざるを得ない。一応、重要事件の容疑者が死んだわけだから。それが耳に入ったら、人に会うどころじゃないと思うが」

「それは今でも、熊井とつながっているとしての前提ですよ」

「まあ、そうだな」

「会うだけ無駄でしょうか……キャンセルもできますが」

「いや、行ってくれ。うちが人を出してもいいが、熊井の件の後始末がある。任せて構わないな？」

「ええ」結局自分たちが引き取ることになるわけだ。しかしこの件は、西川が自分で言い出したことである。最後まで面倒を見るのが筋だろう。「では、その件は明日……それまで何か、お手伝いすることはありますか」

「今のところ、手は足りている。今日はもう、休んだらどうだ」

「……そうですね」松波の柔らかな態度に、西川は少しだけたじろいだ。何だかこの男も、少し萎んでしまったように見える。思わぬ結末に、まだ感情を整理し切れていないということか。

当たり前だ。自分も同じなのだから、と西川は思った。これだけめまぐるしく状況が変わる中、何も感じていない人間がいるとしたら、そいつは心が死んでいる。

西川はそのまま、沖田の入院する病院を訪ねた。予想もしていなかったことに、彼は荷物をまとめていた。

「まさか、退院するつもりか？」

「そうだよ」沖田の声は上ずり、明らかにテンションが上がっていた。

「許可、出たのかよ」

「出たというか、取ってやった」沖田がにやりと笑う。「明日の朝、退院する」

「また強引にやったんだろう」西川は呆《あき》れて溜息をついた。

「ちゃんとお願いして許可を貰《もら》っただけだよ」沖田が肩をすくめる。「だいたい骨折ぐらいで、いつまでも入院してる必要はないんだ。無理しなければ動けるんだし」

「それで無理して、全快が長引くんじゃないのか」西川はつい忠告した。「だいたいお前も、もうオッサンなんだから。骨だって弱ってるんだぜ」

「知らないのか？　俺は毎晩風呂《ふろ》上がりに牛乳をコップ一杯飲んでるんだ。カルシウムはたっぷり摂《と》ってるんだよ」

本気で言っているのか？　沖田は時々、ふざけているのか真面目なのか分からなくなることがある。ただし今、退院を許可されてテンションが上がっているのは間違いなかった。まあ、気持ちは分かる。この男をどこかに閉じこめておくのは至難の業なのだ。

「で？　これ以上資料を持ってこられても困るぜ。もう、あんな目の疲れる作業は、絶対やらないからな」

「だけど、USBメモリのことに気づいたそうじゃないか」

「あんなもの、何でもないよ。何の手がかりにもなってないんだから。ちょっと引っかかっただけだ」そう言う沖田の表情は、少しだけ自慢気だった。

「本当に？」

「ああ」

沖田が紙袋に勢いよくトレーナーを詰めこみ、すぐに舌打ちして取り出した。馬鹿が……あれは寝間着代わりだろう。今晩はまだ病院に泊まるのに、気が逸《はや》り過ぎている。

「それで、そっちは？」トレーナーをベッドの上に放《ほう》り投げながら、沖田が訊ねる。

「俺の方は、特に……今すぐ何かにつながるような話はないな」

仙台での捜査を話した。明日、絵里香に会うことも。その話を聴いた瞬間、沖田が眉をひそめる。

「そういうひっかけみたいなやり方は、お前らしくない」

「頭脳戦と言ってくれ。すぐに会える手段としては、これぐらいしか考えつかなかったんだ」

「アイディア豊富な西川先生らしくないな」沖田がにやりと笑う。

「肉体的な疲れは、頭の疲れにもつながるんだ」

「慣れないことをしたからな」沖田がベッドに腰を下ろす。ベッドの上にはまだ、西川が持ちこんだ捜査資料が散らばっていた。

「それでお前、どうするんだ？　しばらく自宅療養か」

「まさか」

「まさかって……」

「明日、静岡に行く」

「静岡」というキーワードで、西川は沖田の思惑を悟った。

「刑務所か？」

「そうだよ。俺は、人から間接的に話を聴いただけじゃ、納得できないんだ。村松に、直《じか》に話を聴いてみたい」

「勝手にそんなことして、いいと思ってるのか？」

「ちゃんと上に話は通したよ。松波さんも鳩山さんも了解した」

「信じられない」座るのも忘れたまま、西川は首を振った。「何で、お前みたいにまともに動けない人間を出張させるんだ？」

「他にやる人間がいないからだろう」

「まあな」

「なあ、正直言って、この事件はもうおしまいだと思わないか？」

「それは……」西川は顔をしかめた。被疑者死亡。罰するべき人間がいなくなってしまったのだから、今後の捜査は全て補充、ないし「参考まで」ということになる。それでも沖田は、事件を追いかけようとしている。「一人で行くつもりか？」

「庄田が暇だから、つき合ってもらうよ」

「あまりこき使うなよ」

「あいつは、そう簡単にはへばらないさ。動けるうちに、どんどん動いた方がいいんだ」

「また勝手なことを……」

「あとの書類仕事は、お前に任せたからさ」

「ＵＳＢの件はどうするんだ？」

「今さら、そこから何か分かるとは思えない」沖田が肩をすくめた。「ま、気にしなくていいんじゃないか？　犯人が死んだ以上、あまり突っこまなくてもいいだろう」

「だったらお前も、わざわざ情報提供者に会いに行く必要はないじゃないか。しかも相手は、服役している人間だぜ」

「興味があれば突っこむのさ。それが刑事ってもんだろうが」

「税金の無駄遣いじゃないか？」

「じゃあ、お前の仙台出張は、税金を使うほどの成果があったのか？」

むっとして西川は口をつぐんだ。沖田は決して口の上手い男ではないのだが、喧嘩《けんか》になると台詞《せりふ》が冴《さ》える。結局、つまらない捨て台詞しか吐けなかった。

「まあ、お前のやることだから。勝手にしろよ。俺には関係ないし」

「そうだな。お前は、絵里香ちゃんの顔でも拝んでおけ。美人なのか？」

「知らんよ」ぼんやりとは知っている。仁美の説明をそのまま信じるとしたら、美人だと言っていいだろう。ほっそりとしていて目鼻立ちがはっきりした、派手な顔立ちだという。

「何だったら盗撮して、後で俺に見せてくれ」

「ふざけるな。今回の一件の共犯かもしれないんだぞ」

「それならそれで、パクればいい。簡単な話じゃないか」

「……それよりお前、本当は何か摑んでるんじゃないのか？　わざわざ静岡まで行くなんて、ちょっとやり過ぎだ」

「そうかね」

「どうなんだ？　何か、一人で抱えこんでるんじゃないのか」

「素朴な疑問があるだけだよ。そいつを、そのままにしておくわけにはいかないんだ。俺は骨の髄まで刑事だからね」

秘密を貫き通すつもりか……いや、沖田はそういうことができるタイプではない。何か知れば、自分の胸の内に抱えておけず、大声で周りに喋ってしまう。

「何も、怪我してるのに無理しなくてもいいのに」

「お、心配してくれるのか？」沖田がにやりと笑う。

「そうじゃないけどな」

「だったら、余計な口出しは無用だぜ」

「分かってるよ」

病室を辞去した後、西川は自分がかすかな嫉妬《しっと》を抱いていることに気づいて、仰天した。要するに、沖田が何か掴んでいるのでは、という疑いが拭えないのだ。俺を出し抜くつもりか？　しかも書類の精査を通じて手がかりを見つけ出した？

これじゃ完全に、お株を奪われた格好じゃないか。一方俺は、沖田の得意技で勝負できていない。絵里香には辿《たど》り着きそうだが、それだけ。そう考えると、全身の疲労が堪え難いほどに辛く思われるのだった。

第七章

飛行機だったらこの出張は無理だったな、と沖田は思った。ビジネスクラスならともかく、エコノミーでは、ギプスに包まれた足首が窮屈だろう。新幹線の方が、足元はよほど広い。

昼前、沖田は庄田と二人で静岡に向かっていた。わずか一時間の新幹線の旅だが、しばらく病院に閉じこめられていたので、外の空気を吸うだけで嬉《うれ》しい。どうも病院という場所は、敷地の周辺にまで、不健康なオーラを撒《ま》き散らしているようである。入院中、何度敷地を抜け出しても、長い手で縛られているような不快感を常に覚えていた。

駅弁を食べ終えて、庄田はすぐに居眠りを始めていた。このところ忙しかっただろうから、無理もない。一方沖田の方は、怪我《けが》の不快な痛みを除いては何の問題もない。休養十分で、やる気満々。庄田はしばらく寝かせておこう。こっちには、考えておかねばならないことがたくさんある。

何故《なぜ》これほど、村松のことが気になるのか……証言しようと決めた経緯が不自然だからだ。もちろん、結果的に熊井の犯行が証明されたのだから、彼の証言は正しかったことになる。しかしそもそも、どうして話した？　黙っていても、村松には何のマイナスもなかったはずだ。これがアメリカだったら、情報提供と引き換えに司法取り引きで減刑、ということもあるかもしれないが、ここは日本である。

新聞記事がきっかけになって熊井の証言を思い出したというのだが、そもそもそれがおかしい。思い出すということは、熊井の話にそれなりに衝撃を受けていた証拠である。だったら、記事などに関係なく、早い段階で警察に話そうとは考えなかったのだろうか。もしかしたら、門前払いを食らわされるのが嫌だった？　実際、最近は警察もたるんでいる。相談、ないし情報提供を、面倒臭いという理由で簡単に追い返してしまったりするのだ。その結果事件が埋もれたり、さらに悪い方向に走ってしまったりする。そういうことが頭の片隅にでもあれば、足を運ぶのを躊躇《ためら》うかもしれない。あるいは「殺す」という熊井の脅迫を真に受けていたのか。

それが、刑務所の中で新聞を読んだだけで変わった……どうも、どこかで話が骨折している感じが否めない。

庄田がもぞもぞと体を動かし、目覚めた。自分がどこにいるか分からない様子で、瞬《まばた》きしながら周囲を見回す。

「お前、寝起きは悪いのか？」

「寝起き？　いや……何ですか？」

沖田は思わず声を出して笑ってしまった。庄田がむっとして、足元に視線を落としてしまう。

「別に悪気はないんだ。久しぶりに外へ出たんで、テンションがおかしくなってるだけだから」

「そうですか」つまらなそうに言って、庄田が持ってきた新聞を広げる。

「新聞なんかどうでもいいじゃないか。ちょっと話をしようぜ」

「沖田さん、本当にテンションがおかしいですよ」

「それは自分でも分かってるって。今回の件、お前はどう思う？」

「どうって……」相変わらず口が重い。「今分かってる以上のことは、何も分かりませんよ」

「本気か？　何も感じないか？　俺は熊井の自殺に関しても、ちょっと気になるけどな」

自殺のところで、少し声を低くする。新幹線はほぼ満員で、前後の席の人に聞かれたくなかった。

「何がですか？」

「何でタイムラグがあったんだろうな。何日も逃げ回って、その後で自殺するというのは、よく分からない」

「ずっといろいろ考えてたんじゃないですか」

「死のうか、それとも出頭しようか、とか？」

庄田が唇の前で人差し指を立てる。少し声が大き過ぎた……沖田は肩をすくめ、顎《あご》をさすった。朝方、一度家に寄って急いで髭《ひげ》を剃《そ》ってきたのだが、ずいぶん剃り残しがある。

「大事なことなんだし、そんな急には決められないでしょう」

「そうかねえ」沖田は首を捻《ひね》った。「それに、どうしてあんな衆人環視の中で自殺する？　もっと人目につかない場所はいくらでもあるじゃないか。それこそ山の中とかさ」

「本人が死んでいるんだから、分かりませんよ」庄田が一層声を低くする。議論するのも面倒臭そうだった。

「どうしようもないって言いたいのか？」

「そうです」庄田は自説を曲げなかった。「沖田さん、気にし過ぎですよ。今日のことだって……わざわざまた話を聴く意味、あるんですか？」

「それはお前……」

　庄田が急に身じろぎしたので、沖田は言葉を切った。マナーモードにしてある携帯が震え出したのだ、とすぐに分かる。ワイシャツの胸ポケットから携帯を引っ張り出し、「鳩山係長からです」と告げ、立ち上がった。

「焦って転ぶなよ」デッキの方へ走って行く庄田に声をかけた。

　十秒後、庄田が血相を変えて戻って来た。ほとんど全力疾走。ただならぬ様子に、沖田は思わず座り直した。

「どうした？」

　庄田が体を折り曲げ、沖田に覆い被《かぶ》さるようにして告げる。

「熊井は、自殺じゃないっていう話が出てきたんです」

「何だって？」立ち上がろうとして、痛めた右足で床を踏んでしまい、脳天まで突き抜ける痛みに呻《うめ》き声を漏らした。「どういう……ことだ？」

「目撃者が、今日になって名乗り出てきたんです。駅のホームで、熊井と一緒にいた人間を見たって」

「何で昨日の段階で言ってこなかったんだよ！」沖田は思わず声を張り上げた。「何で皆、警察に協力しないんだ」

「それは分かりませんけど……目撃者は、今日になって近くの所轄に相談に行ったそうですけど、今、墨田署に移動中だそうです。特捜が話を聴くと思いますが」

「それ以上の情報は分からないのか？　目撃者はどんな人間だ」

庄田が「女性だということしか分かりません」と言った。今現在、鳩山のところに入ってきている情報はこれだけか……これはまずい。自分はまたもや完全に乗り遅れたと、沖田は歯軋《はぎし》りした。自殺と思われていた被疑者が殺されたとなったら、事態はまったく別の様相を呈する。あの事件はまだ終わっていない、と考えざるを得なかった。もしかしたら、殺したのは菊島絵里香では……自分が共犯だと割り出されるのを恐れ、口封じをしようとした？

「昨日の飛び込み、何時ぐらいだった？」

「午後二時頃ですね」

「一緒にいたっていうだけじゃ、自殺なのか殺しなのか分からないな」たまたま何かあって、まったく知らない人と話していただけかもしれない——喋《しゃべ》りながら、自分を納得させようとする。

「言い争っている感じもしたそうですけど」庄田が遠慮がちに言った。

「しかし、自殺じゃないとすると、何なんだ？」

「どうでしょう。共犯者？」庄田がようやくシートに腰を下ろした。

「あるいは、共犯者を守ろうとする人間、かな」だとすると、この件に絡んでいる人間は、当初警察が予想していたよりも、ずっと多くなる。共犯者の家族や友人も事件の真相を知っていたとすれば……熊井が逮捕されれば、共犯者の名前を明かすかもしれない。それを避けるために、熊井を始末したとか。いや、それは考え過ぎだろう。それこそ、小説や映画の中でしか出てこない話だ。

「何か、釈然としませんね。目撃者の勘違いということはありませんか？」相変わらず声を潜めたままで、庄田が訊《たず》ねる。

「あり得ない話じゃないな」

「でも、そんなこと、勘違いしますかね」庄田が、自分の言葉をすぐに否定した。「そういう風に見えたとしても、自信がなければ警察には駆けこまないですよね」

「そうだな」

結局、この目撃証言については、まだ何も判断できない。沖田は、間の悪さを恥じていた。何だか、自ら事件の中心を離れてしまっている感じがする。

「まあ、仕方ないな」自分に言い聞かせるように言った。「こういうこともある。事情聴取の結果を待つしかない」

「ええ」庄田も釈然としない様子だった。シートに浅く腰かけて、だらしなく姿勢を崩し、また目を閉じる。

二人で重苦しい沈黙を共有したが、長くは続かなかった。新幹線だと、静岡は本当に近いのだ。到着する少し前、沖田は一足先にデッキに向かった。それほど混雑しているわけではないし、降りる時にトラブルに巻きこまれるとも思えないが、人に迷惑をかけたくない、という気持ちは強い。

ホームには、冷たい風が吹き渡っていた。暖かいはずの静岡でも、一月ともなると、やはり風は身を切るようだ。肩をすくめ、松葉杖《づえ》を持ち直して、ゆっくり歩き出す。転ばないコツは、ゆっくり大きく動くこと。普通に歩いている感覚を忘れないと、上手《うま》くいかない。

「大丈夫なんですか」庄田が顔をしかめる。

「もう慣れたよ」しかし、庄田の歩くスピードは、かなり速く感じられる。それに合わせると転ぶ……焦るな、と自分に言い聞かせた。「悪いな、遅くて」

「いや、自分は大丈夫ですけど」

「まだそれほど早く歩けないんだ」

「分かってますよ」

静岡刑務所の最寄駅は、静鉄清水《しみず》線の長沼《ながぬま》駅になる。だが、乗り換えの面倒臭さを考えれば、静岡駅からタクシーを使った方が早い。松葉杖が邪魔なので、沖田は庄田を運転席の後ろに座らせ、自分はその横に陣取った。運転手に話を聞かれたくないので、車内ではなるべく口を閉じておくことにする。庄田も心得たもので、静かに目を閉じて一言も発さなかった。もちろん、疲れを取るために、短い睡眠を貪《むさぼ》っているだけかもしれないが。

刑務所で服役者と面会した経験は何度かあるが、やはり警察の取調室と同じというわけにはいかない。沖田にすれば、アウェーの感覚が強いのだ。

もっとも、服役者の方も複雑な気分になるようだ。

刑務所に入ると、人はいろいろなことを考える。「ヘマをした」と自分を責める者、心から反省する者、何故俺だけが、と憤りを感じる者と様々だが、一つだけ共通しているのが、「もう警察とかかわらなくて済む」という安堵《あんど》感だ。逮捕、勾留《こうりゅう》、取り調べは、素直な犯罪者にも大きなストレスになる。刑務所の規則正しい生活は、むしろそういうストレスから解放される手段でもあるはずだ。しかし、そこにまた警察が訪ねて来たら。

半透明の仕切り板を通して目の前にいる男は、再度のストレスに襲われているようだった。小柄な体をさらに小さくして、背中を丸めている。ずっと下を向いたままで、時折ちらりと顔を上げてこちらを見るものの、すぐに視線を落としてしまう。握り締めた両手は、小刻みに震えていた。

これは、間違っても威圧的な態度は取れない。かといって、気軽に話しかけるのもまずいだろう。庄田に任せるか……しかし、こいつの粘っこい話しぶり――事情聴取の時だけに発揮される――は、村松にストレスを強いるはずだ。

「この前話してもらったことについて、再確認させてもらいたいんだ」自分より十歳近くも年下の人間に向かって敬語を使うと、かえって相手を緊張させる。沖田はラフな口調で、なおかつできるだけ柔らかい感じで行こう、と決めた。

「はい」村松が背筋を伸ばした。穴が空いているとはいえ、目の前に仕切りがあるので声は聞こえにくい。

「緊張しなくてもいいから。覚えていることを話してくれればいいんだ」

「話すべきことは、全部話しましたけど」不満そうに唇を捻《ね》じ曲げる。

「何か話し忘れていることがあるかもしれないじゃないか」

「そうかもしれませんけど……」認めたものの、納得していない様子だった。やはり、警察とかかわり合いになるのは面倒なのだろう。

「この前話して、少しは気分が楽になったかな」

「多少は。ずっと引っかかっていたんで」

「熊井は犯人と断定されたよ」

「そうですか」言って、細く溜息《ためいき》をつく。「あいつ、嘘《うそ》を言ってたんじゃないんですね」

「ああ。奴のおかげで、こっちは怪我までさせられたんだぜ。ひでえ話だよ」沖田は、壁にたてかけた松葉杖を掲げて見せた。

「それは……」大変でした、と言おうとしたのかもしれないが、村松は言葉を呑《の》んだ。余計なことを言えば、面倒な事態になるかもしれない、と考えたのだろう。

「それで、熊井は死んだ」

「はい?」村松がすっと目を細める。

「自殺したんだ、昨日」

「まさか……」目に見えて顔色が悪くなる。まだこのニュースを聞いていないのは明らかだった。刑務所では、情報の閲覧は制限される。

「どうしてまさかなんだ? あいつのことを、そんなによく知ってるのか?」

「そういう意味じゃないです」村松が慌てて首を振った。

「じゃあ、どういう意味かな」強圧的な口調にならないように、と自戒する。

「ですから、まさか死ぬなんて」

「自殺しそうなタイプじゃない?」

「それは分かりませんけど……警察に追われたから自殺したんですか?」

「実は、自殺じゃないかもしれない」

「え?」村松がまた目を細める。「あの……俺をからかってるんですか」

「最初は自殺だと判断された。でも後から、殺された可能性が出てきたんだ」

「そんな……どういうことです?」組み合わせた村松の手が震え出す。本当に動揺しているようだ。「何で殺されたんですか」

「詳しい情報はまだ分からない。本当に殺されたかどうかも、はっきりしないんだ」

村松が、ふっと息を吐いた。両肩がすっと落ちる。緊張が天井近くまで高まっていたのだと分かった。

「そう緊張しないで」

「無理ですよ」

「そうか」

「こんなこと……何か、俺が殺したみたいじゃないですか」

「それは考え過ぎだ。君のやったことは正しい。熊井は、人を殺して五年間も逃げ回っていたんだぜ。それは、人として許されることじゃない」

「分かりますけど、後味が悪いです」初めて手を解き、右手でゆっくりと頰《ほお》を撫《な》でた。

「分かるけど、死んだ人は戻ってこない。それに、逮捕されれば、熊井は死刑になっていた可能性もあったと思うんだ。人を一人殺しているんだからな」

「そう……ですかね」自分を納得させるように村松がうなずく。

「だから、気に病む必要はないって。君の証言で熊井を割り出せたのは、間違いないんだから」

深く溜息をつき、村松が視線をまた落とす、沖田はふと、彼の頭の天辺《てっぺん》が少し薄くなっているのに気づいた。髪は短く刈りこんでいるのだが、蛍光灯の光を受けて、頭頂部だけが一際明るく光っている。彼は彼なりに苦労しているのだろう。ここにいる原因となった事件も、出会いがしらの事故のようなものだったようだし……しかし、同情してばかりもいられない。この男は今のところ、熊井と接点があった唯一の人間なのだ。

「一緒にバイトをしていた頃の話を聴かせてもらえないかな。彼はどういう男だった?」

「大人しかったですよ。余計なことは言わないタイプで」

「赤羽の製本工場で一緒だったんだよな」

「ええ……俺、ずっと決まった仕事がなくて」

「就職が大変だった時期だろう?」

「そうなんですよ」一瞬、唇をきつく引き結んだ。もしもちゃんと就職できていれば、と今も悔いているのかもしれない。不安定な身分や給料が、彼の環境を悪化させたのは間違いないだろう。「あそこは、大学を卒業してから五つ目の職場でした」

「結構変わったんだな」

「長続きしないんですよね……勤め先が倒産したりして」

「それは君の責任じゃないだろう」

「でも、何度か続くと、自分のせいみたいな感じがしてきて」

「まさか……その製本工場で、熊井と一緒になったわけだな?　どれぐらい、一緒に働いていた?」

「三か月ぐらいですね」

「仲はよかったのかな?」

「どうですかね」首を捻る。「何をもって仲がいいというのか、分かりませんけど。仕事中は集中してるんで、無駄話はできないんですよ。製本は機械を使うから、気を抜くと危ないんです」

「分かるよ」

「だから、話をするって言っても、飯を食う時ぐらいだったかな……昼飯は、よく一緒に行ってたんですよ。近くに美味《うま》い中華料理屋があって。安かったし」そこの味を思い出したのか、村松の表情が少しだけ緩んだ。刑務所の食事は、必要な摂取カロリーだけを考慮したもので、当然味にはまったく期待できない。美味いラーメンの味を懐かしく思い出す人間は、少なくないだろう。

「そういう時は、どんな話を？」

「雑談ですね。仕事の愚痴とか」最初のショックが薄れたのか、村松の顔色は少しよくなってきた。

「人を殺したという話は？　いきなり出てきたのか」

「そうです……いきなり、ですね」村松の口調がまた硬くなる。「珍しく、夜に呑んでた時だったんだけど、びっくりしました」

「そりゃそうだよな」沖田は大袈裟《おおげさ》にうなずいて見せた。「その時、マジな話だと思ったか？」

「いや……半々、ですかね。そういう冗談を言うような奴じゃないんですけど、顔がマジだったから」

「酔って、訳の分からないことを口走った感じじゃないんだ」

「そんなに酔ってませんでした。あいつ、酒は強かったから」

「だったら、本当に告白だったんだな」

「ええ」村松が頭を下げた。額が仕切り板に触れそうになる。「その時は、本当だとは思えなくて……でも、後から考えたら、すごくはっきりした、具体的な話だったんです」

「なるほどね……USBメモリのこと、何か言ってなかったか？」

「何ですか、それ」村松が首を傾《かし》げる。

「いや、何でもない」ぴんとこないということは、聞いていないのだろう……しかし村松も、聞いた話全《すべ》てを覚えているわけではないはずだ。「もしも思い出したら、教えてくれるとありがたい」

「いいですけど、USBのことを聞いた記憶はないですね」

「そうか」沖田は椅子《いす》に背中を預け、腕を組んだ。「犯行の様子、具体的にどんな風に話したんだ」

「現場の話とか、聞きました」村松の顔が蒼褪《あおざ》めた。思い出しても、気持ちのいい話ではないだろう。

「もう一度、聞かせてもらえないかな。死体の様子とか」

「ええ、はい。あの……」村松の呼吸が速くなる。

「落ち着けって。実際に見たわけじゃないんだからさ」沖田はかすかな疑問を抱きながら言った。

「分かってます」

「ショックなのは分かるけど」

「ショックですよ。そんな話、普段は絶対聞かないでしょう」

俺は「見てる」けどな。沖田は皮肉に思った。そして恐ろしいことに、人間はどんなにひどい状況にも慣れてしまう。

「死体は、あの、棚……ローボードの方を向いて倒れていた……背中というか、腰を刺したら、そんな風に倒れたって言ってました」声は震え、顔からは血の気が引いていた。まるで、自分が見てきた恐怖をはっきり思い出したようだった。

「ああ」

一方沖田は、首筋の産毛が逆立つような感触を覚えた。遺体の状況、刺し方は、「犯人しか知り得ない事実」である。マスコミへの発表は単に、「被害者が室内で刺されて倒れていた」。嘘ではないが、より詳しいディテイルを伏せることで、「犯人しか知り得ない事実」を隠したのだ。これはいつでも、決定的な情報になる。

「それだけ詳しく話を聴いて、その時は本当だとは思わなかったのか？」

「だって、そんなことを告白される謂《いわ》れはないですから」

「酒が入って気が緩んだのかね」

「さっきも言いましたけど、酒は強くて、酔わないタイプなんですよ」

「じゃあ、ずっと一人で胸の内に秘めてきて、隠すのに耐えられなくなったということか」

「そうかもしれません」

うなずきながら、沖田は違和感があっという間に胸の中に広がっていくのを意識した。言葉を切り、村松の顔を正面から見据える。

「その後、そういう話をしたことは？」

「その後で、一度だけです。やっぱり呑んでた時で」

「熊井から釘《くぎ》を刺されたんだよな」

「はい」村松の喉仏《のどぼとけ》が上下した。

「誰にも言うなとか、忠告されたわけだ」

「言ったら殺す、と言われました」村松の顔から血の気が引く。

「この件を喋った後、熊井の様子は以前と変わらなかったかな。おどおどしたり、君の様子を気にしたりとか」

「特にそういうことはなくて……それに、すぐにバイトも辞めましたから」

「それで、君は？　どうして今まで黙ってたんだ」

「すみません……俺も、いろんなことが上手くいかなくて」怯《おび》えたように体を強張《こわば》らせ、頭を下げる。自分が引き起こした事件については、心底反省している様子だった。

依然として疑問は消えない。村松には何度も会えないのだから、ここでぶつけて解消しておくべきかもしれない、と思った。しかし、周辺を調べてからでいいのでは、とも考える。普通の捜査と同じだ。材料がない状態で勝負しても、被疑者は動じない。もちろん、村松は被疑者ではないのだが。

「君も、苦労したね」

「でも、自分が悪いんですから」

「社会のせいにするとか、もっと言い方もあると思うけどね。そういう奴、いくらでもいるぜ」

「でも、やったのは自分だし、しょうがないでしょう」

「君の場合、殺した、という言葉は使いたくないな。事故みたいなものじゃないか」

沖田の視線を浴びて、村松が黙りこむ。何を考えているかは分からないが、自分の行為を反省して、今の状況を受け入れているのは明らかだった。

だがそれでもなお、疑問は残る。それを感じ取ったことが、この出張の成果と言えるかどうかは分からないが。

帰りの新幹線の中で、庄田はむっつりと黙りこんでいた。沖田には、彼の気持ちが手に取るように分かった。せっかく静岡まで出張してきたのに、特に目新しい話もなく、滞在時間はわずか二時間。時間と金の無駄だ、とでも呆《あき》れているのだろう。

だとしたら、この男は鈍過ぎる。

新幹線が動き始めるとすぐに、沖田は口を開いた。

「村松の実家、埼玉《さいたま》だったな」

「さいたま市です」義務的に庄田が答える。

「これから戻って……東京駅に四時過ぎぐらいか？」

「そうですね」

「埼玉まで行ってみるか」

「はい？」庄田の声のトーンが高くなった。「今日はもう、やめにするんじゃないんですか？　あまり動き回ってると、怪我によくないでしょう。直帰するって言ってたじゃないですか」

「事情が変わったんだ」

「何がですか」庄田の声に、不安な気配が混じりこんだ。

「気づかなかったのか？」

「ええ」

沖田はシートを少しだけ倒した。乗りこんだ時には、新幹線のシートの背もたれはほぼ直立状態である。怪我に響くわけではないが、何となく落ち着かない。楽な姿勢になって、ちらりと外を見る。既に、近くの光景は色が混じり合って流れ始めていた。

「はっきりした根拠はない。ただの勘だぜ」

「ええ」

「村松の態度はおかしい」

「そうですか?」庄田が首を捻る。

「そうだよ」沖田は声に力をこめた。「死体の話をした時のあいつの様子、覚えてるか？」

「様子って……びびってましたよね」

「びびってたどころか、失神寸前だったじゃないか」それは大袈裟かもしれないと思いながら、沖田は言った。額に浮かんだ汗、蒼褪めた顔、浅く、速くなる呼吸——村松は実際に死体を見たわけではない。それであんな風になるとしたら、想像力が豊か過ぎる。もちろん村松自身も人を殺したことがあるのだが、それにしても大袈裟過ぎる。まさか、あいつも共犯者？　簡単には口にできない仮定である。

「それに、話をする気になった経緯についても、俺はまだ納得できないな」

「新聞を読んで思い出したんでしょう」庄田はあくまで、今以上に事を大袈裟にしたくないようだった。

「あんな風に話をリアルに覚えている人間が、新聞を読むまで忘れているっていうのは変な話じゃないかな」

「ああ、それは、まあ……そうですかね」庄田が渋々認めた。

「事実関係は合っている。犯人しか知り得ない事実を熊井が明かしたのも、間違いない。でも、どこかずれているんだ。不自然なんだ。俺は、引っかかるね。村松の言うことを、そのまま信じるわけにはいかない」

「それで、村松のことを調べるんですか？」

「そうだよ」沖田は強い口調で言った。「気になったら、徹底的に調べないと」

「そんなに動き回って大丈夫なんですか？　怪我、全然治ってないんでしょう」

「静岡まで来たんだぜ？　それに比べれば、埼玉まで行くのなんて、大したことはないよ。

それに、自分の足で歩くわけじゃないし」

その予想が甘かったことを、沖田はすぐに思い知らされた。東京は何と、体の不自由な人に不親切な街なのか。バリアフリーはまったく進んでいない……東京駅の構内を移動しているだけで、数多くの段差や傾斜に出くわし、その都度沖田は難儀を強いられた。松葉杖にとって、階段は鬼門なのである。バランスを保とうとしたら腕に力を入れざるを得ず、無理にそういう姿勢を続けていると、上半身全体が強張ってしまう。知らぬ間に足にも力が入ってるようで、一度、折れた右足の脹脛《ふくらはぎ》が痙攣《けいれん》しかかった。

沖田が立ち止まる度に、庄田は手を貸そうとしたが、毎回はっきりと断った。自分で何とかできる自信があったというよりも、みっともない姿を見せたくなかったから。だが、階段であたふたしているのを庄田に見られただけで、相当のマイナスポイントになってしまったことに気づく。気づいたのは、ようやく京浜東北線のホームに立ってからだったが。

電車に乗りこんでも、沖田は立ったままでいた。シートに座ると、松葉杖が邪魔になる。それなら、ずっと立っていた方がいい。無事な左足も疲れ切り、車内の暖房が邪魔になるぐらい、汗をかいていたが……これなら一度警視庁に寄って、覆面パトカーを借りてくればよかった。だが、右足を怪我しているので、自分では運転すらできない。ずっと庄田にハンドルを任せるのも気が進まなかった。

シートは空いているのに、庄田もつき合ってずっと立ったままだった。「座れよ」と言っても首を横に振るばかり。沖田にすれば、意地になっているようにしか見えなかった。

東京から近いようで遠いのがさいたま市で、沖田は途中からはっきりと疲れを意識していた。入院中、起きているより横になっている時間の方が長かったせいか、どうにも体がだるい。いつものペースから、体も心もずれているようだった。ということは、普段どれだけ緊張して過ごしているのか……東京にいたんじゃ長生きできないな、と思う。その瞬間頭に浮かんだのは、響子の故郷の長崎だった。そこそこ人口の多い、住みやすい地方都市。そういう街で暮らす方が、よほど人間らしい仕事ができるのではないだろうか。

もちろん、自分が刑事以外の仕事をしている姿は、想像もできないが。ただしそれは、刑事以外になれないという前向きの自負心ではなく、この年で新しい仕事に適応するのは無理だと諦《あきら》めてしまう、マイナスの気持ちによるものである。四十過ぎると、いろいろ余計なことを考えるものだ、とつい苦笑してしまった。一歩を踏み出すだけで、大変な勇気が必要になる。

最寄駅からは、迷わずタクシー。鳩山が渋い顔をするかもしれないが、知ったことか。こっちはあくまで仕事で動いているんだから、と自分を納得させる。

タクシーが走り出す前に、庄田が手帳を広げた。

「実家とお姉さんの方と、どっちにしますか」

「会えるなら、どっちでもいいけどな」ヴァルカンの腕時計に目をやる。午後五時……一般家庭を訪ねるのに、いい時間ではない。沖田は「姉の方にしよう」と答えた。実家から独立して、自分で商売をしているから、訪ねやすいだろう。

庄田がうなずき、運転手に行き先を指示する。とはいっても、村松の実家と、姉が経営している喫茶店は、五百メートルも離れていないようだが。目印は、市民プール。

「その近くまで行ったら、もう少し詳しく言います」と庄田がつけ加える。

市民プールから姉が経営する喫茶店まではわずか百メートルほどのはずだが、その距離を俺に歩かせるのが不安なのだろう、と沖田は思った。まったく、これでは単なる厄介者だ。

車で十分ほどの道のりを行く間、沖田は頭の中で質問事項をまとめた。様々な細かい質問が浮かんだが、最終的に聞くべきことは一つだけ。「弟さんが嘘をつく理由は考えられますか」。おそらく答えは得られないだろうな、と思う。熊井の件は、家族にも話していなかったのだから。

庄田が地図を見ながら細かく道順を指示し、タクシーは店の正面に着いた。マンションの一階にある店は窓が大きく、全体に明るい雰囲気である。外から見える店内のインテリアや什器《じゅうき》も、明るいベージュと黄色でまとめられていた。カウンターの奥にある棚に、茶葉を入れたガラス製のポットとカップが、ずらりと並んでいるのが見える。カフェという より紅茶専門店か……紅茶が苦手な沖田としては、勧められても断るしかないだろう。紅茶を飲むと、何故か胃が痛くなるのだ。

どこにも看板らしき物がないのに気づく。そんな物がなくても店だとは分かるわけだが、宣伝する気はないのだろうか。訝《いぶか》しく思いながら、沖田は何とか自力でドアを開けた。ガラス張りのやたらと重いドアなので、開けたままにしておくだけでも、体のバランスを崩しそうになる。慌てて店内から女性が飛んできて、ドアを押さえた。

「すみません、自動ドアじゃないんで」いきなり恐縮しきった口調で頭を下げる。「大丈夫でしたか?」

「ああ、全然平気ですよ」何とか笑みを浮かべてみせ、大きく一歩を踏み出して店内に入る。ほどよく暖房が入っていて、沖田はほっと気が緩むのを感じた。

「お好きな席へどうぞ」五時過ぎと言えば、喫茶店——カフェを利用する人が一番少なそうな時間だ。アルコールも供する店なら、一日の疲れを癒《いや》そうとする人たちがぼちぼち集まって来てもおかしくない時間帯だが、この店は酒は出さないようだった。

「カウンターでいいですか?」

「ええ……」女性が一瞬戸惑う。座りやすい広い席がいくらでも空いているのに、と言いたげだった。

沖田は話を早く進めるため、松葉杖に寄りかかったまま、バッジを示した。

「警視庁捜査一課の沖田です」

「あの、何か……」

「弟さんのことですけど、特に何か起きたわけじゃありません。むしろ今回は、思い切って情報提供していただいて、感謝しています」

「はい？」

どうやらこの件は、彼女の耳に入っていないようだ。自分たちが教えることで、マイナス点はあるだろうか？　分からない。ひとまず問題を先送りにして、沖田は確認した。

「ところで、お姉さんですよね？」

「はい。美幸《みゆき》です」

「ちょうどお客さんもいませんし、このままカウンターで話を聴かせてもらっていいですかね？」

多少強引に聞こえるかもしれないと思いながら、沖田は押し切った。美幸が渋々うなずき、二人をカウンターへ案内する。沖田は立ったまま、コートを脱いだ。何だか、拘束を解かれたような気分になる。

「何か、飲み物を……」

「いや、公務中ですから結構です」即座に断り、やっと椅子に腰を下ろした。足の長い椅子で、片足が使えない状態では、多少不安に感じる。「今度、仕事じゃない時に来ますから。ここは紅茶専門なんですか？」

「そうです」

「それは残念。自分はコーヒーしか飲まないんですよ」

「紅茶も美味《おい》しいですよ」

美幸が何とか笑みを浮かべた。ごくさりげなく、二人の前に水の入ったコップを置く。一瞬迷った後、沖田は水を一口飲んだ。久しぶりに体に入る液体は、かすかに甘ささえ感じさせた。沖田がほっとした様子に気づいたのか、美幸の笑みが大きくなる。身長百六十センチぐらい、痩《や》せ形で、鋭角な顎のラインが印象的だった。目の辺りが、村松に似ている。

沖田は無意識のうちに灰皿を探したが、見つからない。禁煙なのだろうと判断して、何とかニコチンへの渇望を抑えこんだ。考えてみれば、静岡で新幹線に乗る前に一服してから、三時間近く煙草《タバコ》を吸っていない。これじゃ、入院していた時よりも健康的じゃないか、と皮肉に考えた。

「それで、弟が何か……」美幸の顔に、警戒する気配が戻って来た。

「警察がお世話になったんです」村松が情報提供した事実を、美幸はやはり知らなかったのだ。普段は接触できないのだから当然だし、この事情は表沙汰《おもてざた》になってはいない。警察としても、家族にまで教える必要も義務もないのだ。

「そんなことがあったんですか」

「すみません、知らなかったですよね」沖田は軽く頭を下げた。

「何か、怖いですよね」美幸が腕組みをした。怒りの表明ではなく、自分の中に生じた恐怖を押し潰《つぶ》そうとするように。

「変な事を聴きますけど、弟さんは正義感の強い人ですか？」

「何が言いたいんですか」美幸の顔に、怒りの色が走る。「人殺しの言うことは信用できませんか？」

「違いますよ」沖田は慌てて否定した。質問が少し乱暴過ぎたか……数日現場を離れただけで、もう勘が鈍ってしまったのか？　だとしたら、こんな情けないことはない。「弟さんの事件が、事故のような物だったことは分かってます。変な話ですけど、人が死ぬようなことがなかったら、実刑判決は受けていないと思いますよ」

「でも、実際に刑務所にいるわけですから」美幸が溜息をついた。

「それは、単なる裁判の結果です。わざわざ昔の記憶を引っ張り出して、警察に教えてくれたんですよ？　正義感の強い人じゃないとできないことだと思います」

「あの、それ、本当に弟が言ったんですか？」美幸が首を傾げる。「刑務所にいるのに、わざわざ警察に情報提供するのって、大変なことですよね」

「気楽にメールや電話でっていうわけにはいかないですね」美幸の表情が崩れないのを見て、沖田は下手な冗談だった、と反省した。「刑務所を通じて連絡してくれたんです。結構な手間ですし、よほど正義感が強くないと、できないことですよ」

「正義感、ですか」美幸がようやく腰を下ろした。広いカウンターを挟んでいるが、顔の高さが同じになったので、多少話しやすくなる。

「そうですよ」

「でも……本当に弟が喋ったんですか」

「それは間違いありません。今日も、刑務所に行って会ってきました」

「元気でしたか？」美幸がわずかに身を乗り出した。

「よく喋ってくれました」多少髪の毛が薄くなってきたようだが、という観察結果は省く。

そんなことを聞かされれば、刑務所の環境はそんなに悪いのか、と心配になるだろう。

「そうですか……でも、弟はそんなに喋る方じゃないんですよ。今までも、それでずいぶん損してるんです」

「というと？」

「口が上手くないと、仕事はできないじゃないですか」

「ああ」沖田はまた水を一口飲んだ。「仕事、何回も変わってますよね」

「不器用っていうか、ちゃんとコミュニケーションが取れないっていうか。言うべき時にちゃんと言わないから、変に誤解されたりして……それで馘《くび》になったことも、何度もあるんですよ」

「そうなんですか」

「ええ。家族思いのいい子なんですけどね。お酒が出るような店で、働かなければよかったんです」

「でも、働く意欲はあったわけですから。そうでもない連中だって、たくさんいますよ」

「ちょうどあのスナックで働き始めた頃に、私はこの店を始めたんです。ここを手伝えばいいって言ったんですけど、『迷惑はかけられないから』って断って。確かにその時は、この店もちゃんと回るかどうか分からなかったんですけどね」

「今は、流行《はや》っているんですね」午後五時……客は一人もいないが。

「おかげさまで、何とかやってます。あの時、もう少し強く言っておけばよかったですね。そうすれば、こんなことにはならなかったのに……すみません、関係ない話でした」

「いや、分かります」

「それより本当に、弟は自分から話したんですか？」

「そうですよ」少ししつこいな、と沖田は思った。だが、繰り返される彼女の質問の奥の方に、自分と同じ疑問が隠れているような気もする。

「変ですね……」

「変？」

「弟、警察が大嫌いなんですよ」

それはそうだろう。逮捕され、厳しい取り調べを受けたのだから、好きなわけがない。だが、美幸の言葉に滲《にじ》むニュアンスは、沖田が想像しているのとは違う物のようだった。

「高校生の頃、オートバイを盗んだ疑いをかけられたんです。高校まで巻きこんで、大騒ぎになって……濡《ぬ》れ衣《ぎぬ》だって分かったんですけど、それ以来、警察が大嫌いになって。そ

れに、あんなことがあったでしょう？」あんなこと……人を殺したこと。「何か知ってい
ても、積極的に警察に話すはずがないんです。ごめんなさい、警察の人にこんなことを言
っちゃいけないかもしれないけど」
「いや、馬鹿な警官はどこにでもいますから」高校時代の話というと、村松がさいたま市
——当時は浦和市か——に住んでいた頃のことだ。警視庁の職員である自分には直接関係
ないと考えると、多少は気が楽だった。
「もちろん、何か知っていれば、警察には話すべきだと思いますよ。でも、私たちだって、
簡単には電話したりできませんから。やっぱり、警察と話すのは恐いです」
「分かります」
「刑務所にいたら、それこそ、そんなことは考えられないんじゃないですか」
「でしょうね。でも、だったらどうして、弟さんは話したんでしょうね」
「それは分かりませんけど……」美幸が口をつぐむ。「人が変わったんですかね」
沖田は無言でうなずいた。確かに刑務所に入っていれば、人は変わり得る。再犯でまた
逮捕される人間が多いのも確かだが、完全に更生して、まっとうな道を歩き出す人間だっ
て少なくないのだ。そう考えないと、刑事などやっていけないし。
「最近、いつ会いましたか？」
「三か月ぐらい前に、面会に行きました。服役が始まってすぐです」
「その時、変わった様子は？」

「特にありません。大変だから来なくていいよって言ってました。気を遣う子なんです」

「その後は行ってないんですね」

「静岡は遠いですしね」美幸が溜息をつく。

「そうですね」

「でも、弁護士の人が、連絡をくれましたから。と言っても、最近なんですけどね」

「弁護士？」沖田はまた、胸の中に違和感が広がるのを意識した。弁護士と犯罪者は密接にかかわり合う。裁判では、運命共同体のようなものだ。犯罪者には自分の人生が、弁護士には評判がかかっている。しかし、裁判が終わってしまえば、犯罪者と弁護士の関係は切れるのが普通だ。その弁護士が、よほど事件に入れこんでいたのではない限り。そして村松の事件は、弁護士が全身全霊を上げて取り組むようなものではなかったはずだ。

美幸は、沖田の口調が微妙に変化したのに気づかなかったようだ。「ええ、弁護士です」と軽い口調で言う。

「いつ頃、連絡がありました？」

「年末ぐらいに、一度」

「どういう用件だったんですか？」

「元気だからって……面会に行ってくれたそうです」

「失礼ですが、その弁護士は、弟さんの個人的な知り合いなんですか？　それこそ同級生とか、先輩後輩の間柄とか」

「違いますけど」美幸の顔に、怪訝《けげん》そうな表情が浮かんだ。「それが何か問題なんですか？　弁護士って、普通、受刑者に面会に行ったりするものじゃないんですか」

沖田は、庄田と視線をかわした。庄田は「訳が分からない」と言いたげな表情を浮かべ、素早く首を横に振る。

「あの、何か変なことでも？」美幸が心配そうに訊ねる。

「変ではないですけど、異例って感じですかね」

「異例？」

「弁護士が受刑者を訪ねるようなことは、あまりないんですよ。民事裁判を起こされているとか、そういう事情がない限り……もしかしたら、弟さんが呼びつけたのかもしれませんが」

「そんなこと、できるんですか？」

「手紙は書けますからね。何か相談することがあったのかもしれない」それこそ、強殺事件の真相を打ち明けるべきかどうか、とか。こういうのは、刑務官に簡単に相談できることではあるまい。どうするべきか悩んだ時、知り合いの弁護士の顔が思い浮かぶというのは、いかにもありそうな話だ。

「よく分かりませんけど」

「俺たちにも分かりません」沖田は肩をすくめた。「悪いですけど、その弁護士の名前、教えてもらえませんか？」

何か知っていれば、喋らせることはできるだろう。もう警察は知っている話なのだし、隠す理由もないはずだ。妙な態度に出たら……それこそ、何かあるから、ということになる。

「弁護士ね……」

「何かおかしいですね」

二人は、店から少し離れたところで、タクシーを待っていた。流しの車が摑《つか》まる場所ではなく、庄田が呼んだのだ。少し時間がかかるということだったが、店に戻るわけにもいかず、寒風に吹かれながらじっと立っているしかない。そうしているとやはり、話は疑問点に戻っていくのだった。

「弁護士は普通、服役している人間には会いに行かないよな」

「よほどの事情がなければ、会いにくいと思いますよ」

「無罪になればともかく、力及ばず実刑判決を受けたわけだしな」沖田は松葉杖に体重を預けたまま、煙草に火を点《つ》ける。久しぶりの一服は、細胞の一つ一つに染みこむようだった。「何か狙《ねら》いがあったのかな」

「ちょっと想像できませんけど」

「なあ」沖田は深く煙を吸いこんだ。「とにかく、その弁護士に会ってみようぜ」

「埼玉弁護士会ですよね……ちょっと調べます」庄田が携帯電話を取り出し、検索を始めた。すぐに、「市内ですけど、ちょっと離れてるみたいですね」と告げる。

「分かった。タクシーでそのまま直行しよう」

「いいんですか？」庄田が画面から顔を上げた。

「通告なしだ。構えられると困る」

「摑まらない可能性もありますよ。弁護士は忙しいですから」

「その時はその時で、また出直せばいい」

沖田は溜息をつき、「お前、もう少し楽観的になれないのか？」と言った。

「そうなったら今度は、相手に構える隙《すき》を与えてしまいますが」

「無理です。こういう人間なんで」

「西川の悪い影響を受けたんじゃないかね」

「西川さんは、悲観的じゃないですよ。慎重なだけです」

「ああ、そうだな。あいつは石橋を渡るのに、叩《たた》いて引っかいて、最後にはヘリコプターを呼んで上を通過するような人間だ」

「ヘリを呼ぶには、何百万円もかかると思いますが」

沖田は啞然《あぜん》として口を開けた。この男は……冗談と真面目《まじめ》な話の境目を見極められないのか？　庄田の顔を見ても、どちらなのかまったく分からなかった。

第八章

新宿の雑踏は、夕方から夜にかけて息苦しいほどになる。不景気が続いているせいか、一昔前に比べれば客足は引いているが、それでも気を緩めると道行く人にぶつかってしまうほどの混雑具合に変わりはない。待ち合わせ場所の高野本店付近は、駅に近いために、取り分け人の流れが激しかった。

「何か……」駅へ急ぐ中年の男性に突き飛ばされるのを避けるために身をよじりながら、さやかがつぶやいた。「こういう所で待ち合わせるって、東京の人じゃないみたいですね」

「そう言うな。実際俺も君も、東京の出身じゃないんだから」西川は背中を丸めていた。広い新宿通りは、両側に高いビルが建ち並んでいるせいか、風が強い。

「そうですけど、菊島絵里香だって、もう十年以上こっちに住んでるんでしょう？　もう、東京の人ですよ」

「忘れるなよ。誘ったのは仁美さんの方……ということになっているんだから。東京をよく知らない人だ」

「そうでした」さやかが舌を出した。いきなりの出張から戻って来て、昨日はよく寝たのだろう、今日はいつもの元気を取り戻している。

それにしても、今日も慌ただしかった。熊井の自殺、そして後から名乗り出てきた目撃者からの事情聴取。西川はこの目撃者から直接話を聴いたわけではないが、特捜本部は判断を下しかねているようだ。目撃者の証言にはぶれがなく、終始一貫しているという。「何か話し合っていて、その後熊井がいきなりホームから線路に飛びこんだ」。しかし、他に目撃証言はない。それに、その現場を映していた防犯カメラの調子が悪く、映像を切り出すのに時間がかかるというので、決定的な場面はまだ見られなかった。

中途半端な状況が心に引っかかり、西川は自分でこの目撃者を調べてみたい、と強く思った。だが、申し出ることのできる状況ではない。特捜は、一度解決したと思った事件に再度取り組まざるを得なくなり、朝から重苦しい雰囲気に包まれていた。当然松波も機嫌が悪く、声をかけられる様子ではなかったのだ。

西川は、自分の行動に何とか意味を見出《みいだ》そうと、必死になっていた。絵里香の存在が、事件全体の中でどんな意味を持つかは分からないが、状況が混沌《こんとん》としている中、どんな物であっても情報は貴重なはずである。

西川は、周囲をぐるりと見回した。高野本社のビルそのものは、クラシカルな作りだ。新宿通りに面した窓は全《すべ》て丸みを帯びており、柔らかな印象がある。古い時代の新宿を代表するような建物。歩道は広いが、その効果があまり感じられないほど、人が多い。さやかはＪＲ新宿駅の方を見守り、西川は地下鉄の出口——上に「ＴＡＫＡＮＯ」の看板がある——に意識を集中した。絵里香がどこに住んでいるかははっきりしないが、高野の前で待ち合わせといえば、この二方向のどちらかから来るのは間違いない。もしかしたら、新宿御苑《ぎょえん》辺りに住んでいて、JRの駅の反対方向から歩いて来る可能性もある……仁美の証言によると、家は中野だったが。

「来ますかね」さやかが心配そうに言った。

「落ち着けよ。やきもきするにはまだ早い」西川は携帯電話を取り出し、時刻を確かめた。五時五十分。約束の時間までには、まだ十分ある。しかし西川自身、何となく落ち着かない気分だった。一度も会ったことのない相手。仁美から容貌《ようぼう》を詳しく聞き出してはきたが、女性の場合、髪型や服装によって、印象ががらりと変わってしまう。

それからの十分は、時間の進み方が二倍遅くなったようだった。六時ジャスト。時計から視線を外して周囲を見渡してみたが、それらしき人影はない。遅れているのか、約束をすっぽかしたのか……何か連絡があれば、仁美からは電話が入ることになっているが、今のところ携帯電話が鳴る気配はない。まあ、多少の遅れは織りこみ済みだ、と自分に言い聞かせてみても、気持ちは落ち着かない。元々、かなり無理のある作戦だとは分かっている。もしかしたら絵里香は、仁美に直接電話をかけて、確認しているかもしれない。そして仁美が喋《しゃべ》ってしまったら……そんなことになったら、仁美としてはバツが悪くて、こちらに連絡してこられないだろう。それでも彼女のことは責められない、と思う。むしろ嫌な思いをさせてしまったことを、いずれはきちんと謝らなければならない。

「来ました」さやかの緊張した声が耳に入る。

彼女の方を向くと、ＪＲ新宿駅前の交差点を、女性が小走りに渡って来るところだった。長身で細身——痩《や》せぎすの体形は、体にぴたりと合ったタイトなコートのせいで、さらに強調されている。高いハイヒールを履けば、熊井とさほど変わらない身長かもしれない。髪は肩の長さにカットして、少し明るい茶色に染めている。やはり目鼻立ちがはっきりした分かりやすい美人、という感じだった。ただし、顔が少し細過ぎる嫌いはある。よく見ると、少し病的でもあった。

交差点を渡り終え、高野ビルの前に立つと、呼吸を整えながら周囲を見回す。当然、仁美はいないわけで、不思議そうな表情を浮かべて肩を上下させた。仁美はかなり律儀なタイプなのだろう。約束の時間に遅れるわけがない……。

西川はさやかに目配せした。自分が声をかけるより、さやかに任せた方が、トラブルになる可能性は少ないだろう。

絵里香は、歩道と車道を分けるチェーン型のガードロープの前に立った。携帯電話を取り出し、視線を落とす。メールの着信をチェックしているのだろう。さやかが、一度ＪＲ新宿駅方向へ移動し、そこから改めて絵里香にアプローチし始めた。西川は少しタイミングをずらして、逆サイドから近づく。さやかが声をかけ、絵里香が顔を上げるのが見えた。警戒したり、怯《おび》えたりする様子はなく、さやかの言葉に静かに耳を傾けている。西川は足音を忍ばせ、絵里香の脇一メートルほどの位置まで近づいた。二人のやり取りが耳に入ってくる。

「──警察って何ですか？」怖がるというより、不満そうな絵里香の声。

「ちょっと聴きたいことがあるんです。時間はかかりませんから」さやかが静かな口調で答えた。「その辺で、お茶でも飲みながらでいいんですよ」

「私、待ち合わせしてるんですけど」

「ごめんなさい。それ、私たちが頼んだんです」

「え？」

絵里香の横顔に動揺が走る。完全に、久しぶりに旧友と会うつもりでここに来たのだ。そう考えると、西川の胸はかすかに痛んだ。

「待ち合わせた相手は仁美さんですよね？　大東仁美さん」

「だって、仁美からメールが……」絵里香は声を荒らげるでもなく、困惑した口調でつぶやいた。

「それを、我々が頼んだんですよ。あなたは、摑《つか》まえにくい人だから」

西川は二人の会話に割って入った。絵里香がぴくりと体を震わせ、慌ててこちらを見る。

「驚かせてすみません。でも、こうしないと、あなたと連絡が取れなかったんです」

「何なんですか、いったい」絵里香の口調に苛立《いらだ》ちと怒りが混じってきた。「人を騙《だま》すような……警察がこんなことをしていいんですか」

「確かに、あまり褒められた話じゃないですね」西川は認めた。「でも、どうしてもあなたと話をする必要があった」会話は核心部分に入りつつある。西川は緊張感を高めつつ、絵里香を観察した。逃げ出す気配はないが、気を抜くと痛い目に遭いかねない。このような状況で動きを抑えるためには、本当は最低三人が必要なのだ。

「話って、何の話ですか」

「熊井悦司さん」

絵里香の肩がかすかに動いた。しかし表情に変化はない。西川は、彼女の微妙な反応に戸惑いを抱いた。熊井を知らないわけではないが、今は関係ないというような……。

「どこか、場所を移して話をしませんか？ こんな場所で話すようなことじゃない」

「私、あの人とはもう関係ないんですけど」

「つまり、昔は関係あったんですね？」

「それは……」ほとんど紅も引いていない唇を噛《か》んだ。

「とにかく、話を聴かせて下さい」その先の質問を、西川は抑え切れなかった。「彼が強盗殺人の犯人だったことは、知っていたんですか？」

「それは……ニュースで見て……」

咄嗟《とっさ》の言い訳だろうか。普通、別れた同棲《どうせい》相手の動向になど、気を遣わないものだろう。意識して知らないように気をつけていた可能性すらある。共通の知人との接触を避けていれば、熊井に関する情報を遮断することもできるはずだ。それ故、久しぶりに、しかもニュースで名前を見たのだとすれば、彼女の戸惑いも理解できる。ただしそれが、全て演技である可能性も考えねばならない。

共犯者？

「だったら、彼が亡くなったことは知っていますか？」

「え？」絵里香が目を見開く。唇が薄く開き、震え始めた。この動揺が演技だとすると、彼女は相当上手《うま》い女優である。「亡くなったって……」

「昨日、中央線に飛びこんだんです」

「死んだんですか？」

西川は無言でうなずいた。泣き出すのではないかと思ったが、絵里香は胸のところで両手をきつく握り締め、じっと固まっていた。この反応は、やはり演技とは思えない。

「亡くなりました」西川は平板な声で繰り返した。

絵里香が口元を両手で抑え、嗚咽《おえつ》する。悲しみを押し殺そうとして失敗し、両目から涙が溢《あふ》れ出てくる。

西川は、女の涙には弱い。ここはさやかの出番なのだが……彼女は知らん振りをしていた。泣かす引き金を引いたのは西川なのだから、最後まで責任を取るべきだ、とでも言うように。

涙は嘘《うそ》ではない、と西川は判断した。近くに交番があるのだが、これ以上プレッシャーをかけないために、敢《あ》えて喫茶店を使うことにする。

店内は混み合っていたが、さほど気にならなかった。三人で囲んだ丸テーブルは小さく、額をくっつけ合う格好になる。これなら、話が周囲に漏れることはあるまい。さやかが飲み物を運んでくるまで、西川は無言を貫いた。

「熊井さんが亡くなったことは、知らなかったんですね」西川はコーヒーを一口啜《すす》ってから、さっそく始めた。

「はい」

「ニュースを見てなかったんだ」

「見てないです」

会話が上手く転がらない。西川は両手を握り合わせ、腹の上に置いた。少し背筋を伸ばし、自分の左斜め前に座った絵里香とわずかに距離を置くようにする。さすがに涙は引っこんでいたが、うつむいたまま、呆然《ぼうぜん》としていた。しかし、彼女が自分を取り戻すまで待っているような余裕はない。

「同居していたのは確かなんですね」

「昔の話です」

「五年前？」

「勝手に出て行ったから……」

「向こうが？」

「そうです」絵里香が顔を上げる。髪がふわりと揺れ、血色の悪い顔の右半分を覆い隠した。ゆっくりと髪をかき上げ、西川の顔を真っ直《ま》ぐ《す》見る。目に光がない。

「正確にいつだったか分かりますか？」

「十二月十一日」

いきなり具体的な日付を出され、西川は彼女の心の痛みを感じた。大したことがなければ、ここまではっきりと覚えていないはずだ。そして、日付の意味に気づき、熊井の行動には筋が通っていた、と判断する。例の犯行は、十二月八日である。犯行から三日後に家を出たのは、熊井なりのけじめのつけ方だったのではないか。

「間違いないですね」

「間違いないです。いきなりだったから、覚えてます」

「どんな具合だったんですか」

「前の日の夜に、急に『出て行くから』って言い出して……仕事から帰って来た時に、おかしいと思ったんです。いきなり荷造りしてたから」

「引っ越しの？」

「引っ越しではないんですけど……」

夜逃げのようなものか。逃亡するには、当然身軽な方がいい。ボストンバッグ一つが理想だ。

「それで、出て行くと？」

「ええ」

「止めなかったんですか？」

「止めましたよ」絵里香の口調が急に強くなった。「だって、いきなりですよ？　訳分からないじゃないですか。別に喧嘩《けんか》してたわけじゃないし、仕事が上手くいってなかったわけでもないし……バイトでも、二人で働いていれば、何とかなったんです」

「分かります」

「だから、パニックになって……でも、全然言うことを聞かなかったんです。一晩中話し合ったんですけど、出て行く理由も言わなくて。私が、朝になって一瞬寝た隙《すき》に出て行って、それきりでした」

「彼の持ち物はどうしたんですか？」

一瞬の間を置いて、「捨てました」と答える。西川は思わず天を仰いだ。もしかしたらその中に、犯行を裏づける証拠が残っていたかもしれないのに。西川の渋い表情に気づいたのか、絵里香が唇をわずかに尖《とが》らせて弁明する。

「どうすればよかったんですか？　実家へ送り返すにも、住所も知らなかったんですよ」

「そうなんですか？」

「川崎だって聞いてはいましたけど、それ以上のことは……」

今は、こういうのが普通なのだろうか。普通かもしれない。結婚を前提にした同棲なら、互いの家族のことまで知っているべきだろう。だがそうでなければ、彼女のような状態は特異な例外ではないかもしれない。特に熊井の場合、実家との関係は良好ではなかったわけで、家族のことは口にしなかったとしてもおかしくはない。それに絵里香だって、似たようなものだ——家族との関係は最悪である。

「それで仕方なく処分した、と」

「ええ。何か、まずかったですか？」急に挑みかかるような口調になる。動揺しているのかもしれないが、波が大き過ぎる。

「仕方ないでしょうね。荷物があったら邪魔になるだけだ。それは、どうしたんですか」

「見たくもなかったから。全部段ボール箱に入れて、捨てました」絵里香が唇を引き結ぶ。また目が潤んできた。「その後で、私も引っ越したんです。いつまでも、あそこで暮らせないから……仕事も変わったんで、もっと通勤しやすい場所に引っ越さないと、きつかったし」

「今の仕事ですか？」

「ええ……いえ、何度か変わりました」

「今はどんな仕事を？」

「ウエブ系の……デザイナーです。小さいプロダクションだけど、給料も悪くないですし。会社は池袋です」

「本所吾妻橋から通うには遠いですね」

「だから引っ越しました。仕事が夜中まで続くことも多いんです。基本的に、切れ目がはっきりしない仕事なんで……いつも納期に追われてます」

絵里香が疲れた笑みを浮かべた。確かにネット関係の仕事というと、そういうイメージがある。今もそうだ。薄化粧のせいか、隠し切れない疲労が滲《にじ》み出ている。頬《ほお》に陰があるのも、化粧のせいではなく、不自然に痩せているからだ。

「ショックでしたか?」

「当たり前でしょう?」今度は一転して、挑みかかるような口調。「だって、全然理由を言わなかったんですよ……今になれば分かるけど」

「事件を起こしたから」

「でも、変ですよ。本当にあの人がやったんですか?」

「物理的な証拠も出ています」

「おかしいですよ……」絵里香が拳《こぶし》で顎《あご》を二、三度叩《たた》いた。「そんなことする理由、ないはずなのに」

「お金に困っていたとか?」

「それは、お金はいつも大変だったけど……二人で暮らして、二人とも働いていたら、バイトでも何とかなるんです。そんなに苦しかったことはないです」

「事件の前後に、何か変わった様子はありませんでしたか?」

「特には」ゆっくりと首を振る。

「本当に?」

「全然、そんな感じはなかったです」絵里香が西川を睨《にら》みつけた。「分かりませんでした」

本当に、という二度目の疑問を、西川は呑《の》みこんだ。人を殺すのは、究極の犯罪である。

どんなに神経の欠落した人間であっても、犯行直後にはまともな精神状態ではいられない。怒り、後悔、恐怖……そういう物に苛《さいな》まれ、プレッシャーから奇異な行動に出る者もいる。そうでなくても、傍《はた》から見れば明らかに態度が違う場合がほとんどなのだ。ましてや、一緒に暮らしている恋人同士なら、微妙な変化にも気づくはずである。絵里香は感受性が強そうなタイプのようだし。

「元々どういう人だったんですか、熊井さんは」

「大人しい人でした。口数が少ないって言うべきかもしれないけど……余計なことは言わないっていうか。今考えると、何を考えていたのか、私もよく分かってなかったのかもしれない」

「彼が出て行った後、何か連絡は?」

「一切なかったです。携帯も、すぐに変えちゃったみたいで、連絡が取れなくなりました」声に怒りが籠《こも》った。

「共通の友人はいなかったんですか?」

「いましたけど、そういう人たちにも、何も言ってなかったです。それは間違いないと思います……周りの人間を巻きこんで、言いくるめて私を騙すような、器用な人じゃありませんから。それに、そういう人たちとは、私はその後もつき合いがあるんです。五年間も、秘密を守り通すなんてできないんじゃないですか? どこかで漏れるはずですよね」

助けを求めるような口調。西川は彼女の言い分に、必ずしも納得できなかった。もしもその共通の友人というのが、熊井の共犯者だったら……五年経《た》とうが十年経とうが、口裏を合わせ続けるはずだ。その「友人」には話を聴いてみなければならない。

「探そうとは思わなかったんですか」

「無理ですから」絵里香が力なく首を振った。「仕事を放《ほう》り出すわけにもいかないし、それに、何だか面倒になって……男が出て行ったからって、未練がましく探し回ったりするの、馬鹿馬鹿しくないですか？」

「そうかもしれない」

「もちろん、好きだから一緒に住んでいたんですけど、何を考えてるのか分からないところもあったし、今さら……そう考えて、諦《あきら》めようとしたんだと思います。今考えると、ですけどね」

「分かります。しかし、彼は強盗をするようなタイプだったんですか？」

「それがどういうタイプなのか、分かりませんけど」絵里香の唇からは血の気が引いていた。「あの、人を殺したんですよね？」

「そうです」

絵里香がいきなり口を押さえ、椅子《いす》から滑り降りた。そのままトイレに駆けこんでしまう。さやかが素早く後に続き、ドアの前に陣取った。トイレに、外に通じる出入り口がないことは、事前に確かめてある。さやかが渋い表情で、西川にうなずきかけた。吐いているのか……既に冷めてしまったコーヒーを飲みながら、西川は絵里香を哀れに思った。当時何も知らなかったとしたら、犯行後、彼女は熊井に抱かれていたかもしれない。血に染まった手で愛撫《あいぶ》されたと考えると、嫌悪感に襲われても当然だ。五年経った今でも、こういう状態になれば、その記憶は生々しく蘇《よみがえ》ってくるだろう。

このタイミングを利用して、西川は外へ出た。予《あらかじ》め指示しておいた通り、大竹が店の前の歩道で待機している。西川の顔を見ても素早くうなずくだけで、「休め」の姿勢を崩そうとしなかった。

「後で、連れて行くかもしれない」

大竹がうなずく。それならそれで待つだけだ、と無言で言っているようだった。

「いつになるか分からないけど」

またうなずくだけ。時折西川は、この男の態度にじれる。もう少しいろいろなことを口にすればいいのに……喋るのにエネルギーを使うのが勿体《もったい》ない、とでも思っているのかもしれない。

「とにかく、もう少し待ってくれ」

三回目のうなずき。この男は、こうやって無言のまま、何時間でも待機できるだろう。つくづく変わった奴だと思うが、それを言えば追跡捜査係には、普通の人間はいない。

店内へ戻ったが、さやかはまだトイレの前で粘っていた。まさか、絵里香が中で自殺しようとしているということは――？　それはないだろう。あまりにも突然の出来事であり、落ち着くまでに時間がかかるのも当然だ。いくら薄化粧とはいえ、直す時間も必要だろうし。西川は、新しいコーヒーを三杯買って席に戻った。冷めたコーヒーを片づけ終えたところで、ようやくトイレのドアが開く。蒼白《あおじろ》い顔の絵里香を見て、西川は強い同情を抱いた。この反応は、やはり彼女が「シロ」だと示している。突然出て行った男。五年後に、犯罪者だと知らされ、しかも死んだと分かる――淡々と話を続けられる状況ではない。心は、大波に揉《も》まれる船のようになっているだろう。

席に着くと、絵里香が消えそうな声で「すみません」と謝った。元気はないが、先ほどより少しだけリラックスしているように見える。ずっと白かった顔にも、血の気が差していた。

「謝ることじゃないです。コーヒーを飲んで下さい。少しは落ち着くから」

言われるまま、絵里香がカップに手を伸ばす。一口啜ったようだったが、カップを置いた時にも、中身が減っているようには見えなかった。西川は質問を再開した。

「熊井さんは、金に困っていたんですか？」

「普通に暮らしてました」声は落ち着いていた。

「特別にお金が必要な状況があったとか……何か自分で商売を始めるため、とか？」

「ファッション関係の仕事をしたいって言ってましたけど……いつかは自分の店を持ちたいって。でもそれは、ずっと先の話で、すぐに、という感じじゃなかったです」

「亡くなる前は、セレクトショップで働いていました」

「ああ」絵里香が顔を上げる。惚《ほう》けたような表情が浮かんでいた。「じゃあ、一歩夢に近づいたんですかね」

「そうかもしれない。その他にはどうですか？　借金していたとか？」

「私の知る限りでは、ないです。一緒に暮らすようになる前のことは分かりませんけど……なかったんじゃないですか」

「はっきりしたことは？」

「分かりません」絵里香が首を振る。また髪が顔の右半分を隠したが、今度は払い除《の》けようともしなかった。どこか、前よりもぼんやりしている。「財布は別だったんです。家賃とか、公共料金は折半してましたけど、それ以外のことは、お互いに勝手にやってましたから」

「じゃあ結局、彼が何を考えて、どんなことをしていたかは、摑み切れてなかったんですね」

「いけませんか？」絵里香の口調に、急に怒りが滲む。感情の起伏が激しく、一言喋る度に人格がくるくる変わっているようだった。「一緒に住んでいたって、何でもかんでも分かるわけじゃないでしょう。お互いにプライベートな部分はあるんだし」

「まあ、それはそうですが……」西川は勢いに気圧《けお》された。どうやらこの場所で、これ以上話を聴くのは無駄だと悟る。それよりも、トイレに行った後の、彼女の微妙な変化が気になっていた。リラックスしたというより、感覚が麻痺《まひ》しているようである。怒ってみせても、演技をしているようにしか見えない。それに、トイレから戻って来た時、はっきりと顔色が変わっていた——薬物だ。「申し訳ないんですけど、ちょっと警察まで来てもらえますか？」

絵里香の顔から一瞬で血の気が引いた。「私は何もしてません」と言うなり、唇をきつく引き結んでしまう。もう何も言わない、という意思表示。

「今の話を、正式に書類に残しておきたいんです。熊井さんが亡くなっても、捜査が終わったわけじゃない。当時の状況を、できるだけ正確に知りたいんですよ」

「でも私は、何も知らなかった……役に立たないじゃないですか」知らなかったことが犯罪でもあるかのように、絵里香が弱々しい口調で言った。感情の波。

「話しているうちに、また何か思い出すかもしれません」

そんなことはない、と西川には分かっていた。この五年間、絵里香は同棲の記憶を押し流そうとかなりの努力をしてきたのではないか。それを「思い出せ」と言っても、無理があるだろう。

だが、外でひたすら待っている大竹にも、仕事をさせてやらなければならない。

午後九時。西川はげっそり疲れ果てて、椅子に背中を預けた。天井を見上げて、思わず溜《ため》息《いき》をつく。特捜本部のある墨田署で、絵里香から再度話を聴いたのだが、矛盾点は何も見つからなかった。裏づけ捜査をしなければならない部分もあったが、ごく些《さ》細《さい》な問題である。お互いにとって時間の無駄……とは考えたくないが、得る物は少ないだろう。

ただし、絵里香はそのまま勾留《こうりゅう》されている。西川が睨《にら》んだ通り、尿検査で薬物反応が出たのだ。規制されたばかりのデザイナーズ・ドラッグ。錠剤で、気軽に使える物だ。「時間に切れ目がない仕事」と言っていたが、リラックスするために使っていたのか……話に矛盾はなかったものの、熊井に関する話を全部信じていいかどうか、判断できなくなっていた。薬物の影響下にある人間の証言は、全面的には信用できない。

もしかしたら、絵里香の薬物使用歴は長いのかもしれない。例えば、高校生の頃から。両親は薄々気づいていて、それがあの冷たい態度につながっていたのかもしれない。娘を東京へやったのも、厄介払いのつもりだったのではないか。

ゆっくり立ち上がり、部屋の一番前に陣取っている松波の前に立つ。不機嫌さを取り戻した松波は、西川を一瞥《いちべつ》するだけだった。書類に視線を落とすと、「芳しくないようだな」と短く指摘する。

「事件直後の、熊井の態度だけは分かりましたが」

「ほう」書類から顔を上げ、松波が両手を組み合わせた。「どんな風に？」

「普段と変わらなかったそうです」

「それじゃ、何の参考にもならない」

「仰《おっしゃ》る通りですが、熊井が尋常な精神の持ち主でないことは分かりました」

「ああ、まあ――」渋々といった感じで松波がうなずく。「人を殺して、その手で女を抱けるような人間は、あまりいないだろうな」

「そういうことがあったかどうかははっきりしませんが」

「普段と変わらないってのは、そういうことだろう？　事件の頃、二人はまだ二十代だろうが。一緒に住んでて、他のことを考えてる余裕なんかないだろう」

露骨な松波の言い方に、西川は顔をしかめた。松波はそれには気づかない様子で、溜息をつく。

「で、ヤクを使ってたのか」

「それは副次的な問題ですが……それより、目撃者の方はどうなんですか？」

「たった一人だからな。信頼していいのかどうか、まだ判断できない」

「ええ」

「もしかしたら完全な嘘かもしれないんだが、本人の態度は真面目《まじめ》そのものだし、証言にも矛盾がない。ただ、他に誰《だれ》も目撃者が出ていないのが気になる」

「定通は？」飛び込みがあった時間帯に、駅のホームで徹底して聞き込みをする――定時通行調査は定番の捜査だ。特に駅の場合、昼間の時間でも決まった時間に利用する乗客が多いので、他の目撃者が見つからないとも限らない。

「やった」

無愛想な一言で結果が読めた――今のところ、他の目撃者は出ていない。

「マスコミを使ったらどうですか」

「無理だな。今の証言だけを取り上げて流してみろ。連中は、熊井は誰かに殺されたと書くぞ。騒ぎが大きくなったら、こっちが責められる」

「……そうですね」そこは慎重にいかざるを得ないわけか。どうにももどかしい、と西川は頰の内側を嚙《か》んだ。

「で、そっちはどうするんだ」

「調書は巻きました。参考までにお渡しします」

「その女は、別れた後は熊井とはまったく接触がなかったんだな」

「ええ」

「だったら、あまり参考にならないか……」

松波が盛大に溜息をついた。反発してやりたかったが、彼の感想は西川にも共通する物である。絵里香はよく話してくれたが、結局事件の核心に迫るような証言はなかった。

「とにかく熊井は大人しい人間で、あんな事件を起こすわけがない、という話でした。今でも半信半疑のようですね」薬物の影響下にある人間の言うことを、どこまで信じていいか、今では分からなくなっていたが。記憶の混濁、都合のいい取り違え、虚言――薬物が人に及ぼす影響は、計り知れない。

「誰でもそう言うんだよ。犯人が捕まった後の新聞を読んでみろ。近所の人間は皆、『そんなことをする人だとは思えなかった』って言うからな」

「近所の人と、一緒に住んでいた人では、認識に温度差があると思います」

「まあ、そうだが」松波が、短く髪を刈り上げた頭をがしがしと搔《か》いた。動きの止まった奇妙な状況に、苛立ちを隠そうともしない。

「今後、どうするんですか？」

「取り敢えず、駅での目撃者を探すことと、現在の熊井の交友関係を探ることだな」

「熊井が殺されたとして、その理由は何だったと思いますか？」

「知るかよ」乱暴に吐き捨てたものの、松波はすぐに「事件絡みかもしれないな」とつぶやいた。

「私もそう思います」西川はうなずいた。「ということは、五年前の熊井の人間関係についても、調べないといけませんね。例えば共犯者がいて、何らかの事情で熊井を消しにきた――」

「消しにきた、はないぞ」突然、松波が乾いた笑い声を上げた。「そんなのは、劇画の世界だけの言い方だ。マル暴でも、今は『消す』なんて言わない」

西川は無言でうなずいた。松波が何を言おうが、自分がやることは決まっている。もう一度、本所吾妻橋近辺を歩き回って、五年前の熊井の人生を再現することだ。逮捕された絵里香にも、また話を聴かなければならないだろう。こちらはさやかに任せるのも手かもしれない。ずっと西川が話を聴いていたから、さやかの方が新鮮な視点で話ができるだろう。

「とにかく、当時の事情をもう少し調べてみます」

「そこは自由に動いてもらっていいが……ところで、沖田から何か連絡はあったか？」

「いえ」言いながら携帯電話を取り出す。着信はない。あいつ、怪我《けが》しているのに、まだ動き回ってるんじゃないだろうな？　庄田に面倒を見させているのか？　だったら庄田の今月の給料は、少し上乗せされて然《しか》るべきだ。「静岡に行ってるんですよね」

「ああ」

「よく許しましたね」

「あいつが行きたいって言ってるんだから、しょうがないだろうが」松波が唇をねじ曲げる。「だいたい、あの怪我じゃ、普通の仕事はできない。それでも何かやりたいって言うんだから……」

「勝手な男ですから。すみません」西川は頭を下げた。

「あのバイタリティは認めるがね。俺だったら、足を折ったら一か月は自宅療養するよ。いい骨休めになる」

「それにしても、遅くないですか？　静岡に行ったからって、いつまでも刑務所で面会できるわけじゃないでしょう」

「ああ、その後は何も聞いてないが……」松波が腕時計を見た。「気になるなら、そっちで連絡してみてくれ。特捜として頼んだ仕事じゃないしな。だいたい、連絡がないっていうのは、いい情報が摑めなかったんじゃないのか」

「あいつの場合、何か摑んだら連絡が取れなくなりますよ」

「ああ？」

「いい情報だと思えば、連絡も忘れて突っ走りますから。基本的なホウレンソウができない人間なんです」

「報告、連絡、相談ね」松波が鼻を鳴らした。「それが絶対ってわけじゃないが、糸の切れた凧《たこ》みたいなのも困る」

「連絡してみます」

西川は松波に背を向け、沖田の電話を呼び出したが、すぐに留守番電話につながってしまう。一緒にいるはずの庄田にもかけてみたが、同じだった。おかしい……よほどシビアな状況で張り込みや尾行をしているのでない限り、あいつらは携帯電話にはすぐに反応するはずだ。一体こんな時間まで、何をやっているのか。

「出ませんね」西川は電話を振ってみせた。

「うちとしては別に困らんが……まあ、適当にやってくれ」疲れた様子で、松波が顔の横で手を振った。

お払い箱ということか。西川は苦笑しながら部屋を出た。放っておいてもいいのだが——普段なら絶対放っておく——今の沖田は怪我人である。何かあったら、厄介な仕事はこちらに降りかかってくるのだ。

廊下に出て、響子の携帯を呼び出した。自分より彼女の方が、沖田の動向に詳しいかもしれない。

「沖田さん? 夕方に連絡がありましたけど」

「どこにいるか、言ってました？」

「埼玉だって……今日は遅くなるかもしれないって言ってました」

「埼玉？　何の仕事かは……」言うわけがないと思いながら西川は訊《たず》ねた。沖田の性格から言って、仕事のことは響子にも話していない可能性が高い。

「聞いてませんけど、大丈夫なんですか？　怪我は全然治ってないんだし」

「おつきの人間が一人いるから、大丈夫でしょう。頼りになる若い奴です」

「それならいいけど……退院した日ぐらい、ゆっくりすればいいのに」響子が静かに愚痴を零《こぼ》した。

「自分の部屋だと、ゆっくりできないんじゃないかな。相当汚いでしょう」独身の沖田が、部屋を居心地よく保っているとは思えない。清潔で整頓された病室から解放された身からすると、ゴミ溜《た》めにいるように感じるかもしれない。

「でも、ちゃんと掃除しておいたから」

「響子さん、あなた、沖田を甘やかし過ぎだ」笑いながら西川は言った。「あの男は、適当に放っておく方がいいんですよ。どうせ、糸の切れた凧みたいなものだし」

「そうもいきません」

響子の声が硬くなった。冗談の通じない仲ではないのだが、こと沖田の問題になると、響子はむきになる。

「ま、連絡がなければ、逆に問題ないか」西川は自分に言い聞かせるようにつぶやいた。

「何もなければ、連絡もしてこないのが普通だからね」

「そうですか？　私には、毎日定時に連絡がありますけど」

「あいつが？」仰天して、西川は電話を取り落としそうになった。あのずぼらな沖田が……どうやら奴は、響子に対しては、自分たちに対するのとはまったく違う表情を見せているようだ。これが恋というものかね、と考えると自然に頬が緩んでしまう。「いい加減、結婚したら？　怪我はいいきっかけかもしれないですよ」

「そういうタイミングが……」響子が言い淀《よど》んだ。

やはりここは、沖田がきっちりと言うべきなのだ。二人の関係は、そう単純なものではない。二人とも四十歳を超えているし、響子には息子もいる。それに最近、故郷の長崎に帰って来いと、家族からしつこく言われているようだ。様々な障害があるからこそ、沖田が男らしく決めるべきではないだろうか。できたら自分は、プロポーズの現場を陰でにやにやしながら見ていたい。一生、あいつを馬鹿にできるだろう。

「奴から電話があったら、無理しないように言っておいて下さい」

「それ、西川さんが自分で言えばいいんじゃないですか？　コンビなんだし」

「否定します」西川は硬い声で言った。「あいつとコンビだと思ったことは、今まで一度もないですから」

十時過ぎに、ようやく自宅に辿《たど》り着いた。空腹で、胃が自分を消化し始めそうだったが、できるだけ軽い食事にする。カレイの煮つけと野菜サラダを中心に食べ、ご飯は一膳《いちぜん》を少し残す。今日はアルコールもやめにした。自分の普段の生活ペースが、すっかり崩れてしまっているのを意識する。本当なら夕食は七時、その後で濃いコーヒーを飲むのが日課なのだ。仕事だから仕方ないものの、自分の習慣が邪魔されるのは本当に気に食わない。だからといって、午後六時に特捜本部から姿を消すことなどできないのだが。

「お疲れみたいね」美也子が心配そうに言った。

「ちょっとね」ダイニングテーブルについたまま、西川はちびちびと水を飲んだ。基本的に午後九時を過ぎたら、カフェインの入っている物は飲まないようにしている。いつものコーヒーはなし……それ故、食事が終わったという満足感に乏しい。

「しばらく大変そうですか」

「話がどこへ行くのか、見えなくなってきた」熊井が殺されたという説が出てこなかったら、捜査は終結に向かっていただろう。熊井があの事件の犯人だったのは間違いなく、事件そのものは無事解決したのだ。しかし、予想外の事態によって、歯車はまだ回り続けている。しかもどこかがずれて、ギシギシと音を立てているようだった。

「珍しいわね、あなたが先読みできない事件なんて」かつては自分も警察官だった美也子は、ある程度は西川の苦悩を理解してくれる。

「うちが主体的に動いていた事件じゃないからね。手伝いは気を遣うし、いつもと同じようにはいかない」

「そうでしょうね……コーヒー、いらない？」

「やめておく。眠れなくなるからな」読むべき書類があれば、コーヒーを飲んでもいい。眠気を追い払って、じっくりと取り組んでもいいのだ。だが今の自分の仕事は、現場を歩き回って人に話を聴くことである。まったく、沖田が怪我さえしなければ……西川はテーブルに置いた携帯電話に目をやった。相変わらず、沖田からも庄田からも連絡はない。あいつら、何やってるんだ？

階段が軋《きし》む音がして、二階から一人息子の竜彦《たつひこ》が降りて来る。足取りは重く、欠伸《あくび》を嚙み殺す姿には、どこか疲弊感が漂っていた。いよいよ高校受験シーズンが本番なので、西川もできるだけ気を遣うようにしている。もっともそういうのは、中学三年生からすれば鬱陶《うっとう》しいだけかもしれないが。今も、一声かけてやりたいところだが、黙っていることにした。

しかし竜彦は、冷蔵庫からミネラルウォーターを取り出すと、悠然《ゆうぜん》とした様子で西川の斜め前に座った。一息で半分ほどを飲み、ゆっくりとボトルを置くと、思い切り伸びをする。眼鏡を外して、乱暴に目を擦《こす》った。

「疲れてるんじゃないか」思わず声をかけてしまう。

「まあね」

「無理し過ぎだろう」

「でも、そろそろだからさ」竜彦が眼鏡をかけ直し、首を振った。

「受験も楽にならないな。俺たちの頃に比べると、学校はずっと増えて、子どもの数は減ってるのに」

「上の方は、レベルが上がってるんだよ」

「そうなのか？」実感できない話である。西川は田舎の出身であり、高校受験の時に、学校を選べるような立場にはなかった。普段の成績で輪切りにされ、受けるべき高校は決まってしまっていたから。

「そうだよ。案外知らないんだね」竜彦がにやりと笑う。最近、平然と親を馬鹿にするようになってきたのだが、喋らないよりはましかもしれない。同僚の中には、子どもとまともにコミュニケーションが取れずに困っている人間もたくさんいる。

「まあ、難しいところは難しいんだろうな」

「そりゃそうだよ」

「無理しない程度でな」

「普通、そこはもっと発破かけるんじゃないの？」

「体壊したら、何にもならないだろう」

「勉強し過ぎで死んだ奴はいないって」竜彦が笑い飛ばした。

何を生意気なことを……しかし実際、竜彦は成績がいい。狙《ねら》っている私立高も、「まず問題なし」と太鼓判を押されている。毎年、東大に何十人も合格者を出すような高校だ。三年後に繰り返される受験シーズンにはどうしているのか、楽しみでもあり、怖いようでもあった。竜彦が大学受験の頃になると、西川は四十代後半に突入する。自分は衰えるばかりで、一方、息子の人生は上り坂だ。子どもをライバルだと考えても何にもならないが、どこか侘《わび》しい感じがする。

「父さんこそ、ずいぶん疲れてるけど」

「ま、年ってことだな」

「無理すると、体壊すよ」

「そこまで疲れてない」

うなずき、竜彦がペットボトルを摑んで立ち上がった。のろのろと階段を上がり、二階の自室に消えて行く。

「生意気ばかり言いやがって」

西川は息子の背中を見送りながら捨て台詞《ぜりふ》を吐いた。それを見て、美也子が笑い声を上げる。

「ああいうところ、あなたにそっくりだけど」

「そうか？」西川は平手で顔を擦った。

「理屈っぽいところが」

「俺、そんなに理屈っぽいかな」

「あなたから理屈を取ったら、何も残らないじゃない」

ごもっとも。西川は唇を引き結び、腕を組んだ。理屈は——理論は常に、行動に優先する。しかし西川の理論は、感情がリードする口喧嘩《くちげんか》では、まともな力を発揮できないのだった。

階段下にある西川の書斎――小部屋には、暖房がない。あまりにも狭いスペースなので、熱源を入れるには不安があるのだ。夏場は、ドアを開け放したまま、廊下で扇風機を回しているのだと暑さをしのげるのだが、今の季節は服を何枚も着こんで耐えるしかない。

部屋の幅はほぼデスクの横幅しかない上に、左右に資料を置く棚を作ってしまったので、身動きが取れない。普通に背もたれのついた椅子だと、回して向きを変えることもできないので、通販で買った「背筋を伸ばす椅子」を愛用している。座面と、膝《ひざ》を支えるクッションしかなく、座っていると自然に背中を伸ばさざるを得ないのだ。姿勢がよくなり、腰痛にも効果があるというが、西川の場合は、本当にスペースの節約のためだけに座っている。跨《また》ぎ越せば座れるのだから。

パソコンを立ち上げ、改めて今分かっていること、分かっていないことをランダムにうちこんでいく。

分かっていること

・熊井が強殺事件の犯人であること。神宮前の部屋で採取された指紋と、強殺現場で採取された指紋が一致した。

・熊井がJR御茶ノ水駅のホームから転落死した（遺書未発見）。
・「駅のホームで口論していた」との証言あり。ビデオは不調。
分かっていないこと
・駅のホームの一件に関して、他の目撃証言がない。
・熊井が犯行に至った動機。
・当時の熊井の生活状況（調査中）。
・犯行当時から発覚までの熊井の生活状況。
・神宮前のアパートから逃走後、熊井が潜伏していた場所。
絶対に調べ上げなければならないこともあるし、どうでもいい話もある。

どうでもいい話といえば、沖田の動きだろうか。あいつは何故、村松に会いに行ったのだろう。もちろん、完全に無駄とは言えない。犯行当時の状況をそれなりに知る人間は、村松しかいないのだから。しかし、そこに固執し過ぎるのはどうか。当時の村松はあくまで軽い気持ちで聞いていただけであり、だからこそ、今まで思い出さなかったはずである。

しかもあいつは、そのままどこかに消えてしまった。もう一度電話してみようかと思ったが、すぐに、自分はあいつの保護者ではないと思い直す。もしかしたら庄田を連れて、どこかへ呑みに行っているのかもしれない。退院祝いということで……いや、それはあり得ない。沖田は自分勝手で向こう見ずな男だが、連絡が取れなくなることはない。事件の発生を聞き逃さないようにするためだ。あいつは、出遅れを何よりも嫌う。

「まあ……何かあったってことはないよな」

二人——いや、沖田は怪我しているから一・五人としても、簡単にトラブルに巻きこまれるはずがない。何もわざわざ電話して、苛つかせることもないだろう。どうせ明日は来るのだ。明日になれば、いろいろなことが分かる。しかし、明日になっても何も分からなければ……何でこんなに沖田のことを心配しているんだ？　そんな必要などないのに。

「大丈夫？」

いきなり声をかけられ、振り返った。美也子が、心配そうにこちらを見ている。

「何でもないけど、何だ？」

「だって今、変な声出してたから」

「そうか？　何でもないよ」何でもないと言いながら、西川は沖田のことを話してしまった。美也子は警察を離れてずいぶん長くなるし、刑事部にいた経験もないのだが、警察官的な思考方法は失っていない。行き詰まると、彼女に事件の話をするのも珍しいことではなかった。

「怪我してるのに、どうしたのかしらね」

「それは、庄田が面倒を見てるから大丈夫だと思うけど、何も連絡がないからね。勝手にやってるのはいつものことだけど……」

「響子さんは？」美也子と響子は、普段からよく連絡を取り合っている。

「帰って来る前に電話したけど、夕方一度、連絡があっただけらしい」

「それじゃ、かえって響子さんを心配させたんじゃない？」

「まずかったかな」

「連絡しておきますか？」

西川はデスクに置いた目覚まし時計を見た。とうに十一時を回っている。

「もう遅いんじゃないか」

「メールなら」

「……そうだな。でも、話をややこしくしないでくれよ。沖田の耳に入ったら、面倒なことになる」

「分かってるわよ」美也子が薄い笑みを浮かべた。「それよりあの二人、いい加減に何とかしたらいいのにね」

「沖田も、肝心な時にはヘタレになるからな」西川はにやりと笑った。「今回の入院は、いい機会になると思ったんだけどなあ。弱気になってる時は、誰かを頼りたくなるから」

「でも、あっという間に退院しちゃって」

「それですぐに、静岡まで出張してるんだから、馬鹿な話だよ。大人しくしていられないんだから」

「そういう人なんだから、しょうがないでしょう」

「響子さんも、もう少し積極的に前へ出るといいんだけど」

「それは、ねえ……」美也子が困ったような笑みを浮かべる。「離婚は、結構痛いわよ。思い切れないのは、私には分かるけど」

「そうか」何か、もっと大きなきっかけがないと駄目か。

しかし、そんな作戦を考えるのは俺の仕事じゃない。西川は苦笑し、また自分の世界に没頭した。

第九章

ただ立っているだけなのに、やたらと体力を消耗する。慣れたつもりでいたのに、松葉杖《づえ》はまだ自分の体の一部になっていない、と沖田は実感した。弱々しい街灯を頼りに、自分の右足を見下ろす。ずっと膝《ひざ》を軽く曲げ、地面に着かないようにしていたのだが、やはり何かの拍子で何度か足を着いてしまっていたようだ。痛みはともかく、薄汚れているのが気に食わない。普段は多少服がくしゃくしゃでも気にならない性質《たち》なのだが、こういう汚れは何故《なぜ》か気になる。

腹が減っているから苛々《いらいら》するのだ、と自分を納得させようとした。昼に軽く食べてから、もう十時間近く、何も腹に入れていない。煙草《タバコ》だけは豊富にあったが、煙をいくら吸っても腹は膨れない。庄田の奴、どこまで行っているのか……新しい煙草に火を点《つ》けようと思い、躊躇《ためら》う。立ち始めてから一時間、既に五本を灰にしており、携帯灰皿は膨れ上がっている。しかしこの辺には、吸殻を捨てるような場所がないのだ。少し控えるか……煙草をパッケージに戻した瞬間、こちらへ走って来る庄田の姿に気づいた。

「すみません、遅くなりました」

「コンビニ、近くになかったのか?」

「ちょっと離れてました」庄田の息はまだ荒い。

あまり責めるのも可哀想《かわいそう》だと思い、沖田は無言でビニール袋に手を突っこんだ。暖かく柔らかな感触が心地好《よ》い。肉まんか……粗末な夕食だが、今は体を内側から温められればいい。

状況――ひどいものだった。二人は夕方、問題の弁護士の事務所に赴いたのだが、不在だった。「今日は戻るかどうか分からない」という事務所側の答えを聞いた瞬間、沖田は対応を誤った。何故か、事務所が嘘《うそ》をついている、と思いこんでしまったのである。話を聞いてから一時間、事務所のある五階フロアのエレベーターの前で、ずっと待ち続けた。動き、なし。その頃になってやっと沖田は、事務所の言い分は本当かもしれない、と真剣に検討し始めた。だとしたら、事務所の前で待つのは無駄になる。直帰の可能性が高い。

もう一度事務所を訪ね、自宅の住所を聞いてみたが、回答を拒否された。こちらは捜査でやっているわけで、強権を発動することもできたのだが、何故かその時は、トラブルを避けるべきだ、と慎重な気持ちになっていた。どうも、入院していたせいで調子が狂ってしまった感じがする……沖田はビルを出て、埼玉県警の知り合いに連絡を取った。弁護士の自宅と携帯電話の番号を調べてもらうのに、一時間。その時に食事を取っておけばよかったのだが、弁護士が帰って来るかもしれないと思って、ビルの前を離れられなかった。

その結果、何時間かを無駄にし、腹を空《す》かせている。

「戻って来ますかね」

「来ると思うよ」肉まんを頬張《ほおば》りながら、沖田は庄田の質問に答えた。そう思わないとやっていけない。

「仕事でしょうか」

「どうかな。遊んでるだけかもしれない」

増井真琴《ますいまこと》、三十二歳。女性弁護士だった。埼玉県警の知り合いは「独身のはずだ」と言っていたから――どうしてそんなことを知っているかは謎《なぞ》だった――この時間まで外で呑《の》んでいても、誰かに文句を言われる筋合いはない。

肉まん二つで、何とか腹は膨れた。入院中、食事の量が絶対的に少なかったから、胃が縮んでしまったのかもしれない。後は、眠気覚ましのために、缶コーヒーをちびちびと飲む。

庄田はゆっくりと食べていた。前から気になっているのだが、この男は食べるのが遅い。警察官になると「早飯」の習慣を叩《たた》きこまれるのだが、それを身に付けなかったのかもしれない。ただ、「のろのろ食べている」感じではなく、「味わいながら食事を楽しんでいる」ように見えるのが不思議だ。

腹が膨れると、煙草が欲しくなる。沖田は、空になったビニール袋に吸殻を捨て、新しい煙草に火を点けた。深く肺に入れ、煙草の旨味《うまみ》を存分に味わう。喫煙者の肩身は狭くなる一方なのだが、こういう快感や区切りの時間を知らない人は可哀想だと思う。

真琴のマンションは、真新しいタワー型だった。賃貸だったら、さいたま市のこの辺りでは幾らぐらいするだろう。弁護士の収入は人によってまったく違い、普通のサラリーマンより低い年収しか稼げない若手も少なくない。真琴もまだ若手と言っていい年齢だが、事務所がよほどしっかりしているのだろう。あるいはここが、実家かもしれないが。

知らぬ間に、沖田は体を揺らしていた。待ちの時間、こんな風にするのは多くの警察官の癖だが、片足だと上手《うま》くいかない。左足に妙な疲れを感じていた。長い距離を歩いたわけではないが、意識しないで負担を強いられたのだろう。ギプスが取れる頃には、左足だけが太くなってしまうかもしれない。あるいは右足が、ぞっとするほど細くなるのか……。

体を揺するのをやめ、マンションを見上げる。五階までは黄色、そこから上がベージュ色で、いかにも今風の高級感があった。建物左側のシャッターは、駐車場の出入り口だろう。

駅から徒歩十分ほどの場所だが、この時間になると人通りは少ない。幹線道路から外れているせいか、車もほとんど通らなかった。腕を突き出して時計を確認すると、十時半。いい加減にしてくれ、とうんざりしてくる。仕事だか遊びだか知らないが、いつまでも外をほっつき歩いていないで、さっさと帰って来い。

庄田がぴくりと体を震わせるのが分かった。周囲を見ると、左側の交差点から灯《あか》りが漏れているのが分かった。車。見る気もなしに、そちらに注意が向く。何しろこの十分間で、自分たち以外に動く物を見たのは初めてだったのだ。

車のヘッドライトだとすぐに分かったのだが、見慣れた物とは眩《まぶ》しさが違う。星が煌《きらめ》くようなそれは、最近流行のLEDのものだ。その位置はぐっと下の方で……車高の低いスポーツカーだ。スピードが出ていないせいで、どろどろとしたエンジンの重低音が響く。住宅街を走るのを憚《はばか》られるような、迫力のあるサウンドだった。

「車、何だ？」沖田は庄田に訊《たず》ねた。

「アウディ、ですかね」

自信なさそうに庄田が答える。沖田は、さらに自信がなかった。仕事の関係上、車のことは一通り頭に叩きこんでいるが、それはあくまで義務的なものである。個人的な興味という点では、まったくないと言ってよかった。だいたい、車は頻繁にモデルチェンジし過ぎる。新旧含めて、日本全体でどれほど多くの車が走っているのか……しかし、スポーツカーの絶対数が少ないのは間違いない。そもそも日本の道路は、「スポーツ」を標榜《ひょうぼう》する車が全能力を発揮できるような構造にはなっていないのだ。

しかし、こちらに向かってくる車は、本格的なスポーツカーのようだ。街灯の光の下で一瞬浮かび上がったそのシルエットは、低く幅広く構えた、凶暴性さえ感じさせるものである。マンションの前でぴたりと停《と》まると、アイドリングするエンジンの重低音が腹に響く。すぐに、アウディから女性が降り立った。車高が低いせいで、ひどく苦労している様子だったが。

「おい」

沖田が声をかけるよりも早く、庄田が走り出す。慌て過ぎるなよ、と心配しながら、沖田は自分も動き始めた。この状態では、道路の横断が一番怖い。こちらが松葉杖をついていようが、車は急に停まってくれないのだ。左右を見て、他に車がいないのを確認してから車道に出る。

庄田は慎重に動いていた。車が走り去るのを確認してから女性に駆け寄る。マンションのドアが開く直前という絶妙のタイミングで——走り去ったアウディからは見えないだろう——声をかけ、振り向かせることに成功した。一言二言声をかけ、女性をその場に足止めする。

「——そうですけど」という台詞《せりふ》が聞こえた直後、沖田はようやく二人の近くまで達した。

「増井真琴さんですね」

「そうですけど、何で二回繰り返すんですか？　確認なら一度で結構です。それよりあなた、誰なんですか」

まくし立てる口調は、法廷で鍛えられたものだろう。実際、庄田は少しひるんでいるようだった。

真琴は、小柄な体を薄いダウンジャケットに包んでいた。切れ長の目が、きつく鋭い印象を与える。左肩からハンドバッグを下げ、右手にトートバッグを持っていたが、トートバッグの方がはるかに重いようで——資料が大量に入っているのだろう——体が右側に傾《かし》いでいた。

庄田がバッジを示すと、真琴が凝視する。デザインそのものを暗記してしまおうというぐらいの勢いであり、庄田はその強い目線にあって、バッジを引っこめられなくなってしまったようだった。

「所属は？」

「警視庁——」

「警視庁のどこ？」

「捜査一課ですが——」

「何の用？」

相手の語尾に覆い被《かぶ》せるような言い方。喧嘩《けんか》のやり方としては、決して上等ではない。言葉で相手を圧倒する感じではなく、ただ焦っているようにしか見えないのだ。

「すみませんねえ、お疲れのところ」沖田はわざとざっくばらんな口調で、会話に割りこんだ。

「あなたは？」真琴がゆっくりと首を回して沖田を見る。目つきは鋭い。

「こいつと同じく」

「バッジは？」

「怪我した人間に対して、それはどうですかね」実際、背広の内ポケットに手を入れてバッジを取り出すのは、両手の自由が利かない人間にとって、かなり無理を強いられる動きである。

「警視庁ですって？」

「ええ」

「捜査一課？」

「同じく、と言ったつもりですがね」

何だか急に、会話を続けるのが馬鹿らしくなってきた。最初からこういう風に喧嘩腰でくる人間に対処するのは、かなり面倒だ。まず、相手の気持ちを解きほぐすという、面倒な手続きをしなければならない。それを避けるためには、いきなり本題に入るしかないのだが、そうすると全面抗争に突入する可能性も高い。

「事件の関係で話を聴きたかったんですよ。でも、事務所の方で連絡を取ってくれなかったんでね。仕方ないんで、ここで待ってました」

「ここは私有地ですよ。私のプライベートな空間です」真琴が手先を下に向け、自分と沖田たちの間にすっと見えない線を引いた。

「まだマンションの敷地内じゃないですけどねえ」ついむきになって、沖田は反論した。自分でも馬鹿らしいと思うが、こういうのは脊髄《せきずい》反射でどうしようもない。

真琴が馬鹿にしたような笑みを浮かべ、すっと一歩下がった。歩道と敷地の境目から、マンション側、自分の陣地へ。どうでもいい……子どもの喧嘩じゃないんだ、と沖田は呆《あき》れた。この女性が、弁護士としてどれほど優れているかは分からないが、負けず嫌い——それも馬鹿馬鹿しい意味で負けず嫌いなのは間違いない。

「ああ、もうやめましょう。こっちはちょっと話を聴きたいだけなんですよ。喧嘩しに来たわけじゃないから」

「明日にしてもらえます？」真琴がわざとらしく腕時計を覗《のぞ》きこむ。「今日はもう遅いですから」

「明日の予定はどうなってるんですか？」

「一日、法廷ですね。その後打ち合わせがありますから、空くのは午後七時過ぎになると思います」

「今から二十四時間も待たなきゃいけないわけですか」

「実際には、二十時間程度でしょう。それぐらいは我慢して下さい」

「こっちの仕事は、いつも急ぎなんですけどね。だいたい、この足で何度も出直すのは大変なんですよ」

「それは、そちらの勝手な都合では？」

次第に、面倒になってきた。あくまで屁理屈《へりくつ》でこちらを撃退するつもりか……もしも逮捕状でも持ってきたら――容疑は何もないが――どうするつもりだろう。それでも屁理屈で逮捕を免れようとするだろうか。

「そう、警察には警察の都合がありますからね」

「それは、私の都合には関係ないんですか？」

「最近、村松と会いましたね？　静岡刑務所で服役中の村松」

本題を切り出すと、真琴の反撃がぴたりと止まった。無表情なその顔を見ている限り、何を考えているかは分からない。ゆっくりと口元が動き、馬鹿にしたような表情が広がった。

「依頼人のことについては何も言えません」

「どうして？」

「当たり前じゃないですか。基本的な職業倫理の問題です」

「彼は服役中ですよ？　刑務所に入っているのに、依頼人というのはおかしい」

「元依頼人でも、依頼人であることに変わりはないでしょう」

「そういう関係は、永遠に続くわけですか？」

「私はそう考えています。出所後まで、きちんと責任を持つつもりです」

「で、会ったんですよね」

沖田は会話をぶった切って、もう一度質問をぶつけた。さすがに真琴も苦笑する。初めて見せる崩れた表情だったが、まったく魅力的には見えない。

「彼——その人がどうかしたんですか」

「どうしたのか、こっちが聴きたいぐらいなんですけどね。墨田の強殺事件のこと、聴いてませんか」

「墨田？　私は、埼玉県で仕事をしているんですよ。東京の事件のことを言われても分かりません」

「ずいぶん話題になったんですけどね」

「そうですか？」惚《とぼ》けているのか本当に知らないのかは判断できなかった。

「服役している人の証言で、犯人が特定されたんです。しかもそれが分かった後で、犯人は死んだ」

真琴が口をつぐんだ。何を考えているか、一切読めない。そういう意味では弁護士向きなのだろう、と沖田は思った。鋭い眼光も、依頼人にとっては安心の材料のはずだ。逆に検事たちには煙たがられる。警察官にも。彼女と対峙《たいじ》する機会が多いであろう埼玉県警の刑事たちに、沖田は同情した。

「証言したのが、村松さんなんですよ」

「そうですか」

「ご存じない？」

「知っているかいないかも含めて、何も言えません」

「その後で、村松さんの家族に連絡しているでしょう。何の用件だったんですか」

用件は分かっている――村松が元気だと知らせるためだ。しかし、何故？　普通、どんなに面倒見のいい弁護士でも、そういうサービスはしないはずだ。それこそ、依頼人と個人的な関係でもない限り。

「あなたは、村松さんと個人的な知り合いなんですか？」

「答えません。答える必要はありません」真琴の視線に揺るぎはなかった。

「別に、差し障りがある質問だとは思えませんけどねえ」沖田はワイシャツの胸ポケットに指先を入れ、煙草に触れた。この場で吸うわけにはいかないが、何となくそれで安心できる。「それとも、村松ではない他の誰かに何か頼まれたんですか？　普通の人だったら、刑務所に面会に行くのは、結構仕切りが高いはずですよ。弁護士に依頼するのは、普通の感覚じゃないかな」

「そうだとしたら、その人が依頼人になるわけですよね。それならますます話せません」

「村松さんに会ったことも否定するんですか？」

「否定じゃなくて、話せないんです。職業倫理に反することですから。それは、あなたたちも同じじゃないんですか」

「それはそうですけど、こっちは捜査でやってますんでね」

「必要なら、令状でも何でも取って下さい。それならそれで、対応を考えます」

「容疑はどうしますか？」

真琴が鼻を鳴らし、「それこそ、そっちで考えて下さい」と言った。

「もう、いいですね？」許可ではなく確認。「私が話せないことはお互いに分かっているし、時間の無駄です。私はこれからまだ仕事ですから」

会話を続けることはできる。彼女の気持ちを揺さぶることも可能だろう。しかし、いつまでも続けていると、問題視されるかもしれない。相手は弁護士なのだ、どんな武器を持っているか分からない。しかし、もう少し弄《いじ》ってみることにした。このまま一太刀も与えられずに退散するのは我慢できない。

「仕事、ねえ」沖田は皮肉っぽい口調で言った。

「何か？」真琴が一層目を細めた。今や、ほとんど目を瞑《つぶ》っているようだった。

「高そうなスポーツカーで送ってもらうような仕事って、何ですか」

真琴の顔が引き攣《つ》った。目がさらに細く、険しくなり、これから法廷で、検察側の主張の矛盾を厳しく突いていこうとするような態度になった。

「仕事とは言ってませんが」

「まだ仕事って言ってたじゃないですか」

「これからまだ仕事、です」真琴が一語一語を切るように訂正した。「私にも、私生活はありますから」

金持ちの男を摑《つか》まえる私生活、か。沖田は何だか白けた気持ちになった。真琴に、女性としての魅力があるかどうかといえば、沖田の目からすれば「ノー」だ。顔立ちはどちらかと言えば男っぽいし、服装もことさら女性らしさを強調した物ではない。

しかし、金はある。

沖田はふと、彼女が持っているオレンジ色のトートバッグに気づいた。これは……エルメスか。そう、以前響子が、雑誌で見て溜息を漏らしていたのを思い出す。欲しいならプレゼントしようかと思ったが、値段を見て絶句したものである。二十万円をはるかに超える……たかがバッグでその値段はあり得ない、と呆《あき》れると同時に、思い切ってプレゼントできない自分の経済力のなさを意識して、切なくなったものである。

あの時見ていたバッグと同じ。真琴はそんなに稼いでいるのか、と沖田は素朴な疑問を抱いた。もちろん、儲《もう》かっている法律事務所はあるだろう。だがそういうところは、企業の法務を専門に扱っている場合がほとんどだ。個人と企業では、使える金の桁《けた》がまったく違う。そして真琴は刑事事件の弁護もしているわけで、金儲け専門の仕事をしているわけではないだろう。

ということはやはり、先ほどのアウディの男が金づるというわけか。金持ちを摑まえて上手く貢がせているとしたら……何だか白けた気分になった。

「とにかく、私の方からお話しできることは何もありません」真琴が一層冷たく言い放った。

「そうむきにならなくてもいいじゃないですか」沖田はにやりと笑い、口調を崩した。「お互い、法に携わる立場なんだから。仲間みたいなものでしょう？」

「こちら側と向こう側ですが」真琴の表情は相変わらず固い。

「表と裏でしょう？　扱っているのは同じ問題ですよ」

「法廷ならそうですけど、ここは法廷じゃありません」

「だから表沙汰《おもてざた》にできない？」

「できませんね。それに弁護士の仕事は、法廷の外でやることの方が、はるかに多いんですよ」

真琴が軽く頭を下げる。沖田の反論を待たずに、すっとマンションの中へ入ってしまった。扉は二重で、一番外側の自動ドアは、誰が前に立っても開くから、そこまでは追いかけることもできるのだが、沖田の足は動かなかった。庄田が目線で、「どうする？」と訊ねてきたが、沖田は無言で首を横に振った。「私有地」問題を再燃させるのは馬鹿馬鹿しい。

オートロックのドアの前に立ち、真琴がこちらを振り向いた。特に笑みを浮かべるわけでもなく、淡々とした表情で頭を下げる。ドアの向こうに吸いこまれていく後ろ姿を見送ってから、沖田は溜息をついた。

「やりにくい相手ですね」庄田が困ったような口調で漏らす。

「まったくだ。あんなに突っ張らなくてもいいと思うけど」

「何かあるからじゃないですか」

「そうだな」

「事件としては終わっている犯人に会いに行くなんて、普通はあり得ません」

「ああ」

何となく、自分の反応が鈍くなっているのを沖田は意識した。疲れはピークに達しており、右足首の痛みも引かない。必要なら痛み止めを飲んでもいいと医者には言われているが、薬嫌いの沖田としては、それは避けたかった。休めば少しは楽になるのだが、ここから自宅のある板橋までは遠い。電車の乗り換えを考えただけでも鬱陶《うっとう》しかった。

「車のナンバーですけどね」庄田がいきなり言い出し、手帳を広げた。読むのではなく、素早く書きつける。

「見てたのか？」

「何とか」

足立ナンバーだった。東京で登録された車がさいたま市内を走っていてもおかしくないのだが、何かが引っかかる。

「車種は？」

「アウディのＲ８だったと思いますけど、ナンバーで照会しないと断言できませんね」

「Ｒ８って、どういう車だ？」

「ええと、たぶんポルシェ９１１より高いです」

ポルシェ９１１なら名前ぐらいは知っているが、値段が分からない。庄田が「９１１なら、新車で一千万円は軽く超えているでしょうね」とつけ加えたので目を剝《む》いた。だったらＲ８は幾らぐらいするのだ？　千五百万円？　二千万円？　いずれにせよ、堅気の人間が手を出す車とは思えない。この場合の「堅気」は、普通のサラリーマンという意味だが。

「金持ちの男を摑まえたようだな」

「そうなんでしょうけど……」庄田の言葉は歯切れが悪かった。もちろん、普段から饒舌《じょうぜつ》と言えるような男ではないのだが、今夜は特に調子が悪い。

「何か気になるのか？」

「R8って、日本では911よりも数が少ないんじゃないですかね」

「だから？」

「本格的なスポーツカーなんですよ。あんな車が、日本の公道を走っていて、いいんですかね」

確かに。図太いエンジン音、低く構えた迫力あるフォルム——ちらりと見ただけだが、全てが公道向きではない。サーキットに持っていってこそ、真価を発揮する車だろう。

「日本じゃなければ、どこで乗ればいいんだ？」

「そうですねえ……」庄田が顎《あご》に拳《こぶし》をあて、首を傾げた。「モナコとか？」

「何でモナコなんだよ」

「セレブが多い街なんで、高級車は多いみたいですよ」

庄田の口から「セレブ」という場違いな言葉が飛び出したので、思わず笑ってしまった。馬鹿にされたと思ったのか、庄田がむっとした表情を浮かべる。

「見てきたようなことを言うじゃないか」

「有名な話です……それで、どうしますか？」

「そのR8の持ち主は、割り出しておいてくれ。明日でいいけど」

「分かりました」さっと手帳に何かを書きつける。「これからどうします？」

「この時間からできることなんてないだろう。今夜は撤収だ」

「……沖田さん、一人で帰れるんですか？」

「まだ電車が動いてるよ」しかし、乗り換えの面倒臭さを考えると、口がへの字になってしまう。駅の階段を上り下りして……自分がこれから行く先々の駅は、ちゃんとバリアフリーの構造になっているだろうか、と不安になる。「さっさと帰ろうぜ」

「明日は出て来るんですか？」歩き出しながら、庄田が訊ねる。

「そのつもりだけど」

「出勤の時間帯には、絶対無理ですよ」

「だったら、通勤ラッシュが始まる前に出勤するさ」当然、睡眠時間が削られるわけで、それを考えただけでげんなりした。だいたい、ほとんど役立たずの自分が出勤して、何になるのか。長かった今日一日の動きを振り返ると、げっそりする。生のまま放《ほう》り出された疑問の数々……しかしそれが、一連の事件の中でどのようなポジションを占めるかが分からない。

　まったく、冗談じゃない。この足さえ無事だったら……結局、今の俺を突き動かしているのは、熊井に対する恨みかもしれないな、と思う。死んだ人間を恨んでも、何にもならないのに。

　大通りに出て、庄田がタクシーを拾ってくれた。久しぶりに腰を下ろすと、下半身全体に疲れがきているのを意識する。携帯をチェックしてみると――ずっとサイレントモードにしていたのだ――西川と響子から、何本か電話とメールが入っていた。時間が時間なので、かけ直すのも気が引ける。西川は無視するとして、響子にだけメールを返信しておくことにした。

響子はかなり心配している様子だったが——西川が連絡したようだ——あれこれ説明するのも面倒なので、「仕事で遅くなった。これから帰宅」とだけ打ちこんで送信する。響子の朝は早い。この時間だと、もう返信はないはずだ。沖田は目を閉じ、車の揺れに身を委ねた。睡魔が襲ってきたが、短いドライブの間に眠れないのは分かっている。とにかく体を休めることだ、と自分に言い聞かせた。

しかし心の中では様々な思いが渦巻き、とても休む気分にはなれなかったが。

それにしても今日は、ずいぶんタクシーを使ったものだ……最後のこのドライブの分だけは請求できないな、と考える。ケチくさいかもしれないが、さすがに最近は、多少は金のことを考えるようになっていた。響子とつき合う前は、それこそ給料はあるだけ使ってしまっていたのだが……今考えると、かなりの部分が酒に消えていたわけで、もったいないとしか言いようがない。今は、響子たちのために金を使うことに喜びを見出《みいだ》していた。たまに外で美味《うま》い食事を取るぐらいで、とてもエルメスのバッグには手が回らなかったが。

一人暮らしの部屋へ戻ったのは、日付が変わるぎりぎりの時刻だった。十一時近くまで現場で粘っていたにしては早い。それで少しだけほっとした気分になったが、明日の朝も早く出勤しなければならないと思うと、また疲れを意識する。

とにもかくにもシャワーを浴びたい……部屋の中がそれなりに片づいているのはありが

たかった。入院中に、響子がきちんと掃除してくれていたのだ。助かった……と思って携帯を見たが、やはりメールの返信はない。

「ま、しょうがないな」独り言が、部屋の中で空しく消える。ソファに腰かけたいと思ったが、座ると動けなくなりそうなので、必死で我慢した。

それにしても、シャワーを浴びるのさえ一苦労だ。まず、素っ裸になって、右足首から先をビニール袋で包まなければならない。朝方一度家に寄った時に使った袋を再利用したのだが、かすかに濡《ぬ》れているのが何となく不快だった。しかし今は、早く体を洗いたいという気持ちの方が上回る。

何とか足を濡らさないようにシャワーを終え、寒々とした部屋に戻る。こういう時、以前は何とも思わなかった。寒ければ、秘蔵の日本酒を一気に呑んで体を内側から温め、さっさと寝てしまえばよかったから。しかし今は、そういう行動がひどく粗雑に思えた。ここに人がいれば、全然違うのに……以前、響子が泊まりに来た時のことを思い出す。あの時は秋だったが、部屋の温度は間違いなく一、二度高かったはずだ。人の体温による、心地好い温かさ。

弱気になるんじゃないぞ、と自分に言い聞かせ、片足で跳びながら冷蔵庫に近づく。響子はビールの補給までしてくれていた。申し訳ない、と情けなく思う。大した金額ではないが、自分なんかのために金を使って……自分は、彼女の気持ちに報いるだけのことをしているだろうか。

ようやくソファに座り、ビールを口にする。部屋の寒さと相まって、思わず震えがきた。やめておけばよかったと思ったが、開けてしまったので空にしないわけにはいかない。ぼんやりとテレビを眺めながら、ちびちびとビールを呑み続けた。

携帯が鳴る。響子だろうと思って取り上げると、西川だった。無視しようかと思ったが、あいつはしつこい。夜中に何度も電話がかかってきたらたまらないと思って、通話ボタンを押した。

「何で電話に出なかったんだよ」いきなりの非難。

「張り込みしてたんだ」

「誰を」

「弁護士」

「弁護士？」

珍しく西川が、頭から突き抜けるような声を出した。一を聞けば十まで推理が回る西川にしても、何のことだか分からないらしい。説明するのも面倒だったが、沖田は静岡刑務所を訪ねてからの動きを丁寧に話した。どうせ後は寝るだけだし……日付が変わる時刻になっても、延々と事件のことを話し続けている自分たちが、ひどく滑稽《こっけい》な存在に思えてくる。

「その弁護士が、何か関係していると思うのか？」

「あり得ない話じゃない。何に関係しているかは分からないけど」

「もしかしたら、村松から相談を受けていたのかもしれないな」西川が推理を口にした。「いつ刑務所に面会に行ったかは分からないけど、新聞に記事が出た後だったら、告白するかどうか、先に弁護士に相談しようと思ってもおかしくない」

「だけど村松は、刑務官を通じて警察に話をしたんだぜ」

「だから、その前だよ」西川が少しじれたような口調で言った。「話したら自分はどういうことになるか、弁護士に相談して、それから刑務官に話した」

「だけどどうして、あの弁護士は『話せない』って言い通したんだ？　確かに依頼人との関係はあるけど、隠すようなこととも思えない」真琴の生意気な態度を思い出しながら沖田は言った。「それに、あの弁護士自身についても気になるんだよな」

「金持ちそうだってことか？　別にいいじゃないか」西川が鼻を鳴らす。「それこそ金持ちの恋人に金を使わせているのかもしれないし、実家が資産家の可能性もある」

「まあ、そうなんだけど」納得いかぬまま、沖田は言葉を濁した。

「気にし過ぎだよ」

「そうかね」

「細かいことを気にし過ぎると、怪我は治らないぞ。オッサンなんだから」

「お前、それはおかしい。俺に書類を渡したのは、細かいことをチェックさせるためだったんじゃないのか」

「いや、あれは暇潰《ひまつぶ》し用だよ。お前が、あの手の書類から何か見つけ出すなんて、そもそも期待してないし」

「何だと？」沖田は、頭に血が上るのを意識した。「馬鹿にしてるのか？」

「馬鹿にしてるというか、お前が頭がよくないのは事実だろうが」

「喧嘩売ってるのか？」

「今さら売る必要もないだろう。いつも喧嘩してるみたいなものだし」西川がやけに明るく笑う。

「おい――」

本気で文句を叩きつけてやろうと思った瞬間、電話は切れていた。この男は……沖田はビールを喉《のど》に流しこみ、怒りを何とか鎮めようとした。胃が冷えるだけで、逆に頭は熱くなってくる。まったくあの男は……さりげなく人を傷つけるようなことを言うのだけは得意だ。そういう能力は、どこか別の所へ生かせ、と思う。

音を消したテレビでは、お笑い芸人たちが身をよじって笑う姿が映っている。勝手に笑ってろ。画面に缶ビールを投げつけてやりたいという気持ちを押し潰しながら、沖田はじっと時間をやり過ごした。

怪我すると金がかかる。

沖田は退院二日目にして、その事実を思い知っていた。駅までは、普段なら歩いて十分ほど。しかし松葉杖に頼った今の状態では、二十分以上かかるのが分かっていたし、朝から体力を使い果たすわけにもいかない。家が幹線道路に近いので、タクシーはいつでも拾える……たとえ朝の六時でも。そう考えてしまったのが運の尽きだった。家を出た瞬間に、タクシーを捜してしまう。

松葉杖から解放されるまで、どれぐらいかかるだろう。駅と自宅の往復が一か月続いたらどうなるか。摑まえたタクシーの中で、シートに背中を預け、頭の中で数字をこねくり回す。何と、三万円近くになるではないか。役所に請求するわけにもいかず、自分の懐が痛むだけ。別に休んでしまってもいいのだ、と考える。怪我は公傷だし、年度内の有給も、ほとんど手つかずで残っているのだから。だが、一か月も、何もせずに家でだらだらすることを考えただけで、脳みそが腐りそうだった。もちろん、この機会に、響子とのことを真面目《まじめ》に考える手はあるが……。

成り行きに任せるしかない。怪我の治り具合も、響子との関係も。

俺は仕事以外のことでは、どうしてこんなにグズになるのか。「頭がよくない」。昨夜の西川の台詞が脳裏に蘇《よみがえ》った。あの時はかっとしたが、事実は事実である。何かを真面目に考えようとしても、脳が拒否するのだ。

七時過ぎに乗りこんだ地下鉄は、乗車率十割近く。無理に座ろうと思えば、誰かが席を譲ってくれたかもしれないが、意地でも座る気にはなれなかった。ドアを背にして立ち、走行中は松葉杖に頼らないように左足に力を入れる。バランスを取るのは面倒だったが、こういうことにも何となく慣れてきた。ただし、一日中こうやって左足に頼っていたら、日が暮れる頃には体の半分に疲労と痛みが蓄積されてしまうだろう。人間は、二本の足で立つようにできているのだ、と痛感する。

最寄駅から桜田門まで、三十分ほど。その間ずっと、バランスを取るための細かい動きを繰り返してきたせいか、朝から疲れてしまった。電車が走っている間はドアに体を預けていればいいが、駅に着いてドアが開く度ごとに、少し脇にどいてやらなければならない。これは後で、途中の駅で左右どちらの扉が開くか、詳しくチェックしておかないと。できるだけ余分な動きをしたくないのだが……そんなことを考えてしまう自分のせせこましさに腹が立ってきた。しかも、空腹が怒りに追い討ちをかける。大抵朝は食べないのだが、こんなに体力を使うなら、何か腹に入れておくべきだった。

だいたい今、警視庁の食堂は改修中で使えない。あそこが開いていれば、朝飯も食べられるのに……桜田門、というか霞《かすみ》が関《せき》は、あらゆる意味で日本の中枢の一つなのだが、食事情は最悪だ。普通の食堂やレストランは一軒もなく、この付近にいる限り、昼食は庁舎内の食堂に頼るしかない。最近は、各省庁の庁舎内にコンビニエンスストアもできてきたが、比較的古い――既に築三十年以上だ――警視庁の中には、そんな便利な物はない。隣の警察庁まで行くか、あるいは朝飯を抜いてしまうか……朝から下らないジレンマに苦しめられ、沖田は本気で腹が立ってきた。全て自分が悪いとはいえ、うんざりしてくる。桜田門駅を出ると、目の前が警視庁で便利なのだが、警察庁の庁舎までは二百メートルほど歩かなければならないのだ。その距離を考えると、目がくらむ。

正面入口のすぐ脇にある出入り口から地上に出ると、気温は低いものの、嫌になるほど天気がよかった。朝のラッシュが既に始まっており、霞が関二丁目の交差点まで見渡せる桜田通りは、車で埋まっている。仕方ない、頑張って二百メートルの道程を行くしかないか……まだ八時前だが、往復の時間と買い物の時間を考えると、遅刻する可能性もある。警察の朝は早いのだ。

だがそこで、救いの神が現れた。

「何してるんだ」

声に気づいて顔を上げると、西川が怪訝《けげん》そうな表情を浮かべて立っている。彼は、通勤に山手線と地下鉄の日比谷線を使っているから、警視庁の最寄駅は霞ケ関になる。ちょうど今、着いたばかりのようだった。

「何って、出勤しただけじゃないか」

「別に、出て来ることないのに。休んでればいいじゃないか」

「そうもいかない」

「お前の仕事はないぞ」

「仕事はいくらでもある……そうだ」沖田は尻ポケットから財布を抜いた。コートの裾《すそ》がめくれた所に寒風が吹きつけ、一瞬身震いする。「朝飯を仕入れてきてくれないか？　隣のコンビニでいいから」

「はあ？」西川が、眼鏡の奥の目を細めた。「何で俺が」

「ちょっと戻るだけじゃないか」

「面倒だよ」

「じゃあ、お釣りから百円、小遣いをやるから」

「阿呆《あほ》か、お前は」呆れたように言い、西川が財布をひったくった。「それより、響子さんとちゃんと話したのか？　ずいぶん心配してたんだぞ」

「分かってるよ」

「だったら、休んでればいいのに」

「そうもいかない」

「しょうがないな」溜息《ためいき》を一つつき、西川が踵《きびす》を返す。歩き去る背中を見ながら、沖田はゆっくりと正門に向かって歩き始めた。何だかんだ言いながら、同期は使えるものだ。

捜査一課へ入ると、早めに登庁していた他の係の刑事たちに冷やかされる。一々反論するのも馬鹿馬鹿しいので、全《すべ》て無視して追跡捜査係の自席についた。一番乗り。だからといって、何かいいことがあるわけでもないのだが。

ようやく椅子《いす》に腰を下ろし、松葉杖をデスクに立てかけて一息つく。もう一日が終わってしまったぐらいに、体力を使い果たした感じだった。

すぐに庄田が出勤してくる。左肩に大きなバッグをかけ、右手にコーヒーを持っているのはいつも通り。こちらが先に来ていたのが意外だったのか、すっと眉《まゆ》を吊《つ》り上げる。

「昨日の車のナンバー、照会を頼むぞ」

無言でうなずき、椅子に荷物を下ろす。コーヒーを一啜りすると、立ったまま受話器を取り上げた。そんなに焦ることもないのに……ほどなく、メンバーが次々と出勤してくる。鳩山が最後になるのはいつも通りで、買い出しに行っていた西川が来た時も、まだ顔を見せていなかった。

「ほらよ」西川が、やけに膨らんだビニール袋を、沖田のデスクに放り出すように置く。

「何買ってきたんだ？」

「いろいろ。また買い出しに行かされたらたまらないからな。昼飯の分もある」

「そんなところまで頼んでないぜ」

「礼なら別に結構だよ」西川がひらひらと手を振り、沖田の席の向かいの自席につく。さっさとパソコンを立ち上げ、何か作業を始めた。

買い過ぎなんだよ……ぶつぶつ文句を言いながら、沖田はサンドウィッチの袋を破いた。何となくもやもやするが、空腹には勝てない。昨夜肉まんを食べたきりなので、腹が減っているのも当然である。

庄田の席の電話が鳴った。呼び出し音一回で受話器を取り、低い声で話し出す。先ほどのナンバー照会の結果だろう。それがどこへ転がって行くか分からないが……沖田はサンドウィッチを嚙みながら、ぼんやりと庄田を見詰めた。最初無表情で相手の声に耳を傾けていた庄田だが、すぐに顔色が変わる。眉間《みけん》には何本も皺《しわ》が寄り、唇は一本の線になっていた。何だ？　そんなにシビアな話なのか？

受話器を置いた庄田が、沖田に視線を向ける。相手が口を開く前に、沖田は先制攻撃をしかけた。

「何だよ……昨日のアウディの話じゃないのか?」

「そうです」

「で、持ち主は?」沖田は、缶コーヒーのプルタブを開けた。思い切り冷たく、冬場向きではない。西川の奴、嫌がらせでこれにしたな、と睨みつけたが、あっさり無視された。

「牛嶋和人《かずと》」

「ああ?」

西川が奇声を上げ、いきなり立ち上がった。顔面からは血の気が引き、拳を硬く握りしめている。ちょうど出勤してきたさやかが、驚いて立ったまま凍りついた。

「庄田、今のは何だ?」

西川が硬い声で訊ねる。迫力に気圧《けお》されたのか、庄田は黙ったままだった。

「昨夜、弁護士を送ってきた車の持ち主だよ」沖田は答えた。こいつ、何をこんなに焦っているんだ? 自分が何か見落としているかもしれないと思い、嫌な気分になる。思い出せ……西川に出し抜かれるのは気分が悪い。

「どういうことだ!」西川が珍しく声を張り上げる。

「ちょっと、お前、どうしたんだ?」沖田は立ち上がろうとして、思わず右足を床についてしまった。突き抜ける痛みに怯《ひる》んで、椅子にへたりこんでしまう。

「調書、ちゃんと読んでなかったのか」西川が咎《とが》めるような視線を投げつけてくる。

「何が」

「牛嶋だよ、牛嶋」

「それがどうした」

「いい加減にしろ。強殺事件の被害者の苗字が牛嶋じゃないか。こいつは、被害者の長男だよ」

追跡捜査係のある、捜査一課の一角が静まり返った。これは、偶然にしては……偶然とは思えないが、意味が分からない。

「で、お前はどう思うんだ」西川が珍しく熱くなっているので、逆に沖田は冷静になった。

「それは――」

西川が勢いこんで口を開きかけたが、すぐに閉じてしまう。奇妙な偶然、それも極めて大きな事実なのだが、これがどうつながるかは読めないのだろう。そもそも西川は、発想が飛躍するタイプではない。仮説Aから推論されるBを経て、Cの要素を足してからやっと結論Dに至るタイプだ。ただし、そのスピードがとてつもなく速いので、すぐに結論が出てくる印象になる。いきなりAからDに飛ぶのは、むしろ沖田の得意技なのだが、今朝に限っては、勘が働かなかった。クソ、入院している間に、本当に鈍ってしまったのか。

「ああ、おはよう」緊迫した雰囲気をぶち壊すように、鳩山が出勤してきた。腹を揺すりながらで、緊張感がないことこの上ない。沖田が手にしたサンドウィッチに目を留めると、

「お、美味そうだな」と呑気《のんき》な台詞を吐いた。

「そんなこと言ってる場合じゃないでしょう」沖田は噛みついた。

「何が？」

誰かが話すだろうと思ったが、誰も口を開かない。仕方なく沖田は、昨夜からの事情を説明した。鳩山はのんびりと腰を下ろして話を聞いていたが、車の持ち主が牛嶋の息子だというくだりになると、身を硬くした。

「どういう意味だ？」

「それが分からないから、皆で考えてるんじゃないですか」沖田はさりげなく皮肉を吐いた。脂肪が詰まったあんたの頭じゃ、ろくな考えも出てこないだろうが。

「被害者の一人息子と弁護士ね……」鳩山が、人差し指で宙に何かを描くような動きをした。「その弁護士は、村松の公判を担当した。しかも、少し前には刑務所で面会している」

「本人は否定も肯定もしませんでしたけどね」昨夜の真琴の態度を思い出し、頭の芯《しん》がかっと熱くなるのを意識しながら沖田は言った。

「何かあるな」

鳩山が、訳知り顔で丸い顎を撫でた。何かあるのは最初から分かってるんだよ、オッサン……白けた気分で、沖田は鳩山の顔をぼんやりと見た。

「どうしますか？　何かにつながるとは思えないけど、ちょっと引っかかりますね」西川が立ったまま言った。

「引っかかったら調べるのが、うちのやり方じゃないか。一々俺に許可を取らなくていいよ」鳩山が掌《てのひら》をひらひらさせた。「そういう特権はある」

「特捜の方には知らせなくていいですか？」西川がさらに訊ねた。

「構わないよ。何か分かったら、その時点で伝えればいい。今さら手遅れになるとも思えないしな」

「よし、動こう」西川が声を上げた。メンバーは全員揃《そろ》っていたので、すぐに仕事を割り振る。だが、沖田の名前は最後まで出さなかった。

「おい、俺は？」沖田は自分の鼻を指した。

「お前は動けないだろうが」西川が冷たく告げる。

「こいつがあれば、動けるよ」松葉杖を拳で叩いて見せた。

「お前が動くには、アシスタントが一人必要なんだよ。大人しく、ここで電話番でもしてくれ。昼飯もあるんだから、立たなくても済むだろう」

クソ、冗談じゃない……しかし反論はできなかった。動けば、誰かに迷惑をかける。気持ちが爆発しそうになるのを感じながら、沖田は歯を食いしばった。夕方までには、歯の一、二本は致命傷を受けそうな予感がした。

鳩山は昔から、十一時五十分には自席を離れる。食堂が混《こ》むから、という理由だったが、最近は一階の食堂が使えないので、さらに遠くへ行くしかなく、離席の時間は十一時四十五分に早まっている。最近のお気に入りは農水省の食堂だ。国産食材にこだわっているから体にいい、とか何とか理屈をつけているが、彼につき合うスタッフは一人もいない。いい加減に「食欲旺盛《おうせい》」という言葉から解放されるべき年齢なのに、食べ方が壊滅的に汚いのだ。一緒のテーブルについていると、こちらの食欲が失《う》せる。

一人になって少しだけほっとしているところに、伏見真樹から電話がかかってきた。携帯を手に取り、見覚えのない番号だったので——真樹の携帯電話の番号は登録していなかった——警戒しながら出ると、病院で聞いた声が耳に飛びこんできた。いきなり「あ」と驚くような一言。携帯に出ると思っていなかったようだ。

「もう、出てきたんだよ」

「ずいぶん早いですね」

「逃げ出してきた。病院じゃ、やることがないからね。それで、何か?」

「例のUSBメモリなんですけど」

「ああ」すっかり頭から抜けていた。あれから、様々なことが起こり過ぎたのだ。

「パソコンに挿さってました」

「何だって?」沖田は背筋を伸ばした。「どうして今になって分かった?」

「写真があったんです。鑑識が撮るのと別に撮影しておいたんですけど、そこに写ってました。当時は自分でも気づかなかったんですけど、見返してみたら、間違いなく挿さってました」

「ちょっと待って。どういうことだ？」

「それは分かりませんけど……写真、送りましょうか？」

「そうだな。取り敢えずメールしてくれないか？」

「分かりました」

電話を切り、沖田はパソコンの前で待機した。しばらく前までは空腹を感じていたのだが、今はすっかり消えている。メーラーの「受信」ボタンを何度もクリックすると、やがてメッセージのダウンロードが始まったが、相当重いファイルらしく、ステータスバーの動きはゆっくりしている。ダウンロードが完了した時点でファイルをクリックして、画像を画面一杯に写し出した。ローボードをほぼ真横から写した画像で、必ずしもそこを狙ったわけではないだろうが、パソコンははっきりと写っている。確かに、背面のポートに黒いUSBメモリが挿さっていた。

これはいったい、どう判断すべきか。画面を凝視したまま、沖田は携帯電話を引き寄せた。かけ直そうとした瞬間、電話が鳴る。

「行きましたか？」真樹だった。

「今、見てる。確かに挿さってるな」

「どういうことでしょう？」

「分からない」何も分からないことだけは分かっているが。「もしかしたら、この事件にはまったく別の意味があるのかもしれないな」

第十章

西川はさやかを連れ、牛嶋和人の家を訪ねた。最寄駅は両国。実家からさほど離れていないのに、路線が違うのでまったく別の街、という感じがする。鉄道網が縦横無尽に街を覆う東京では、人の暮らしぶりは「どの路線に住んでいるか」で規定されてしまう。京葉道路から一本入った細い路地にある牛嶋の家は、真新しいマンションだった。このマンションそのものが牛嶋の持ち物だと知った時——調書に記載があった——西川は軽いショックを受けたものだ。自分とさほど年も変わらないのに。

「えらく立派なマンションだな」西川は五階建ての建物を見上げながら、嘆息を漏らした。ほとんどの部屋は単身者向けのワンルームか１ＬＤＫだろうが、全部屋が埋まっているとすると、毎月の家賃収入だけでも相当な額になるはずだ。もちろん、それ以外にも収入はあるだろう。「一棟で、幾らになるかな」

「数億円じゃないですか」さやかがさらりと言った。

「それは上物だけの値段か？」

「私、不動産のことはよく分からないんですけど」

「勉強しておいて損はないぞ」

「西川さんは分かるんですか？」

「分からないから聞いたんだ」

さやかが呆《あき》れたように口をすぼめ、首を傾《かし》げる。西川も、何が言いたいのか分からなくなっていた。一つはっきりしているのは、牛嶋は親に劣らぬほどの資産家だということである。都心部に近いこの場所でマンションを一棟持っていれば、将来的にも食うには困らないだろう。

「行ってみるか」

「そうですね」

迷わず、さやかがマンションのホールに入る。部屋は一〇一号室だと分かっていたので、インタフォンから呼び出した。平日の午前十時……家にいるとは思えなかったが、牛嶋は自分で呼びかけに答えた。職業、不動産業……不動産業といっても業態はいろいろで、街場の不動産屋のように店を構え、賃貸専門で客を相手にしているやり方ばかりではないはずだ。もしかしたら、ディベロッパーとして活躍しているのかもしれない。家が事務所であってもおかしくはない。部屋が広ければ、一室を事務室に充てるのは可能だ。牛嶋は独身だし、部屋も余っているのではないだろうか。

「牛嶋です」

「警視庁捜査一課の三井です」

「あ、はい、ご苦労様です」

話し方には淀《よど》みも苦しみもない。被害者遺族……警察に対しては微妙な感情を抱きがちだが、この男の場合、負のイメージは持っていないようだった。

「ちょっとお聴きしたいことがあるんですが、よろしいですか？」

「あの、外でもいいですか？　今ちょっと書類を広げていて、収拾がつかないんです。ロビーでお待ちいただければ……」

さやかがちらりと西川の顔を見る。西川はうなずいて許可を与えた。

「では、開けてもらえますか？　ロビーで待っていますので」

「お待ち下さい」言うと同時に、ドアが開いた。

それほど大きくはないが、中は高級そうなマンションだった。ロビーの床は本物の大理石。応接セットのように置かれたソファも本革で、サイズはたっぷりしている。手で触れてみると、ぱんと張っていて座り心地がよかったが、人を待っている時には決して座らないのが西川のやり方である。立ったまま、コートを脱いだ。暖房が効いており、長くここにいると汗をかきそうだった。

ほどなく、牛嶋が姿を現した。四十二歳というデータは、既にインプットしてある。ひょろりと背の高い男で、少し伸ばしたもみ上げには、わずかだが白髪が混じっている。やたらと腰の低い男で、二人に向かって時間をかけて頭を下げた。

「牛嶋です」これもやけにゆっくりと、名刺を差し出す。ソファを指差して「どうぞ」と勧めた。

二人は牛嶋と向き合って座ったが、こういうソファは、この手の仕事には向いていない、と西川は気づいた。肘《ひじ》かけの位置が高過ぎる。肘を預ければ脇が開いて間抜けな格好になってしまうので、結局体を丸めるような姿勢を取るしかなかった。体の小さいさやかは、ソファにすっぽりはまって問題なさそうにしていたが。メモを取るのは彼女に任せよう、と決めた。

「事件のこと……犯人が自殺したことは、もう耳に入っていますよね」

「ええ」牛嶋の顔が暗くなる。髭《ひげ》が濃く、顔の下半分が青黒く見えるせいで、元々暗く見えるのだが。

「きちんと事件を仕上げられなかったことは、申し訳なく思います」

「いや……仕方ないですよ。犯人なのは間違いないんでしょう?」

「物理的な証拠もありますから」

「だったら、これで満足すべきじゃないかとも思うんですよ……簡単には納得できませんけど」

「分かります」

「いい加減にしないといけないんですよね。犯人が死んだら、これ以上は責任も追及できないわけだし。犯人が分からなくて苦しんでいる被害者の家族に比べれば、全然ましです」

自分に言い聞かせるような言い方だが、やけに物分かりがいい――よ過ぎる。普通、こういう奇妙な状況に叩《たた》きこまれたら、人はもっと混乱するものだ。西川は、自分の中のセンサーがぴりぴりと反応し、針が揺れるのを意識した。

「この話は、特捜本部の方から伝わったんですよね」

「ええ、丁寧に説明してもらいました」

「大変残念なことでした」

西川は馬鹿丁寧に頭を下げた。牛嶋の「いえ」という台詞《せりふ》が頭の上から降ってくる。顔を上げると、彼の戸惑った表情が視界に入った。

「これからどうされるんですか？」

「いや……今までと何も変わらないでしょう」

「お仕事は、不動産なんですよね？」

「ええ。でも、普通の不動産屋とは言えないですかね。ほとんどネット専業なので」

「ああ、それなら場所も取らないわけですね」

「店を構えて、お客さんが来るのを待ってるっていうのは、オヤジたちの世代で終わりじゃないですかねえ」

「そうかもしれません」

仕事のことになると、いくらでも語れるようで、牛嶋の話は延々と続いた。西川はうなずいたり相槌《あいづち》を打ったりしながら、彼の様子を観察し続けた。不自然……だろうか？　幾ら自分の仕事のこととはいっても、少し喋《しゃべ》り過ぎる感じはする。

「失礼ですが、お一人なんですか？」

「ええ」牛嶋が苦笑した。「恥ずかしながら、この年でもまだ縁がなくて」

「うちの同僚にも、四十を過ぎて独身の人間がいますよ」沖田の顔を思い浮かべながら西川は言った。「今時は、珍しくもないですよね。結婚しないんですか？」

「まあ、どうでしょうね」急に口を濁す。「先のことは分からないです。いろいろとタイミングの問題もあるし」

「お忙しいでしょうしね……趣味なんかに使っている時間はないでしょう」

「車ぐらいですかね。車なら、営業ついでに乗っていけますから。この辺を走っていても、面白いこともないですけどね」

　アウディのR８で営業？　F１マシンをタクシーにするぐらいの違和感がある。

「都内はしょうがないですよね。私も車は好きなんですけど、暇もないし、乗っていると逆にストレスが溜《た》まるぐらいですよ」実際には、西川は車を持ってもいない。「ちなみに、車は何なんですか？」

「アウディです」

「ああ、今、勢いがいいメーカーですよね。ずいぶん売れてるみたいじゃないですか」

　わざわざ確認を取る必要はなかったが、何となくこのやり取りに満足する。牛嶋が、脇が甘そうな男だと分かっただけで十分だった。

「犯人の熊井なんですが、あなたの知り合いではないですか？」

「いえ、まさか」牛嶋が目を見開いた。「写真を見せてもらいましたけど、まったく知らない男です」

「狙《ねら》ってあなたの実家に押し入った感じなんですが……つまり、お金持ちだと分かっているから、強盗に入ったんじゃないかと思うんです」

「そうかもしれませんけど、少なくとも私は知りません。オヤジは知り合いだったかもしれないけど、そこは分かりませんね」

「独立されてから、実家へは戻っていなかったんですか？」

「ほとんどね……一応、別の仕事ですし」

どうも遠慮がちな発言だ。父親と同じ商売……しかし、会社組織としては何の関係もないのは分かっている。どういう意味だろう。父親に対してライバル心を抱いていた？　いずれにせよ、親子関係が冷えていたのは間違いないようだが。

当たり障りのない質問を続けながら、西川はこの先どこまで進むかを探り続けた。せっかく来たのだから、引っ掻き傷でもいいからつけておきたい。それでまた、反応を見るのだ。

「昨日、さいたま市にいませんでしたか？」

「はい？」牛嶋の目がいきなり細くなった。

「いや、見かけたという人間がいたもので」

「まさか」牛嶋が笑いながら言った。「基本的に都内でしか――それもこの近辺でしか仕事しませんから。さいたま市の方まで行くことはないですね」

「仕事じゃなくて、遊びでも？　向こうに、誰か知り合いがいませんか？」

「何の話ですか」表情が引き締まり、わずかに声が低くなる。

「いや、失礼。余計な話でした」西川は膝《ひざ》を叩いて立ち上がった。「事件の後始末はまだ終わらないので、またお伺いするかもしれません」

西川にタイミングを合わせるように立ち上がった牛嶋は、何も言わずに頭を下げるだけだった。


墨田署の特捜本部に寄ることにした。牛嶋と話をした人間から話を聴いておきたい。何故なら……牛嶋の態度が、どこか不自然だったから。頭を冷やし、考えを整理するために、歩くことにした。おそらく三十分ほど。程よい時間だ。三十分以上集中して考えるのは、ほぼ不可能である。

しかしその前に、情報を整理するために、さやかと話をしておかなければならない。二人は牛嶋のマンションの前で信号待ちをしたまま、話し始めた。

「どう思った？」

「変でしたね」さやかがぽつりと言った。

「変だな」

「あんなものですか？　五年も経《た》ってやっと事件が解決したのに、全然嬉《うれ》しそうじゃなかったですよ」

「何だか、人事《ひとごと》みたいだったな」

「そうなんですよ」さやかの口調に力が入る。「親とうまく行ってなかったからでしょうか」

「そういう関係は、珍しくもないけど……さいたま市の件を出した時は、どう見えた？」

「態度、変わりましたよね」

「ああ」

もしかしたら、単に不快な思いをしたからかもしれない。まるで監視されているように感じたのではないだろうか。もちろんあれは、まったくの偶然なのだが……信号が変わったところで立ち止まり、西川はさいたま市で動いている庄田に電話を入れた。先輩の大竹が一緒なのだが、あの男と話すのは時折苦痛になる——特に電話では。口数の少ない人間の本音を、顔の見えない電話で読み取るのは面倒なのだ。

「午前中、裁判です。つまらない傷害事件ですが」

「間違いないな？」西川は念押しをした。事務所に確認したのだろうが、嘘《うそ》をつかれる恐れもある。仮に嘘だったとしても、いくらでも言い訳のしようがあるだろう。

「法廷を覗《のぞ》きました」

「お前たちは出て来たんだな？」

「はい。こっちの姿をわざわざ晒《さら》す必要はないと思いまして」

それが正解だ。話題にならない傷害事件では、新聞記者も傍聴人もいない。傍聴している のは関係者ばかりのはずで、庄田たちがずっと陣取っていたら目立つだろう。弁護士は、意外と法廷の中をきちんと見ているものだ。

「裁判、いつ頃までかかりそうだ？」

「昼までには終わると思います」

「その後、しっかり尾行してくれ」

「了解です」

「誰と会うか、その辺は要チェックだ。牛嶋の車のナンバーは分かってるな？」

「昨夜見たの、俺なんですが」少しむっとした口調で庄田が言った。

「失礼」よろしく、とつけ加えて西川は電話を切った。

これで牛嶋がどう動くか、あるいは動かないか。少しだけ刺激を与えることに成功したとは思うが、だからといって、急に動き出すとは限らない。首を引っこめて、事態が収拾するまで待っている人の方が多いだろう。

「西川さん」

さやかの鋭い声に、顔を上げる。彼女が指差す方を見ると、マンションの横にあるシャッターが開くところだった。完全に上がり切らないうちに、一台の車が飛び出してくる。一時停止するのももどかしそうな様子で、轟音《ごうおん》を残して走り去った車は、まさにアウディのR8。一瞬見えたナンバーは、西川の記憶にある通りのものだったが、それより何より、ハンドルを握る牛嶋の表情が印象に焼きついた。

焦っている。そうすればスピードが出るとでもいうように、ハンドルを抱えこんで前屈《まえかが》みになり、必死の形相を浮かべていた。こちらに気づいている様子はない。

「何だ？」

「埼玉へ行くんじゃないですか」さやかがさらりと言った。「車を用意してくればよかったですね」

「そうだな」都内で、車を使った尾行は難しいのだが……とにかく、車と信号が多過ぎるので、こちらの存在を知らせず尾行するのは、至難の業だ。「埼玉へ行けば、庄田たちが捕捉するだろう。あいつらは車で動いているし」

「庄田は役に立ちませんよ」さやかが鼻を鳴らした。

「そう馬鹿にするなって。あいつはちゃんとやってるぜ」

「そうは思えませんけどね」

この二人の確執は、西川にとっても頭が痛いところだ。さやかが一方的に嫌っているのだが、いつか正面衝突になるのでは、と西川は恐れている。そのため、仕事の時はできるだけ二人を引き離すようにしていた。当面の危機を回避するための、姑息《こそく》な手段に過ぎないのだが……鳩山には散々「何とかしろ」と訴えているのだが、動こうとしない。どうも、事態を甘く見ている感じがある。職場のトラブルの八割は、人間関係から生じるのだが。

「とにかく、一度特捜に行こう」

「それからどうします？」

「聞き込みだな……牛嶋の親子関係が気になるんだ」

「あの辺なら、話を聴ける人もまだいるでしょうね」さやかが自分を励ますように言った。

「牛嶋さんは、昔から住んでいた人たちですしね」

「そうであることを願うよ」

下町とはいっても、人間関係は薄くなっているだけだろう。果たして、牛嶋親子のことを語ってくれる人間がいるかどうか……やってもいないことを懸念するのは無意味だと思いながらも、気持ちは落ち着かない。西川は無駄に心配性な自分の性格を恨めしく思った。

松波は、牛嶋に「犯人判明」の事実を告げた刑事を、特捜本部に呼び戻してくれていた。西川も顔見知りの捜査一課の古株、中谷《なかたに》である。運のいいことに、この特捜本部の立ち上げにかかわり、一度異動した後、また捜査一課に戻って特捜に入ったという経歴の持ち主だ。数歳年上の先輩で、しばらく会わないうちに髪がだいぶ薄くなっていたが、できるだけそこは見ないようにする。松波とさやかを加えた四人で、話を始めた。

「話は聴いたが、牛嶋とその弁護士の関係はどうなってるんだ？」松波が切り出した。

「まだ分かりません。牛嶋にも尾行をつけておくべきでした」

「それは仕方ない……で、牛嶋の態度が不審だと思う根拠は？」

「昨夜の一件を持ち出したら、急にあたふたし出したし、親子仲が微妙だったようです」

「それは実際、昔からそうだったんだよ」中谷が話に加わった。「勘当されたようなものだったからな」

「そこまで酷《ひど》かったんですか？」

「若い頃、相当やんちゃしていたようだ。親が金持ちで、甘やかしていたというのもあるんだろうが、金遣いは荒かったらしい」

「牛嶋の若い頃って、バブル時代の末期じゃないですか？」

「確かに、その頃だ」

金はあるところにはあるんだな、と西川は皮肉に思った。バブル時代末期といえば、自分は警察官として駆け出しの頃で、財布は常に軽かった。今考えてみると、バブルだったという実感がまったくないのだが、自分が派手な世界と縁がなかったから、気づかなかっただけだろう。繁華街が、今よりずっと賑《にぎ》わっていたのを覚えているだけだ。

「で、家を追い出されたわけですか」

「息子本人は、単に『家を出た』と言ってたようだけどな。本当のところは分からない。何しろ親は死んじまってたんだから」中谷は口が悪いというか、遠慮のない男だ。あるいは、下らない考慮をしている余裕などないと思っているのかもしれない。

「じゃあ、実際のところは……」

「まあ、近所で話を聴けば、そういう情報は出てくるわな」皮肉っぽく言って、中谷が腕《うで》を組んだ。「ただしだな、お前さんが何を心配しているかは知らんが、当時はそれほど真面目《じめ》に調べていたわけじゃないぞ。何しろ、被害者遺族だから。もちろん、犯行当時のアリバイも調べた。完璧《かんぺき》だったよ」

「そうですね……被害者遺族として見た場合はどうだったんですか？」

「あたふたしてた」中谷が唇を歪《ゆが》めた。「まあ、何となく分かるけどな……家を追い出されて、自分で商売をして……それも当時は、あまり上手《うま》くいっていなかった。そこへ持ってきて、いきなり親が殺されたんだから、パニックになるのも当然だろう。ただし、親を嫌ってるのは、よく分かったよ。泣き叫ぶわけでも落ち込むでもなく、ただ後始末であたふたしている感じだったからな」

「そうですか……」

「お前、何を疑ってるんだ」松波が突っこんできた。「事件は、基本的に解決してるんだぞ。今さら被害者の息子のことを探って何になる？」

「何になるかは分からないんですが、気にはなるんですよねえ」西川が嫌う「勘」だ。疑う根拠は何もなく、幾つか不自然な動きがあるだけ。しかし、このまま無視もできないと思う。

「気になる、だけじゃ弱いな」松波は追及の手を緩めなかった。「例えばだよ、村松の弁護士と牛嶋がつき合っていたとして、何か問題があるのか？」

「タイミングが変というか……」そう、沖田が感じた疑問は、当然西川も感じていた。弁護士が村松に面会に行ったのが、去年の暮れ。その後で、村松は警察への告白を決意している。まるで弁護士の存在が告白の引き金になったように。

その件を説明すると、松波も中谷も渋い表情で腕を組んだ。すぐに反論できるほどの材料も、西川の話に合意するだけの材料もないのだ。

全《すべ》てが中途半端で手詰まりだ、と思った瞬間、携帯が鳴った。沖田だ。立ち上がりながら通話ボタンを押し、廊下に出る。

「何だ」

「何だよ、その無愛想な挨拶《あいさつ》は」沖田は苛立《いらだ》ちを隠そうともしなかった。

「煮詰まり中なんだ」

「へえ、西川先生でも煮詰まることがあるんだ」

「当たり前じゃないか。そんなにすらすら、物事が動くわけがない」

「牛嶋の息子は、嘘をついていたかもしれないぞ」

「何だって？」

「USBメモリ」

「パソコンから盗まれたやつか？」

「ああ……それが、実際には盗まれてなかったようなんだ」

「何だよ、それ」盗まれたか盗まれていないか。結論は二つに一つしかない。「ようだ」というのは、量子力学的曖昧《あいまい》さを持った言葉であり、捜査には似つかわしくない。こんな問題は、一かゼロの結論になるべきだ。

「最初の段階……犯行直後には、まだパソコンに挿さっていた」

「はあ？　何で今になってそんなことが分かる？」

「現場に一番乗りした刑事が、写真を撮影したんだ。それにたまたま、ＵＳＢメモリが映っていたんだよ」

「捜査資料の中に、そんな写真はなかったぞ」西川は必死で記憶をひっくり返した。今回、全ての資料を丹念に読みこむ時間はなかったのだが……やはり記憶にない。

「捜査資料じゃない。その刑事が、個人的に撮影した物なんだよ。自分の参考にしようと思ったそうだ」

「ちょっと待て。その時現場にいた人が、今ここにいるから。確認――」

「写真をそっちに転送するから、それで確認してくれよ。それにまだ話がある」

「何だ」西川は、内心の苛立たしさを隠せなくなっていた。

「土地の問題が気になるんだ」

「土地？」

「息子は、事件の二年後に、相続した土地をまとめて処分しているだろう」

「相続税が払いきれなかったんじゃないのか」被害者が管理していた土地や建物がどれぐらいあったのか……一人で背負いきれないことぐらいは、簡単に想像できる。それに当時は、まだ牛嶋和人の仕事も軌道に乗っていなかったはずだ。とても相続税を捻出《ねんしゅつ》することはできなかっただろうし、銀行も貸してはくれなかっただろう。

「そうかもしれないが、全部というのは極端じゃないかね」

「俺はそうは思わない……その件、いつ気づいたんだ？」

「ついさっきだ。調書には入っていたけど、特捜は特にフォローもしてなかったようだな」

「そりゃそうだ。本筋の捜査には関係ないだろう」

「そうかねえ」沖田がもったいぶった口調で言った。「何か俺には、全てが関係しているように思えるんだが」

「どんな関係だよ」

「それが分からないから、困ってるんでね。どこかにミッシングリンクがある。そいつが見つからない限り、全体像は見えないだろうな」

「じゃあ、そこで一生懸命書類を見返していてくれ。何か見つかるかもしれない」本当は、俺が見た方が早いはずだ。だが今は、急に方向転換はできない。

「まったくお前、よくこんなクソつまらない仕事ができるな」沖田が零《こぼ》した。

「お前が知ってるだけが、捜査の全てじゃないんだぞ。怪我《けが》もいい機会なんだから、少しは勉強しろよ」

「今さら勉強って何だよ……ちょっと待て、電話だ。後でな」

俺は別に用はないぞ、と思った。何か見つけてくるのはいいが、あの男はどうも俺を苛立たせる。常にフラットな精神状態でいたいのに、時折割りこんできては邪魔するのだ。

それも耐え難いほどに。向こうから電話を切ってくれたのは、ありがたい話だった。

部屋へ戻ると、松波と中谷の鋭い視線に迎えられた。

「どうした」松波が先に声を上げる。

「沖田でした」西川は携帯を振って見せた。「牛嶋が相続した土地を処分したとかどうとかいう話でしたけどね……そうだったんですか？」

「確か、三年前に」松波が低い声で答えた。「それがどうしたんだ？」

「どうもこうもないですよ。ちょっと気になったから、大発見したような気分になっているだけで……相続した土地をどう処分しようが、本人の勝手でしょう」

「そりゃそうだ」松波が白けた声で同調した。「ただ、そうしないと、自分でマンションは建てられないだろうな」

「何か、不審な点はないんですか？」

「ない――ないはずだ」松波が渋い口調で言った。何となく、納得していない様子。

西川も、ふと嫌な気分になった。被害者が死んで、一番利益を得たのは息子ではないか。相続した土地や金は、苦境を脱するための最高の後押しになった……携帯が震え出し、メールの着信を告げる。会話の最初はその件ではなかったのだ、と思い出した。西川は立ったままメールに添付された写真を見たが、画面が小さいのではっきりしない。

「もう一つあるんです。松波さん、そっちのパソコンにメールを転送させてもらっていいですか？　大きい画面で確認したい写真があるんですが」

る。

　松波がメールアドレスを告げる。西川が写真を転送し、四人で彼のパソコンの前に陣取る。

「これは何だ？」松波が画像のサイズを調整しながら訊《たず》ねる。

「現場写真です。中谷さん、見覚えないですか」

「リビングのローボードだろう？　もちろん覚えてるよ」中谷が前屈みになりながら、眼鏡をかけた。「ここまで血が飛び散っていて、大変だったんだ……で、これがどうした」

「松波さん、このパソコンのところを拡大してもらえますか」

　松波はパソコン操作が苦手なようで、肝心の部分だけを拡大するのに、少し手間取った。横で、さやかがじれったそうに見ている。この手のことなら、お手の物なのだ。しかしようやく、問題のパソコンが画面の中央で大写しになる。

「背面に、ＵＳＢメモリが挿さっているのが見えますよね」西川は画面ぎりぎりのところで人差し指を浮かしたまま、指摘した。

「確かにあるな」松波が答える。「それが？」

「ＵＳＢメモリは盗まれている、と牛嶋が証言してますよね」

「ああ」反応したのは中谷の方だった。表情が強張《こわば》り、顔が少し赤くなっている。「ちょっと待てよ。だったらこれは、どういうことだ？　他のパソコンの話じゃないのか」

「あの家に、他にパソコンがありましたか」

「……なかった」一瞬の沈黙の後、中谷が否定した。「この一台だけだ」

「USBメモリも、何本も挿しておくようなものじゃないでしょう。実際、側面のポートには挿さっていない」

「そうだな」

「じゃあ、これは何なんですかね」

「俺が見逃していたというのか？」

西川は黙りこんだ。見逃していたといえば、間違いなく見逃していた。しかし、こんな細かいところにまで気づけという方が無理である。

「問題はそこじゃありません。どうして牛嶋が、USBメモリが盗まれたと言ったか、です」

「だいたい、いつ盗まれたんだ？」松波が割って入る。「これを見た限り、盗まれてないじゃないか」

「写真が撮影されたのは、警察官が現着した直後です」

「誰《だれ》が撮影したんだ？　現場でこんな呑気《のんき》なことをやってる余裕はないはずだぞ」中谷が、苛立ちを隠そうともせずに訊ねた。

西川はメールを見返した。最初に沖田にこの情報を送ってきた人間は……ああ、伏見真樹か。女性刑事はまだ数が少ないから、どうしても目立つ。西川の頭の中でもすぐに、顔と名前が一致した。

「伏見真樹、ですね。現場にいたはずです」

「確かにいた」中谷が認めた。「写真を撮ったなんて、一言も言ってなかったがな」

「現場は混乱してたはずですから、一々言う必要もないでしょう。個人的な参考資料にするつもりだったようですし」

「まあ、そういうのは仕方ない。仕事熱心だったということだろう」渋い表情で中谷が認めた。「で、どういうことだと思う?」

「誰かが盗んだんでしょう」

「その誰かが問題なんだが」いつの間にか、松波の顔色は赤から白に変わっていた。「誰だと思う?」

「盗む時間があったのは、例えば現場にいた刑事——」

「やめろ!」松波がテーブルに拳《こぶし》を打ち下ろした。「そんな馬鹿な話があるか? だいたい、そんな物を盗んでも何にもならん」

「ええ……まあ、そうですね……」曖昧に返事したが、松波の否定には根拠がない、と西川は思った。何を盗めば得なのかは、人によって全然違う。しかし、USBメモリ一つにどんな価値があるというのか。巷《ちまた》で買えば、千円かそれぐらいの物に——五年前の相場は覚えていないが——執着するとは考えられない。海外の警察官は、事件現場から金目の物を持ち去ったりすることも珍しくないようだが、日本の警察官はそこまで堕落していない
……と西川は信じたかった。

「やっぱり、牛嶋――息子ですかね」西川がぽつりと言うと、他の三人が凍りついた。

言ってはみたものの、西川も話をそこから先に広げられなかった。USBメモリの中に何が入っているのか知っている可能性がある人間、ということで息子の名前を挙げただけなのだから。だが、想像でいくらか喋ることはできる。

「事件発生直後の写真には、USBメモリが写っていました。ところが牛嶋は、『盗まれた』と証言しています。勘当されたとはいえ、牛嶋はたまには実家に顔を出していたんですよね？」中谷の顔を見て確かめる。

「ああ」渋い表情で中谷がうなずいた。

「USBメモリが常にパソコンに挿さっていたのを確認しているからこそ、なくなったことに気づいた、という理屈ですよね」

「そういうことだな」

「でも、写真にはUSBメモリが写っている。どういうことですか？」

「お前はどう思うんだ、西川」挑みかかるような口調で中谷が訊ねる。

「結論は一つです。牛嶋が盗んだ」

またも沈黙。もしもそうなら、事態はまったく別の様相を見せることになる。

だが、その「様相」が何なのかは、まったく想像もできない。

「そりゃ、酷いもんでしたよ」

人は、悪口を吐き出す機会があると、饒舌《じょうぜつ》になる。西川が長年の刑事生活で実感している原則だったが、それは今回も揺るがなかった。

かつて牛嶋が暮らしていた家。その隣に今も住む女性、丹羽有子《にわゆうこ》は、まったく遠慮なしに切り出した。話し出すと止まらないのは、暇なせいかもしれない。殺された牛嶋とは同年輩。夫とは死別し、二人の子どももとうに独立して一人暮らしということで、時間を持て余しているようなのだ。西川とさやかは、玄関先で立ったまま、延々と続く有子の話に耳を傾けざるを得なかった。

「高校に入ってから、急に金遣いが荒くなって。三年生の時に、新車のベンツを乗り回していたんですよ」

「高校生でベンツ?」西川は首を傾げた。高級外車好きは、長年の筋金入りということか。

「急に家の工事を始めて、車庫を作ったんですよ。おかしな話でね、牛嶋さんは免許を持ってなかったのに、どうして車庫が必要だったのか、聞きましたよ」

「それで?」合いの手を入れる必要はまったくなさそうだったが、西川は軽く言ってみた。喋り続けでは、有子も息が切れるのではないかと心配になったので。

「息子さんだって。びっくりしましたよ。高校生でも十八歳なら免許は取れるけど、いきなり車は買わないでしょう。それが、二か月ぐらいしてから、銀色のベンツが車庫に停《と》まっていたから、びっくりして。平然と乗り回してましたよ」

「ずいぶん甘やかしていたんじゃないですか」

「そうなんでしょうねえ。そのベンツは二年ぐらいしか乗ってなくて、また新しいベンツに変わっていたから」

牛嶋が高校三年生というと、二十四年前。まさに日本中が熱病に浮かされていた時代で、六本木辺りでは、国産車よりもベンツやＢＭＷの方が主流だったはずである。そういう場所へ遊びに行くのに、高級外車が必要だったのだろうか。高校生のくせに？

「大学へは行ったんですか？」

「行ったけど、あなたに言っても分からないようなところですよ」有子の唇が皮肉に歪む。実際、彼女の口から大学の名前を聞いても、西川には心当たりがなかった。「東京」の名前がついていても、東京にない大学はいくらでもある。

「経営を専攻してたって言うんですけど、何を経営するつもりだったんですかねえ」

「今はちゃんと、会社をやっているようですけど」

「ああ、あの不動産屋？　じゃあ、目が覚めたのね。入ってくるより出ていく金の方が多かったら、お金が溜まらないのは当然だけど……ようやく、そういう簡単なことが理解できたのかしら」

強烈な皮肉に、西川は思わず苦笑した。これほどあけすけに言うのは、隣家とかなりオープンなつき合いをしていた証拠である。

「要するに、放蕩《ほうとう》息子、ということですか」

「まさにそんな感じね……だから、親御さんも相当手を焼いていたんだけどねえ。一人息子だから、仕事も継がせようとしたんだけど」

「結果的に継いだことになったじゃないですか」

「それも、ちょっと変な話なんですよ」

「というと？」

「親の下で仕事をするのは嫌だったんでしょうね。だから、最初に資金だけ出してもらって、自分で仕事を始めたんです。宅建は取ったみたいだから、やってやれないことはないと思うけど……不動産の仕事も、いきなりはできないじゃないですか？　実務が多いから、経験を積まないと」

「そうでしょうね」

「それをいきなり、自分で会社を作って店を構えても、無理に決まってますよね」

「それが、何歳ぐらいの時ですか」

「二十三」有子が指を最初二本、続いて三本立てた。「大学を出てすぐ」

「意味が分かりませんねえ」

「ねえ」有子が嬉しそうに笑って同意した。人の悪口は、最高の料理。「親御さんも、結局甘かったのよ。でも、そんなに急に商売を始めても上手くいくわけがないし、大きな借金を作っちゃってね。それも数千万円単位だから、一人で処理できるはずもないし」

「親御さんが尻拭《しりぬぐ》いした」

「牛嶋さん、怒ってねえ。私にも話したぐらいだから、本当に怒ってたんだと思いますよ。

その時は独立して暮らしてたんだけど、どうにも我慢できなくて、家に引っ張って戻したぐらいだから。でもあれは、商売ができなかったせいもあるけど、金遣いが荒かったせいかもね」有子がひらひらと手を振った。「儲《もう》けたよりも使ったら、借金ができるのは当たり前でしょう」

「簡単な計算ですね」

「それでしばらくは大人しくしていて、家の仕事を手伝ってたんだけど、それも長くは持たなくてね。親御さんは子ども扱いで馬鹿にしきってるし、息子の方はそれが気に食わなかったようなのね。結局大喧嘩《おおげんか》して、出て行っちゃったのよ」

「勘当だ、と聞いてますけど」

「それはどうかしらね」有子が顎《あご》に手を当てた。「その後も、時々家には顔を出してたようだから、完全な勘当ってわけじゃないでしょう。お金の無心かもしれないけど……お母さんが甘い人だったから。でも、帰って来る度に車が変わってたから、金遣いが荒いのは変わらなかったんでしょうね」

「上手くいってなかったのは、父親との関係なんですね」母親が亡くなり、辛《かろ》うじてつながっていた家族の絆《きずな》が切れた、ということか。

「主に、ね」

「あの事件の時は……」

「びっくりしましたよ」有子が胸に手を当てる。まるで自分が当事者だったかのように、目が興奮で煌《きらめ》いていた。「もう、パトカーが一杯集まって、うちの前まで立ち入り禁止になって」

「犯人は見てなかったんですか」

「見てないわよ。でも、警察もだらしないわね。こんなに時間がかかるなんて」

「すみません」勢いに押されて、西川は思わず謝ってしまった。「私も、最近調べ始めたので、当時の状況は分からないんです……その時、牛嶋さんを見かけましたか？」

「息子さん？　ちらっとね。私はずっと玄関から様子を見てたんだけど」

ドアの隙間《すきま》から現場を覗く有子の姿を想像すると、思わず笑ってしまった。どんなに恐ろしい状況でも、好奇心を抑えられない人間はいるものだ。

「どんな様子でした？」

「ちらっと見えただけだから、何とも言えないけど……うつむいてましたよ」

「でしょうね」西川はうなずいた。親が殺された現場に、意気軒昂《けんこう》に入って行く人間はいない。怒ったりもしないものだ。ひたすら、事実の重さに圧倒されてしまう。

「まあ、でも、あれで運が回ってきたのかもしれないわね、あの子も」

「運、ですか」皮肉な言い方が気になった。

「だって、どれだけ相続したと思う？　私はもちろん知らないけど、大変な額じゃないですか」

「主に土地、ですよね」

「お金も」有子が親指と人差し指で丸を作った。「相当溜めこんでたのよ、あのうちは」

悪意のある発言か？　西川は本音を見極めようとしたが、単に事実を言っているだけのような気がした。

「お金持ち、だったんですね」

「ねえ」有子が唇の片側だけを持ち上げて笑った。「でも、悪い人たちじゃないから。ずっと苦労して、一代で商売を大きくしたんですからね。でも、私たちは普通に近所づき合いをしていたし、悪い評判は聞かなかったけど……だから、息子さんのことで苦労していたのは、ちょっと可哀想でしたね」

「そんなことまで愚痴るものですか？」

「そうよ！　何かおかしい？」挑むような口調で有子が言った。「隣近所の好《よし》みって、あるでしょう」

「はあ、まあ」西川には実感できない話だった。故郷で育った時間よりも、東京に住んでいる時間の方が長くなったし、今の場所に家を建ててからも十年以上になる。当然のように近所づき合いはあるが、有子が話しているようなあけすけな隣近所の実情は知らない。美也子は話しているかもしれないが……いや、それはないだろう。彼女は、聞けば西川にも教えてくれるはずだ。

「一人息子だから、期待するところもあったんでしょうけどね。甘やかして育てるから、親の責任もないとは言えないわよね」

死んだ人間に対して、ずいぶん露悪的な言い方だ。しかしこれは、死者に対する敬意とは別の問題なのだろう。亡くなって五年も経てば、閉ざしていた口も緩む。

「辛《つら》いでしょうね」竜彦の顔を思い浮かべながら西川は言った。今の時代、子育ては難しい。叱《しか》ればプレッシャーで自滅するし、甘やかせば図に乗る。自然な親子関係を築き上げるのが、どれだけ難しいか……自分は上手くやっているのだろうか、と不安になる。今のところ、竜彦はこちらが何も言わずとも勝手に勉強しているが、これから先、どうなるかは分からない。

「でもまあ、息子さんの方は意外にさっぱりしてたりしてね」言って、有子が慌てて掌《てのひら》で口を押さえる。目は笑っていたが。

「そんなものですか？」

「家もすぐに処分したし。自分が育った家って、あんなに簡単には処分できないものだと思うけど」

「ああ、分かります」

「お金は手に入って、自分の商売も上手くいってるんじゃないですか？　元々親との関係も上手くいってなかったし、財産を処分して、さばさばしてるでしょう」

確かに。西川は、先ほど会った牛嶋の態度を思い出していた。親のことを淡々と語る彼の態度には、湿った感じが一切なかった。五年ぶりに犯人が判明したというのに、安堵《あんど》した様子もなければ満足感も感じられなかった。むしろ、どこか迷惑そうな……犯罪被害者は様々な顔を見せるものだし、それは時の流れとともに変わっていくものだが、時間が経つに連れ、西川が抱いた違和感は強くなるばかりだった。

「一つ、聞いていいですか」さやかが割りこんだ。

「あら、お嬢さん、ずっと黙ってるからどうしたかと思ったわよ」

有子が気さくに声をかける。苦笑いしながら、さやかが訊ねた。

「息子さん、独身なんですよね」

「結婚したっていう話は聞いてませんよ」

微妙な言い回しだ、と西川は思った。有子は何かを知っている。

「恋人とか、いないんですか」

「あら、警察の人は、そんなことはとっくに知っていると思ったけど」

「警察も、そういうところの情報には弱いんですよ」さやかが一歩前に出て、口調をわずかに柔らかくした。「どうなんですか。誰かつき合っていた人、いたんですか」

「まあ、いたんじゃないかしら」

「誰ですか？」

有子が一瞬唇を引き結んだ。ここまでまったく躊躇《ちゅうちょ》せずに話してきたのに、突然態度が変わる。眉《まゆ》をひそめ、両手を組み合わせて指を弄《いじ》り始めた。

「どうかしらねえ。昔の話だし……」

「昔って、いつ頃ですか」さやかは追及の手を緩めない。

「もう、十年ぐらい前よ。お嬢さんを実家に連れて来たことがあって……でも、上手くいかなかったみたい」

「そんなこと、あったんですか?」

「だって相手のお嬢さんは、その頃まだ大学生だったんだから。年が十歳ぐらい離れてたんじゃないかしら? 年の差婚なんて、今では珍しくないけど、その頃は結構大変な話だったのよ」

「ああ、そうかもしれませんね」

それから二人は、最近相次いだ芸能人の年の差婚について、ぺらぺらと喋り始めた。西川は、さやかの守備範囲の広さに驚いた。いったいいつ、芸能ニュースをチェックしているのだろう……芸能界では、年の差婚が珍しい物でなくなっているのも初めて知った。十歳程度はごく普通で、それこそ親子ほど年齢が違う結婚も珍しくないようだ。まあ、中年以降の男性には嬉しい話かもしれないが、俺には関係ないことだな、と皮肉に考える。

「ずいぶん若い子を連れてきたから、近所でも結構話題になったんですね」さやかが念押しする。

「どこで知り合ったのか知らないけど、なかなかきりっとした顔つきの子だったわよ」

「見たんですか?」

「見たくなくても、見えちゃうこともあるわよねえ。家がこんなにくっついてるんだから」両の掌を立てて、ぴたりとくっつける。

「その女性は、どういう……」

「結構苦労してる子だったみたいね。苦学生って言うか」

「何でそんなこと、知ってるんですか」さやかが目を見開いた。

「後で聞いたのよ、牛嶋さんから」有子が遠慮がちに言った。「どうせ金が目当てだろうって、物凄《ものすご》く怒っててね。何か、母子家庭で、本人は弁護士を目指しているっていう話だったけど、弁護士になるにもお金はかかるでしょう？」

西川は思わず、さやかと顔を見合わせた。二人の関係は十年前から続いていた？　だとすると、様々な出来事が偶然とは思えなくなってくる。

「その女性の今の写真を見たら、十年前の人と同じかどうか分かりますか？」写真はないのだが、西川は訊ねてみた。本人が運転免許証でも持っていれば、写真を入手するのは難しくない。

「ちょっと自信ないわねえ」有子が頬に触れた。「十年経つと、女性は結構変わるから。二十歳と三十歳だと、全然違うでしょう？」

その説には納得せざるを得なかった。しかし念のため、後で写真を入手して見せてみよう。合致すれば、一歩先へ進める。

「その女性がその後どうしたか、聞いていませんか？」西川はさらに突っこんだ。

「たぶん、弁護士になったと思うけど……何年前かなあ、一度聞いてみたことがあるのよ、家に連れて来たあの子はどうしたかって」

この人は……西川は頭を抱えたい気分になった。こうやって情報が出てくるのはありがたいが、人の家の事情にこんなに首を突っこむとは。近所では相当鬱陶《うっとう》しがられているのではないだろうか。

「で、息子さんは何て答えたんですか」こうなったら、詮索《せんさく》好きな性格に最後までつき合うしかない、と西川は覚悟を決めた。

「笑って誤魔化してたけど、あれはきっとまだ、つき合ってたわね。反対されると、かえってむきになるでしょう? あなた、スポンサーなのって聞いたら、もごもご言ってたけど、たぶんそうだと思うわよ」

金持ちでないと弁護士になれないわけではないが、目標達成までに金がかかるのは事実だ。受験勉強をしている間の生活費も馬鹿にはならない。もちろんアルバイトで食いつなぐこともできるが、そこに時間を取られてしまったら、本来の勉強がおざなりになる。スポンサーがいれば、そういう心配をせずに、勉強に専念できるわけだ。だが支える方も、よほど覚悟がなければできない話である。

「じゃあ、やっぱりつき合ってたんでしょうね」

「そういうことでしょうね。特にこの辺で見かけたことはないけど……息子さんも、今はこの街の人じゃないし」

礼を言って、二人は有子の家を辞した。西川は、大きな歯車がゆっくりと回り始めている、と感じた。

「どう思う?」歩き出しながら、西川は訊ねた。

「二人が今もつき合って……恋人同士だとしての話ですよね」

「そもそも、結婚もしないで、十年もつき合っている理由がよく分からないけどな」

隣の空き地の前に通りかかり、西川は足を停めた。有刺鉄線が張り巡らされてあり、看板がかかっている。見ると、牛嶋の会社の名前と電話番号、メールアドレスが書いてあった。上物は解体したものの、土地はまだ売れていない、ということか。凶行があった場所ということで、簡単に手を出す人もいないだろう。周囲を建物に囲まれた中、そこだけが空き地になっているせいか、一際強く風が吹くようだった。

「意外と物持ちがいいんじゃないですか」さやかが皮肉を吐いた。

「女性は物じゃないよ」

「でも、車を次々と乗り換えるような人は……女性は車じゃない、ですか」

「そりゃそうだ」

無為な会話。溜息《ためいき》をついた瞬間、ズボンのポケットに入れた携帯電話が鳴り出した。沖田。さっそくこの情報を教えてやろう。そもそもの発端を摑《つか》んだのはあいつなのだし。しかし、こちらから話し出す前に、沖田は早口でまくしたてた。

「事故だ」

「どういうことだ?」

「交通事故だよ」

「おいおい」西川は首を振った。こいつ、何を言ってるんだ？「俺たちは交通課じゃないぞ」

「村松のお姉さんがやっている店に、車が突っこんだんだ。埼玉県警の知り合いが教えてくれた」

「はあ？」

「あくまで事故なんだけどな」沖田が念押しした。

「だから何なんだ。俺たちに関係あるのか」

「ある」

「どんな」

「芝居をするんだよ」

第十一章

午後になって、動きが急に慌ただしくなってきた。ずっと追跡捜査係の部屋に残っていた沖田は、外を飛び回るメンバーたちの連絡係を務めながら、様々な動きを自分で直接見たようにリアルに感じていた。

まず、さいたま市内で真琴の動向を追っていた庄田と大竹が、彼女が牛嶋と接触するのを確認した。午前中に公判を終えた真琴は、事務所には戻らず、帰宅した。その一時間後、牛嶋のＲ８がマンションの前に停《と》まったと聞いて、沖田は疑念を強めた。牛嶋は道路脇に車を停めたまま電話をかけ、それからすぐに、真琴がマンションから出て来たという。車はそのまま走り去り、尾行用の車から離れていた二人は見送るしかなかったのだが、夕方になって、牛嶋の車はまたマンションに戻って来た。真琴を下ろしてすぐに走り去る様子は、「ひどく慌てていた」と庄田は証言した。

どちらかと言えばどっしり構えたあの男からすると、ちょっとした動きも「慌てていた」になるのだろうと沖田は思ったが、貴重な情報であることに変わりはない。西川たちの聞き込みと照らし合わせれば、あの二人がこの十年間、密接な関係を保ってきたことが簡単に想像できる。恋人兼スポンサー。

「そういう関係は、俺には分からんねえ」報告すると、鳩山がぼそぼそと零《こぼ》した。

想像してみろよ、オッサン、と沖田は皮肉に思った。俺には簡単に分かるぞ。牛嶋は恐らく、見栄《みえ》っ張りな性格だったのだ。弁護士を目指す恋人の夢を援助する、そのために金を出すというのは、彼にすれば自分を大きく見せるための行動だったのかもしれない。もちろん、愛情がなかったわけではないだろうが。

しかし牛嶋は、長く勘当も同然の状態に置かれていた。会社の資金が潤沢だったわけではなく、いろいろ苦しかっただろう。ということは、彼も金が必要だったはずだ……沖田は必死で考えた。こういう策略は西川の方が得意なのだが、今は俺の役目だ。必死で考えないと、この係での自分の存在意義がなくなってしまう。

「二人にしっかり監視をつけましょう。何かある」

「何かって、何だ」

沖田は下を向いて思わず舌打ちした。この男の鈍重さには、いつも不快な思いをさせられる。悪い人間ではないのだが、仕事になると途端に腰が重くなるのだ。はっきりと目に見える結果が迫っていないと、命令を下せない。「念のため」という考えはなく、自分の判断や行動が無駄になるのを嫌がっている。

「分かりませんけど、この事件にはもう一枚裏がありますよ。単純な強盗殺人じゃない」

「しかし、なあ……人手が足りない」

「そんなもの、所轄からでも何でも借りて下さい。埼玉県警に協力を依頼してもいいじゃないですか」

「話を通すのは面倒臭いぞ。何か怪しいっていうだけじゃ、説得できない」

「そこを何とかするのが、鳩山さんの仕事じゃないですか。これも給料のうちですよ」

「しょうがねえなあ……で、お前はどうする」

「明日、もう一度静岡へ行きます」その行動を決めたのは、たまたま埼玉県警の知り合いから入ってきた情報だった。村松の姉の店に車が突入——すぐに単純な交通事故だと分かったのだが、聞いた瞬間に、沖田の頭にはあるアイディアが浮かんでいた。

「おいおい……」

「足なら心配ないですよ。一人でいいですから」

「こっちとしては、大人しくしてもらっている方がありがたいんだがね。また事故があったら問題だ」

「自分の面倒ぐらい、自分で見られますよ。そうだ、今夜のうちに向こうへ移動しておきます。刑務所の面会時間は、確か午前八時半からじゃないですか？　朝一番で行くより、時間の節約になりますよ」

「まあ、いいが……一度、全員を集めるか？　意思の統一をしておいた方がいいだろう」

「必要ないです」西川にさえ話しておけば。あいつなら、何だかんだ文句を言ってもこちらの考えを読み、最善の方法を選んでくれるだろう。「取り敢《あ》えず、西川と話しますから」

鳩山がのろのろと立ち上がり、部屋を出て行った。どうやら捜査共助課に行く気になったようだ。一人になってほっとした沖田は、電話を取り上げて西川に連絡を入れた。最後に一言、「芝居をするんだよ」とつけ加える。

西川は一瞬意味が分からなかったようだが、すぐに了解した様子で、「それはまずいぞ」と意見してきた。

「何とかなる」

「何とかって、お前……」西川が溜息《ためいき》をつく。「問題になったらどうする」

「相手は刑務所に入ってるんだぞ。何の手出しができる？　こっちの話を聞くだけじゃないか」

「無茶だ。そんな作戦、聞いたこともない」

「歴史は自分で作るんだ」

我ながら馬鹿げた台詞《せりふ》だと思った。西川が呆《あき》れて鼻を鳴らすのではないかと思ったが、どうやら無言で考えこんでいる様子だった。ややあって口を開き「やるだけやってみるか」と同意する。

「な？　刺激を与えないと結果は出てこないんだぜ」

「お前が、そういう運動生理学の基本を知ってるとは思わなかった」

「運動生理学って何だ？」

西川が溜息をつく。からかっただけなのに、この男は何でも真剣に取るから困る……沖田は話を本筋に引き戻した。

「二人にきちんと尾行と監視をつけるように、鳩山さんに頼んだ。何か動きがありそうじゃないか」

「もしかしたら、俺が引っ掻《か》き傷をつけたのかもしれない」

「牛嶋っていうのはどういうタイプの男だ？　用心深い？」

「そうだな。弁護士の方はどうだ」西川が逆に聞き返した。

「若い弁護士にありがちな、勝気なタイプだよ。ハリネズミみたいに棘《とげ》を出して、敵を近づけないようにしている」

「となると、俺たちからすれば、面倒な相手だな」

「二人を分断して調べれば、何とかなると思う。ただしそのためには、もう少し具体的な材料が欲しい」沖田は言った。

「二人のうち、落とせるとしたら、牛嶋の方だろう。本質的に弱い部分がある人間だからな。どうする？　取り調べは分けてやるか？」

「まだそこまで決められない。決定的な証言がないとな」

「それで、お前の読みはどうなんだ？」西川が、ずばりと聞いてきた。

　沖田は、現段階で可能な限りの推理を話したが、西川は乗ってこなかった。もともと、絵を描くように推理を組み立てる男である。絵の具が全部揃《そろ》っていないと、絵筆を取らない。沖田のように、取り敢えず鉛筆で輪郭を描くようなことはしないのだ。その沖田にしても、今回は鉛筆の削り方が不十分なせいか、線はぼやけてしまっている。

「弱いな」西川が断じる。

「分かってるよ。それをはっきりさせる証拠を拾いに、静岡に行く」

「大丈夫なのか？」

「自分の面倒ぐらい、自分で見られるさ」先ほど鳩山に言った台詞を繰り返す。

「それなら、俺は何も言わないが」

西川は電話を切ってしまった。沖田は天井を仰いで溜息をつき、足りない物は何だろう、と考える。全《すべ》て足りない。何か一つきっかけがあれば全てが解明される状態ではなく、幾つもの穴が空いている。西川ならまずチャートを作るところだろうが、俺にはそういう趣味はない。頭の中にある考えを、目に見える形にして表に出すのが苦手なのだ。

人それぞれということなんだけどな……と苦笑する。俺と西川の方法論の中間に、刑事としての理想のあり方が存在するのかもしれないが、それはどっちつかずの中途半端なものである可能性もある。

さあ、静岡だ。しかしその前にもう一つ、確かめておかなければならないことがある。本当なら足を運んで、直接話を聴くべきだが、今はできるだけ手間をかけないようにしなければならない。沖田は調書をひっくり返し、必要な電話番号を見つけ出した。

相手が出るのを待つ間、この事件の帰結に想《おも》いを寄せる。しかし、結末が読めていない以上、全ての想像は霧の中でぼやけてしまうのだった。

沖田は、かすかに胃のもたれを感じていた。前夜遅く静岡に到着し、今日のために気合いを入れようと、うなぎを奢《おご》ったのがよくなかったのかもしれない。短い入院生活だったのに、あの味も素っ気もない食事に胃が慣れてしまったようだ。

そういうわけで、朝食は抜き。泊まったビジネスホテルのカフェで薄いコーヒーを飲んで胃を温めただけで、準備完了とした。

歩くのに難儀するので、今日もタクシーだ。今回はきっちり請求するつもりだが、結果が出なかったら後ろめたい思いをするだろう。そして自分にとっては、相変わらず条件が悪い。取り調べといっても、刑務所はホームグラウンドではないのだ。前回も、かなりやりにくかったのを覚えている。

しかし、やりにくいのは村松も同じようだった。中一日で刑事が面会に来る……自分の環境が激変しつつあるのを実感したに違いない。緊張を隠せない様子で、顔色は白に近かった。

「何なんですか、いったい？」

「何だと思う？」

「分かりませんよ」笑いながら言おうとしたが、バランスが崩れてしまい、声がかすれる。急に真顔になり、「何なんですか」と繰り返し質問した。

「君の証言は、絶対に間違いないか？」

「何ですか、今さら」

「間違いないか？」沖田は念押しをした。

「間違いないですよ。だって、物証が一致したって、刑事さんも言ってたじゃないですか」

「そうだな。熊井があの事件の犯人なのは間違いない」

「じゃあ、問題ないでしょう。俺はそれ以上のことは何も知りませんよ」

「そもそも、知っていたのかな？」

「はい？」

「熊井から打ち明けられたっていう話、本当なのか」

「ええ？」呆れたように村松が言った。「だって実際、俺が言った通りだったでしょう」

「嘘《うそ》が幾つかあったけどな」

「嘘なんて……」村松の喉仏《のどぼとけ》が上下する。「何で嘘をつかなくちゃいけないんですか」

「君が嘘をついているかもしれないと俺が考える理由を、説明する」

村松は無言だった。短い会話の間に、額に汗が滲《にじ》んでくる。それが一つの証拠なんだ、と沖田は思った。安全な場所で話をするにしては、この男は緊張し過ぎている。焦って、何かを恐れている。

「君と熊井が一緒に働いていた製本工場なんだけど……今はもう潰《つぶ》れてる。知ってたか？」

村松が首肯した。顔色は相変わらず白い。

「昨夜、そこの社長——元社長に話を聴いたよ。菅井《すがい》さん、な。いい人だよな」

「ええ」渋い表情で村松が相槌《あいづち》を打った。

「で、菅井さんはとてもよく社員の面倒を見る人だった。アルバイトにもずいぶん気を遣っていたと思う。それは、君も意識してたはずだよな」

村松が無言でうなずく。少しだけ表情が柔らかくなっているのを見て、沖田は昨日電話で話しただけの菅井という人物の、暖かい人間性を思い出していた。典型的な親分肌の人間で、自分の下で働いている人間は全員が家族だと信じていた節がある。今時は、そういう濃い人間関係を嫌う人もいるだろうが、肌が合う人にとっては、最高に働きやすい職場だっただろう。村松もその恩恵を受けていた人間のようだ。

「辞めなければよかったのに」

「約束の期限が切れたから、仕方ないです。それにその頃にはもう、会社の状態がよくなくて、アルバイトを抱える余裕もなくなっていたみたいなんです」

「そんなことまで話す社長だったのか？」

「ざっくばらんな人ですから」

「そうか……よく、社員を連れて飯を食いに行ったそうだね」

「ええ」

「そういう時、熊井は絶対に一緒に行かなかったらしいな。菅井さんもずいぶん面倒を見ようとしたんだけど、そのうち諦《あきら》めたって言ってたよ。たぶん熊井は、他の社員を避けていたんだと思う。だけど、君とだけは呑《の》みに行ったのか？」

「それは――」

「君たちは、そんなに特別な関係だったのか」沖田は村松の言葉を遮った。

「いや、別に……」

「君が、熊井と特に親しかった様子はない、と菅井さんは言っていたぜ。呑みに行くような関係じゃなかっただろうし、そもそも熊井が他の社員と普通につき合っていたはずがない、とも言ってたぜ。俺はそれを信じたよ」

繰り返される質問に、村松が無言で応《こた》える。腕組みをした――防御のポーズ。しかし額には依然として汗が滲んでおり、焦りが窺《うかが》える。菅井に電話するまで、沖田は今一つ状況に確信が持てなかったが、彼と話したことにより、一つの可能性が浮上してきたのだ――村松は嘘をついている。

「どうして嘘をついたんだ」

「嘘じゃないでしょう？　実際、熊井がやったわけだし」

「知らないことを知っていると言った……それは嘘だろう」

「何か問題あるんですか」村松が開き直ったが、言葉は単なる繰り返しになった。「俺が言った通りだったじゃないですか」

「事実関係は、な。俺が問題にしているのは、君がそれを知った経緯だ」

簡単には口を割りそうにない。一日こうやって攻めていれば、いつかは口を滑らせるかもしれないが、それは時間の無駄だ。沖田はもう一太刀、彼に浴びせることにした。

「君のお姉さんが事故に遭った話は知ってるか？　昨日だけど――」

「嘘だ！　約束が違う！」村松がいきなり立ち上がった。握り締めた拳《こぶし》が震え、涙が零れ落ちる。ここが刑務所でなければ、完全に取り乱してパニックになっていただろう。

だがパニックでなくても、沖田には十分だった。

この男には、隠し事がある。誰にも言えない秘密がある。

村松が落ち着いた後が、沖田にとっては本番だった。刑務官は面談を続けるのに難色を示したが、強引に振り切って話を続ける。沖田の中では、既に意識は「取り調べ」になっていた。

「どうしてあんなに慌ててた？」

「家族が事故に遭ったら、慌てるのが普通でしょう」強気な口調で言ったが、沖田と目を合わせようとはしない。

「そうかな。君の場合、普段からあんなに大袈裟《おおげさ》なのか？」

村松がうなだれる。首筋が真っ赤になって、握り締めた拳は小さく震えている。

「念のため言っておくけど、お姉さんは無事だ。かすり傷一つない。店は相当壊れたみたいだけどな。修理は相当大変そうだぜ」

村松の体がゆっくりと萎《しぼ》んだ。息を吐く音が軽く聞こえる。ようやく顔を上げると、まだ目が潤んではいたが、顔には赤みが戻っていた。もう、パニックに陥ることはあるまい。

「あの店、君もよく知ってるよな？　店が建っている交差点、見通しが悪いだろう」

無言で村松がうなずく。服役していても、記憶が薄れるわけでもないのだろう。

「昨日、軽トラックが突っこんだんだ。店の中にまで入りこんで、中は滅茶苦茶《めちゃくちゃ》になったけど、カウンターの中にいたお姉さんは無傷だった。お客さんにも怪我《けが》はない。運転していた男は逮捕されたけど、君が知っている人間じゃない。たまたまだ。完璧《かんぺき》な偶然だ」

村松の肩がぴくりと動く。うつむいたまま、「どういう意味ですか」と訊《たず》ねたので、沖田は「脈あり」と読んだ。あくまでとぼけるつもりなら、ここでは無言を押し通すはずである。

「君がどうしてあれだけ慌てたか、が問題だ。何が『約束が違う』んだ？　家族が危ない目に遭う可能性があると思ってたからじゃないのか」

「そんなことは――」

「違うのか？」沖田は身を乗り出した。「弁護士が、ここへ面会に来ただろう」その件は、刑務所サイドにも確認していた。しっかり記録が残っている。

「……来ました」

よし。壁の一枚目は崩れた。沖田は素早くうなずき、先を続けた。

「君が事件を起こした時に、公判を担当した弁護士。増井真琴だな」

「そうです」

「用件は？　俺も何となく想像はつくけど、君の口から教えてもらう方がありがたいんだよな」

「俺は……どうなるんですか」村松が顔を上げた。表情は真剣で、助けを求めるような暗い色が目に浮かんでいる。

沖田は言葉に詰まった。これが罪に問えるのかどうかは分からない。自分の想像が正しければ、真琴には当然、法的責任がある。警察の捜査を混乱させたという意味では、村松の証言も公務執行妨害に当たるかもしれない。だがある意味、彼も被害者ではないか。この場で判断を下すのは、警察官として無責任な態度だったが、口を割らせるためには仕方がない。それに村松は、しばらくは逃げようがないのだ。

「俺が最終的な判断を下すわけじゃないけど、なるべく君に迷惑がかからないようにするぐらいはできるぜ」沖田は村松の顔を真っ直ぐ見詰めた。「君は、言ってみれば被害者じゃないか。向こうは、家族思いの君の性格を知っていて、つけこんできたんだ。これは絶対に許されることじゃない。それに、君の家族は安全なんだよ」

「どういうことですか？」

「増井弁護士には監視をつけてある。何かやろうとすれば、すぐに身柄を拘束するから」

実際には、これから敢えて事を起こすようなことはあるまい。そもそも最初からそんな気はなく、単なる脅しの材料だったはずだ。しかし、村松を安心させるためには、説得材料が必要だ。

「本当に大丈夫なんですか？」

「もちろん。二十四時間態勢でやってるから」

「そうですか……」村松がうなずく。「俺は……これ以上、刑期が延びるなんてことはないですよね？」

「早く家族に会いたいよな」

「迷惑ばかりかけたから」

「運が悪かっただけだ。そんなに自分のことを責める必要はないぜ」会話が転がり始める快感を、沖田ははっきりと感じていた。こいつはもう、落ちた。「大事な家族に危害を加えると言われたら、どうしようもないよな。家族思いの君の気持ちにつけこんだ犯罪だ。許せないな」

「あの弁護士さん、すごく熱心でした。裁判でも頑張ってくれて……実刑にはなったけど、感謝はしてます」

「ああ」

「最初に話を聞いたのは、勾留《こうりゅう》されている時でした」

「そんな前に？」

実刑が確定したのは、去年の秋だ。だとすると、真琴はずいぶん前から作戦をしこんでいたことになる。

「熊井のことだな」

「はい。昔のことを話している時、俺と熊井が同じ時期に同じ場所で働いていた話になって、突然、熊井が人を殺した話をし始めたんです」

「そして、タイミングを指示するから、熊井が人殺しをしたと告白するように促した。それが、ここへ面会に来た時だったんだな？」

村松が無言でうなずく。顔からはまた血の気が引いていた。真琴との緊迫したやり取りを思い出しているのだろう。

「その件については、全然知らなかったんだな？」

「熊井とは、ほとんど話したこともないです。あいつはいつも人を避けてる感じで、職場にも溶けこんでなかったし。それに、何もないのにいきなり辞めたんで、変な奴だと思いました」

隠しておきたいことがあったからだ。犯罪者は、街に溶けこむに際して、異常に神経質になる。誰かが具体的に何か言ったわけでもないのに、「疑われている」と疑心暗鬼になることもしばしばだ。目つきがおかしい、言外に何か臭《にお》わせている――そう考え始めると、その場にいられなくなる。できれば誰とも接触せずに済む方法を、常に考えているものだ。熊井は、最後は一種の接客業をしていたわけだが、開き直って仕事ができるようになるまでには、数年の歳月を要している。

「熊井とその弁護士は、知り合いだったのか」

「分かりません。話し方から考えると、違うと思いますけど」

となると、もう一人の人間との接点が問題だ。牛嶋は不動産業をしていたのだから、その辺りを通じて関係ができてもおかしくない。最初は不動産屋と顧客であっても、そこから一歩進んだ関係になることもあるだろう。そう言えば、本所吾妻橋のマンションは、熊井ではなく恋人の絵里香の名前で契約されていた。嫌な予感が芽生える。

「具体的な要求は？　向こうが指示したタイミングで、熊井が強盗殺人の犯人だと警察に伝えろ、ということか」

「ええ」

「その事件のことは知ってたか？」

「全然」村松が首を振った。「事件なんて、たくさんあるじゃないですか。一々覚えていられません」

あれだけ残虐な事件だったのに？　しかし、これが普通の人間の感覚かもしれない。新聞は日々、事件の記事で埋め尽くされている。普通の人は、それを読んで一瞬顔をしかめることはあっても、翌日には忘れてしまうだろう。あの事件も、現状を知っている沖田にすれば「ひどい事件」だが、あらゆる人の記憶に残るようなものではなかったはずだ。ましてや村松は若い。ニュースにも、ほとんど注意を払っていなかったのではないだろうか。

「何で引き受けたんだ……いや、それは聴くまでもないか。要求通りにしないと、家族に危害を加えると言われたんだよな」

「そうです。向こうは、俺の家族のこともよく知ってるから……ちゃんと話せば、出所した後の仕事の面倒も見ると言われたんですけど、そんなことより、家族が心配で……こういう場所だから、はっきりしたことは言わなかったんですけど、俺には分かりました」

それこそ、弁護士なら苦もないことだっただろう。彼らは言葉を操って生きている。

「脅迫」にならないぎりぎりの線で、相手を怯《おび》えさせる方法も熟知しているはずだ。まして逮捕され、留置場にいた時、村松は精神的に不安になっていたはずだ。

「分かった。この件についてはもう、安心してもらっていい。君の家族は、警察が絶対に守る。だから、分かっていることを全部話してくれ」

村松の説明は、ここまでの話で沖田が想像した推理を裏づけるものだった。筋は通る。それでも謎《なぞ》は残った。何故《なぜ》、弁護士がそんな危険な橋を渡る？　もちろん、弁護士が罪を犯さないわけではない。特に金の問題に関しては、犯罪に走る人間も少なくはない。

「増井弁護士は、どんな人なんだ」一度だけ話した印象では――がつがつしている。あの冷たく頑《かたく》なな態度は、その裏返しのように思えた。敵は敵、絶対に妥協しないという、強い気持ちが透けていた。

「すごく熱心な人です。苦労して弁護士になったみたいですけど」

「あまり裕福な家じゃなかったようだな」

「ええ」

「しかし、そんなことまで話すものかね？　弁護には直接関係ないだろう」

「結構、身の上話を聞きましたけど……」

「それで、君も自分のことを話した？」バーターによる撒《ま》き餌《え》だったのでは、と沖田は想像した。

「人生、丸裸にされましたよ」村松が小さく笑った。「俺、仕事も何度も変わってるじゃないですか。それも全部、説明させられましたから。裁判で、運が悪かったって強調するためだって言ってましたけどね」

それで真琴は、村松が一時製本工場に勤めていたのを知った。時期的なことを考えれば、熊井と一緒だったこともすぐに分かる。「使える情報」として、すぐに作戦を立てたに違いない。ちょうどその頃、新聞であの事件が久しぶりに取り上げられていたはずだ。

「どうして今になって、あんなことを言ってきたのかね」

「それは分かりません」

しかし沖田には、何となく想像がついた。そして、真琴のやり方には、わずかな穴があった、とほくそ笑む——俺に想像させてしまう余地があるのだから。

「この件、誰にも話さないように」沖田は念押しした。「君を守るためだから。俺の胸の中だけに止《とど》めておくわけにはいかないけど、悪いようにはしない。それに君は、嘘を言ったわけじゃないからな」

「熊井は犯人だった——」

「そう」

それは恐らく、間違いのない事実だ。だがそこから先はまだ、想像の域を出ない。熊井は本当に自殺したのか、あるいはそれも仕組まれたものだったのか。だが、その件と村松を結びつけることはできない。村松には鉄壁のアリバイがあるのだから――彼は塀の中にいる。

それを利用した真琴の頭の良さには、感心せざるを得ない。捜査をよく知った人間でないと、思いつかないことだ。

あるいはこれは、真琴のアイディアではないかもしれないが。もう一人の人間も、無視するわけにはいかない。むしろそちらが主役ではないか、と沖田は疑っていた。

刑務所前までタクシーを呼び、待つ間に、沖田は鳩山に連絡を取った。

「――ということは、村松の告白は、仕組まれたものだったのか？」

「そうです。村松本人は、熊井が犯人だったことを知らなかった。それどころか、熊井とはほとんど口をきいたこともないんです。たまたま同じ時期に同じ職場にいて、顔を知っていたという程度で」

「調書は取ってないんだな」

「今、それは必要ないでしょう」慎重過ぎる鳩山の言い方にむっとしながら、沖田は反論した。「後でいいです。それよりも、二人の身柄を確保するのが先ですよ」

「戒名は」

逮捕容疑のことだ。戒名とはよく言ったものである。犯罪者を社会的に抹殺するための呪文《じゅもん》のような言葉。

「殺人」

「そこまで結びつけるのは、現段階では難しいぞ」

「増井真琴に関しては、公務執行妨害でもいけますよ」

「別に妨害はしてないぞ」

鳩山の指摘に、沖田は黙りこんだ。確かに……熊井が資産家殺しの犯人だったのは間違いないのだから。だからといって、他に容疑は考えられない。

「それぐらい、そっちで何とかして下さい」沖田は鳩山に判断を投げた。考えるのはあんたの仕事だろうが、と胸の中で毒づく。

「お前が戻るまでに、何か考えておくけど……ちょっと待て。電話だ」

一度切ればいいのに、と思いながら、沖田は待った。鳩山の声はもぞもぞと聞こえてくるが、内容までは聞き取れない。いきなり電話に戻って来た鳩山の声は、一オクターブ高くなっていた。

「牛嶋が逃げた」

「はあ？」沖田は、自分の声が脳天から突き抜けるのを感じた。「どういうことですか？」

「逃げたんだよ。尾行に気づいて、まきやがった」

「現場はどこですか？」

「家の近くだ」

何やってるんだ……沖田は思わず舌打ちした。確かに牛嶋のR8は、覆面パトカーを軽く蹴散《けち》らせるぐらいの性能は秘めている。だがそれは、広く開けた高速道路で直線勝負になった時の話だ。他の車、それに信号に邪魔されるさいたま市や都心部で逃げられるとは……尾行を担当していた奴らは、間抜け以外の何物でもない。

「西川ですか?」

「いや、そっちには特捜の連中が張りついていた」

「事件が終わったと思って、気合いが抜けてるんじゃないですか」沖田は思わず声を荒げた。牛嶋はどうするつもりか……東京という森の中に姿を隠すのか、それともどこかへ高飛びするのか。

「高速と駅、それに空港をチェックですよ」

「分かってる」鳩山が苛《いら》ついた口調で言った。「お前に言われるまでもない」

「できるだけ早く戻ります」

「足手まといにならないようにな」

強烈な皮肉を残して鳩山が電話を切った。今のは、明らかに差別的発言だったな――後でねちねち追及してやろうと思いながら、沖田はなかなかこないタクシーを待ち続けた。

東京で動きがあると、静岡との距離を意識する。沖田は新幹線を待ちながら、あちこちに電話して情報を集めた。

事態は悪化している。誰にとっての悪化かは分からないが、牛嶋だけではなく、真琴も姿を消しているのが分かったのだ。沖田は頭に血が昇り、かすかな頭痛の予感さえ感じ始めた。何やってるんだ……真琴は今日の午前中、法廷に出て、その後事務所で別件の依頼人と打ち合わせをしていたようだが、その最中に姿を消してしまったのだ。事務所の入ったビルに裏口は……当然あるだろう。そちらにも張りついていなかったとしたら、とんでもない凡ミスだ。この件は後で大きな問題になるかもしれない、と沖田は覚悟を決めた。真琴の監視には埼玉県警も参加していたのだから、どちらに責任があるのか、上層部がなすり合いを始めるのは目に見えている。

新幹線に乗っている一時間が、無駄に長い。このまま東京まで戻るべきか……熱海《あたみ》を過ぎた頃、メールが入って、沖田は品川で途中下車することにした。牛嶋のアウディが、羽田空港近くで乗り捨てられていたのが発見されたのだという。馬鹿が……あんな目立つ車で動き回るから、こういうことになるんだ。車を乗り換える知恵がなかったのか、最後まで愛車に固執していたのか。

牛嶋は羽田空港に向かった可能性が高い。国内線を使うか、国際線か……国内線だろう。海外へ出るとなると手続きも厄介で、チケットも簡単には取れない。昨日今日、逃亡を決断したとしたら、取り敢えず入手できた国内線のチケットを使い、東京を離れようとするはずだ。空港なら絶対、押さえられる。この戦いは、警察の方が圧倒的に有利だ。自分が到着するまでには決着がついているかもしれないが、贅沢《ぜいたく》は言っていられない。とにかく二人が捕まればいいのだ。

品川駅で下車し、そこからはタクシーを使った。相変わらず羽田空港はアクセスが悪く、特に片足の自由が利かない状態では、公共交通機関を使うのは辛《つら》い。ヴァルカンの腕時計で確認すると、メールが入ってから三十分……実際に車が発見されてからは、一時間ほどは経《た》っているはずだ。牛嶋がどうやって空港に向かったかは分からないが、今頃はとうに到着しているだろう。真琴が一緒なのか、別々に空港に向かって現地で落ち合うつもりなのか、それとも牛嶋は彼女を裏切って一人で逃亡を図っているのか。

自分の足で動けないと、人はこんなにも余計なことを考えるのか。歩き回るのが嫌いな西川が、始終考え事をしているのも当然だ、と沖田は皮肉に考えた。

羽田空港のターミナルは、国内線と国際線が別の建物だ。駅が違うほどだから、結構な距離がある。どちらへ行けばいいか分からなかったが、海外逃亡の可能性は低いだろうと考え、沖田は国内線のターミナルへ向かうことにした。しかし、国内線のターミナルも、二か所ある。第一か、第二か……勘に任せて、第一ターミナルに回る。改装されてからやたらと広くなり、ロビーを行ったり来たりするだけでも大変な距離だ。松葉杖頼《づえ》りの今の沖田には、「バリアフリー」がまったく実感できなかった。

どうしたものか……ロビーに入った途端、途方に暮れて周囲を見回す。とにかく人が多い。この中から二人を見つけ出すのは……スリ捜査の専門である捜査三課の応援を借りるべきかもしれない。あそこの連中は、目がいいのだ。視力という意味ではなく、刑事としての目。人混みの中からターゲットを探し出すのはお手の物である。

しかし、今から応援を貰《もら》っていては間に合わない。

沖田は携帯電話を取り出し、西川に連絡を入れた。

「三番にいる」前置き抜きで、西川がいきなり言った。

「ああ？」

「羽田に着いたんだろう？」

「そうだよ。何で分かる？」

「時間を計算すれば簡単だ」西川が鼻を鳴らした。「とにかく、俺は三番の時計台の下で張ってる。そこまでは自力で来てくれ」

「分かったよ」

クソッタレが……自分が今いるのは、二番。隣ではあるが、三番はかなり離れている。人の流れに逆らってそこまで近づくには、かなりの労力を要しそうだ。一瞬、カートを使おうかと思った。あれに乗って、無事な左足で床を蹴って進めば、スケート代わりになるのではないか。

まさか。間抜けな考えを頭から一掃し、なるべく大股《おおまた》になるよう調整しながら歩き出した。脇の下と腕に力が入り、引き攣《つ》りそうになる。ダウンジャケットを着ているせいで、すぐに額が汗で濡《ぬ》れてきた。ワイシャツ一枚になりたいところだが、それは無理だ。汗は我慢するしかない。

それにしても、スピードが出ない。松葉杖をついた男を見ると、前方から来る人たちは道を開けてくれるので、通行の障害はなかったが、それでも歩きにくいことに変わりはない。何とかリズムを作ろうと、頭の中で数を数えてみたのだが、普段とはまったく足の出し方が違うので、すぐに乱れてしまう。

ようやく三番の時計台の下に辿《たど》り着いた時には、ワイシャツは汗だらけになっていた。西川は涼しい顔をして、左耳に突っこんだイヤフォンを人差し指で押さえている。沖田に気づくと、予備の無線を放《ほう》った。

「準備がいいことで」

「お前は来ると思ってたよ」

「何でもお見通しか」

「単純な男の行動を読むのは、難しくないんでね」

この野郎……沖田は一瞬頭に血が昇ったが、怒っている場合ではないと思い直した。西川に状況を訊ねたが、役に立つ返事は返ってこない。不満そうな表情を浮かべたのを、西川に見咎《みとが》められた。

「焦るなって。お前が今知っている以上の情報はないよ。車が乗り捨てられているのが見つかった他には、進展はない」

「令状は？」

「まだだ。取り敢えず、公務執行妨害で何とかしたい。特捜の方で頑張ってるよ」

「第二ターミナルは？」

「鳩山さんが指揮してる」

「マジかよ」沖田は勢いよく顔を擦《こす》った。あのオッサンでは何の役にも立たない……若く威勢のいい刑事たちがサポートしてくれればいいのだが。「成田の可能性は？」

「そっちは、千葉県警の助けを借りた。今、庄田と大竹も向かってる」

「大竹がいるなら大丈夫か」極度に無口だが、腕は立つ男だ。黙ってきっちり仕事をする。

「人のことを心配するより、こっちの心配をしろ」西川が、沖田の松葉杖を見た。「ここで見てるのはいいけど、勝手なことをするなよ。また怪我するぞ」

「二度はヘマしない」

「二度あることは三度あるとも言うがね」

「まだ二回目のヘマはしてないだろうが」

「これは失礼」

西川が涼しい声で言って、すぐに、表情を引き締める。無線で何か情報が入ってきたのだと気づいた沖田は、自分もイヤフォンを耳に突っこんだ。

『タクシー運転手の証言で、牛嶋は羽田に向かったのが確認された。三十分前に到着しているとのこと。乗客は牛嶋一人。繰り返す――』

西川がイヤフォンを耳から引き抜いた。目を細めながら、フライトインフォメーションが示されたボードを見る。

「どれに乗るか……」

「そんなことは分からないよ。それより、弁護士の方はどうした」沖田は訊ねた。

「今聞いた通りだ。少なくとも、タクシーでは一緒じゃない」

「ここで落ち合うつもりかね」

「そうかもしれない」

「もうちょっと、はっきりしたことは言えないのかよ」

周辺を警戒しながら歩き回る制服警官の姿を目で追いながら、沖田は非難した。西川に対してはまったく効果がなかったようで、涼しい顔で周囲を見回していた。もう少し焦るか興奮するかしろ、と沖田は怒鳴りたくなった。ようやく事件の全体像が明らかになるところなのだ。

「この事件、根が深いと思わないか」

「根が深いというより、歴史が長い、かな」西川が訂正した。「十年ぐらい前まで遡《さかのぼ》らないといけない」

「二人の関係か……」

「ま、ある意味、純情物語だけどな。金がない、若い女子大生を恋人にした男がいた。そいつは、恋人の夢を叶《かな》えるために資金援助までした。しかし、本人も金が無尽蔵にあったわけじゃないし、商売も上手《うま》くいってなかった。すっからかんになって、自分の将来も危なくなったし、親との関係も最悪だった。親のことはその前から憎んでいたわけだから、それが金の問題に転換するのも時間の問題だった、という感じかな」

「ずいぶん簡単にまとめるな」

「世の中には、複雑な事件なんか一つもないんだよ」西川が静かな声で言った。「突き詰めれば、どれも簡単、単純だ」

「それほど単純とは思えないが」

「枝葉を取り払って考えろ。どんなにディテイルが細かい事件でも、幹は案外太くてよく見えるもんだぜ」

「ご高説、どうも」お説教が始まりそうだったので、沖田はぶっきら棒に言った。「そんなことより、お前はここでのんびり構えていていいのかよ」

「俺は司令塔だから。ここが第一ターミナルの本部なんだ」自分の足元を指差した。

「人手は足りてるのか」

「それは何とも言えない。空港では、隠れる方が有利だからな」

残念そうに、西川が首を振る。確かに空港は広い。隠れる場所もいくらでもある。たとえ百人の警官を動員しても、全ての場所を同時に調べることはできないはずだ。

さやかが走って来た。立ち止まったが息は上がっていない。若いし元気だな、と沖田は少しばかり羨《うらや》ましく思った。

「B1ゾーン、チェック完了です」

「よし」

西川が手帳を開き、空港の構内図を広げた。いつの間に準備してきたのか……赤いボールペンでバツ印をつけたところが、Ｂ1ゾーンなのだろう。

「こんなこと言いたくないけど、絶対無理ですよ」さやかが弱音を吐いた。「チェックインカウンターを監視した方が早いじゃないですか。だいたい、各社のカウンターには、もう協力を要請してるんですし」

「網は、できるだけ広くかけたいんだ」

西川の説明は、沖田にとっても納得いくものだった。確かにチェックインしないと飛行機には乗れない。しかし、チェックしていても、往々にして漏れてしまうものである。だったら、最初から網を狭めない方がいい。

「次に移りますけど」

「頼む。二人が一緒にいるとは限らないからな。女性しか入れない場所を、特に入念にやってくれ」

「分かりました……沖田さん、静岡からとんぼ返りですか」

「西川だけには任せておけないからな」

沖田は松葉杖を片方持ち上げ、西川を指した。西川が嫌そうな顔をして、松葉杖の先をゆっくりと下げる。

「足を引っ張らないで下さいね」さやかがにやりと笑った。

「お前らに、引っ張るような足があるかよ。さっさと行け」

「はいはい」笑いながら踵《きびす》を返した途端、さやかがその場で固まった。

「どうした」

沖田が声をかけると、さやかが素早く振り向いて、「いました。二人一緒です」と告げる。緊張で、表情は強張《こわば》っていた。

「どこだ？」

「十二時の方向です」

正面か。沖田は目を凝らした。いた。しかし、どうやって網を逃れたのか……牛嶋はトートバッグを肩にかけた上に、大きなスーツケースを引っぱり、真琴はボストンバッグを提げていた。二人ともスーツ姿。見ようによっては、会社の同僚が一緒に海外出張に出かける感じである。距離は、ここまで三十メートルほど。近くで制服警官が警戒しているはずだが、二人はまったく気にする様子もなく、堂々と歩いていた。逃亡者の態度としては正しい。焦っていたり、あまりにも歩き方が早かったりすると、疑わしく見えるものだ。

だが、俺たちは捕捉した。もう逃さない。

「三井、左から回れ。俺は右から行く。挟み撃ちだ」西川が指示し、すぐに沖田に顔を向けた。「近くに制服組がいる。後ろから回りこむように指示してくれ」

「正面はどうするんだよ」

「お前がいるじゃないか」西川がにやりと笑い、その場を離れた。

ここを俺に任せる？　冗談じゃないぞ。二人揃って正面突破を狙《ねら》ってきたら、どうしたらいい？　しかし文句を言うより先に、西川とさやかは左右に展開してしまった。慌てて、無線に向かって、二人を確認したと報告する。三番時計台近く、ただちに後方に回りこんで確保。正面には姿を見せないように。

そう、正面に制服警官を配さないのは正しいやり方だ。いきなり制服が目の前に現れたら、二人はパニックに陥るだろう。そうなった時、何が起きるかは分からない。

しかし、制服警官の姿がなくても、二人は現在の状況に敏感に気づいた。やはり過敏になっているのだろう。まず、真琴が自分の右を見て、さやかに目を留めた。今日のさやかは、ほとんど黒に近いグレーのパンツスーツ姿。ぱっと見ただけでは刑事と分からないはずだが、真琴は独特の雰囲気を感じ取ったらしい。すぐに牛嶋のコートの袖を引く。牛嶋が右側を見て顔をしかめたが、歩調は緩めなかった。もう一度、警戒するように左側を見た瞬間、西川に気づいた様子だった。この二人も既に顔を合わせているから、すぐに分かったのだろう。

「気づかれたぞ」沖田は無線に向かって囁《ささや》いた。制服警官の姿は……まだ見えない。背後から迫り、三点で追い詰める陣形が取れれば何とかなるのだが、今は左右を挟まれているだけだ。前後に逃げ場がある。

沖田は、鼓動が高鳴り始めるのを感じ、目を伏せた。二人のうち、沖田と面識があるのは真琴だけ。自分は、顔を知られていない牛嶋を攻めるべきかもしれない。しかし、どうやって？

状況が一気に爆発した。

さやかが走り出す。低い声で何か叫びながら、真琴に迫った。自分とさほど体格が変わらないので、制圧できると踏んだのだろう。だが真琴は、さやかが伸ばした手を強引に振り払った。阿呆《あほう》、タックルが甘いんだ……西川が逆方向から迫る。しかし牛嶋が振り回した大きなトートバッグが、西川の頭を直撃した。倒れこそしなかったが、バランスを崩して、牛嶋を捕まえ損ねる。不幸中の幸いで、西川はそのまま真琴にぶつかり、二人がもつれるように床に転がった。さやかが体勢を立て直し、真琴の腕を絞り上げる。真琴が甲高い声で何事か叫んだが、騒音にしか聞こえなかった。

牛嶋が、荷物を放り出してダッシュした。お前、女を見捨てるのか？　沖田は突然、激しい怒りを感じた。歪《ゆが》んだ欲望で結びついた二人かもしれないが、十年もつき合ってきた女を、こういう状況で見捨ててまで逃げようというのか。

こいつは特大のクソ野郎だ。

怒っているつもりだったが、沖田は意外に冷静な自分に気づいた。最後のパーツが目の前にいる。今は、逃さないことだけを考えればいい。しかし、足の自由が利かない状態でどうする？

気づくと沖田は、右の松葉杖を振り上げていた。牛嶋が横を通過する瞬間を狙って、槍《やり》投げの要領で投げつける。沖田の動きにまったく気づいていなかった牛嶋の足に松葉杖が絡まり、両手を伸ばして、宙を飛ぶように転倒した。どこかを強打したようで、すぐには起き上がれない。そこへ制服警官が三人殺到して、上から折り重なった。三人が同時に「確保!」と叫ぶ。

よし。沖田はにやりと笑い、左の松葉杖を右手に持ち替えた。西川とさやかが、真琴を引っ立ててくる。髪が乱れ、すさまじい形相でわめき散らす彼女は、とても冷静な弁護士には見えなかった。

「容疑は何?」

「公務執行妨害。現行犯。こっちはただ話を聴こうとしただけなのに、刑事を突き飛ばしたからね」

沖田がぼそりとつぶやいたのを聞き咎める。

「ふざけないで!」真琴が叫んだ。

「後でゆっくり話を聴くよ」

西川が、制服警官に真琴を引き渡した。顔を歪め、右腰を手で押さえて、体を横に折り曲げた。

「重傷か?」

「大したことない」強がりを言って姿勢を正したが、すぐにまた顔をしかめる。「美味《おい》しいところを持っていったな」

「ヒーローは最後の最後で必殺技を出すんだ。映画だって何だって、そうだろう?」

「何がヒーローだよ」

ぶつぶつ言いながら、西川がしんどそうに歩き出す。その後ろ姿を見送りながら、沖田は思わず右足を思い切りフロアについてしまった。鋭い痛みが脳天にまで突き抜け、その場に倒れこんでしまう。歯を食いしばったつもりが、つい苦悶《くもん》の声が漏れてしまった。振り返った西川がにやりと笑う。クソ、覚えてろよ……そんなことを言わなくても、西川は忘れはしないだろうが。

第十二章

羽田空港から、墨田署の特捜本部に直行する。顔を知らない相手の方がやりやすいだろうということで、西川は面識のない真琴の取り調べを担当することにした。弁護士なので、やりにくいのは最初から覚悟している。自分の身を守るために、全能力を解放してくるはずだ。

だが、攻撃権はこちらにある。

西川は、さやかを立ち合いにして、真琴と対峙《たいじ》した。一目見て、生意気そうだ、という印象を抱く。その第一印象は間違いなく、西川が座るなり、一気にまくし立て始めた。まず、スーツの袖をめくり上げ、倒れた時に傷つけたらしい前腕部――少し赤くなっているだけだった――を見せつける。

「怪我《けが》してるんですよ。しかも不法な容疑で私の身柄を拘束しようとした結果、負った怪我です。特別公務員暴行凌虐《りょうぎゃく》。この件については、損害賠償請求の対象にもなります。だいたい、今現在私の身柄を拘束していることも、不法です」

「あなたは先ほど、うちの刑事が接近した時に突き飛ばした。これは立派に、公務執行妨害になりますよ」

「極左に対するのと同じ手口ね」真琴が皮肉に唇を歪《ゆが》ませる。

「何か問題がありますか？　法律違反は法律違反です」

「それで、本当の容疑は？」真琴が顔を上げた。表情は硬く、絶対に譲らないという決意が透けて見える。「いいですか、今回の警察の態度は許しがたいですよ。別件逮捕だとしたら、まさに不当です」

「五年前の事件——墨田区内で発生した、資産家殺人事件について、伺いたい」西川はギアを切り替えた。

「五年も前の事件を持ち出して、何を狙《ねら》っているのか分かりませんけど、これはまったく不法な捜査です」

「そうですか」

声の調子を変えずに繰り返すと、真琴が急にそわそわしだした。強弁すれば逃げられると思っているのかもしれないが、それはこちらも同じようにまくし立て、喧嘩《けんか》している場合だ。彼女は、人の言葉尻を捉《とら》えて、矛盾を指摘するのは得意かもしれないが、淡々とした反応には、むしろ対処しにくいだろう。

「私をここへ留め置く理由はないはずです。早く出して下さい」

「それはできません」

「何故《なぜ》？」

「そんな基本的なこと、一々説明させないで下さい」

真琴が黙りこむ。一瞬の隙《すき》を突いて、西川は最高の材料を叩《たた》きこんだ。

「あなた、村松受刑者を脅しましたね」

「まさか」

正面から西川の目を見詰めてくる。あまりにも真《ま》っ直《す》ぐ過ぎたせいで、真剣な否定も大《おお》袈裟《げさ》な演技だとばれてしまったが。弁護士としては、まだまだ修行が足りない。

「この件に関しては証言が取れているんですが、村松受刑者が嘘《うそ》をついているとでも？」

「馬鹿なこと、言わないで下さい。自分が公判を担当した容疑者を脅す意味は何ですか？」

「あなたの計画の一環として。彼は重要なパーツですからね」沖田もよく聴き出したものだと思う。もちろん、あいつの腕だけによるものではなく、村松の姉の店が事故に遭ったという偶然があったからだが。あれがなければ、村松はパニックに陥ることもなく、淡々と誤魔化しきっていたかもしれない。一つ溜息《ためいき》をつき、西川は一気にまくしたてた。

「あなたと牛嶋は、十年来、恋人関係にありますよね。お金がない苦しい時期も、二人で乗りきってきた。彼の援助があったから、あなたは無事に司法試験に合格して、弁護士になれた。いい話だと思います」

「そんなこと、警察には関係ないでしょう」

「事件となれば、あるんです。でも、この件については後回しにしましょうか。牛嶋吾朗さんが殺された件に、あなたたちがどうかかわっていたか、その方が大事な話です」後回しにせざるを得ない。この辺はまだ、推測の域を出ないのだ。何しろ実行犯は、既にこの世にいない。

「私を、人殺し扱いするんですか」真琴の顔から血の気が引いた。

「直接手を汚さなくても、殺人として立件できることは、ご理解いただけると思いますけどね。教唆《きょうさ》、ということもある。もっとも、自分たちで積極的に計画を立てて、誰かを使っていたとしたら、まさに主犯です。弁明のしようがない」

「黙秘します」

「どうぞ。この件については、すぐに話してもらえるとは思っていません。まず、あなたが答えられそうなことからお聴きしましょう」西川は両手を組み合わせ、デスクに置いた。

「村松受刑者に会いに言ったことは、認めますね」

無言。腕を組んだまま、そっぽを向いていた。

「黙秘でも結構です。これは刑務所の面会記録にも残っていますから、否定しても意味はないですよ。問題は、そのタイミングです」西川は、準備しておいたスクラップブックを取り出し、広げた。「この記事を覚えていますね？　去年の八月に出たものです。要するに、我々追跡捜査係の仕事に関する提灯《ちょうちん》記事です。こういうのは面映《おもはゆ》いですが、広報は大事なことですからね……ありがたい話です。この中に、五年前の牛嶋さんが殺された一件が載っています。うちとしては、それほど真剣に取り組んでいたわけではないですが、追跡捜査係の重要な仕事である、未解決事件の一例として、挙げられています。あなたたちはこれを読んで、捜査がまだ終わっていない、と思いこんだんですね」

無言。だが、きつく引き結んだ顎《あご》がかすかに震えているのに、西川は気づいた。一般に弁護士という人種は、攻めるに強く守るに弱い。

「この記事が出た時期、あなたは村松の弁護を担当していました。その時に、弁護の一環として、村松が熊井と同じ職場にいたことを聴き出した。まったくの偶然ですが、それがあなたには最高の材料になったんでしょう。留置場で面会する時は、警察官も立会いませんから、その時に事情と作戦を説明したんですね。そして彼が服役してから、タイミングを見て作戦を発動するよう、指示した。立会いの人間に分からないよう、サインも決めていたそうですね」

「そんなことは……」真琴の言葉が宙に消える。余計なことを言えば、自分を追いこむだけだと分かっているのだ。

「あなたは、熊井が犯行を村松に打ち明けた、というシナリオを描いた。受刑者であれ誰であれ、犯人を名指しする人間がいたら、警察は食いつきます。ましてや五年間も、有力な手がかりがなかった事件だ。ただし、証言したのは受刑者ですから、普通の人と同じような取り調べはできない。断片的な情報だけでも、警察は走ります。それがあなたたちの狙いだったんですね？　これは私の想像ですが、最初は熊井が泣きついてきたんじゃないですか？　五年間近く逃げ切って、ようやく希望していた仕事にも就けて、安心していたところにあの記事だ。怯《おび》えるのも当然だと思います。あなたたちも、同じだったでしょう。ただあなたたちにとって、熊井は単なる駒《こま》だった。あの男に全《すべ》ての責任を押しつけることで、自分たちは逃れようとしたんですね」

「そんなこと、証明できない」

「そうですね、死人に口なしです。でも、今取り調べを受けているのは、あなただけじゃない。牛嶋は、プレッシャーに弱いタイプだと思いますが、どうですか？」

「プレッシャー？　圧迫するような取り調べは許されませんよ」真琴が搾り出すように言った。

「当然です。今の警察は、無茶はしませんよ。可視化が検討されている時代に、誘導尋問も荒っぽい取り調べもご法度です。ただ、同じ言葉で質問されても、人によって感じ方は違うでしょうね」

「無謀な取り調べをしていると分かったら、抗議します」精一杯の抵抗だったが、無駄なことは自分でも分かっているだろう。

「今後、あなたが牛嶋と会う機会はないと思います……公判までは。法廷でも、個人的な話はできないでしょうが」

真琴が唇を引き結んだ。間違いなく、次第に追いこまれているのを意識している。西川はひどく緊張しているのを自覚したが、一つ咳払《せきばら》いをしただけで話を続けた。ペースを落としてはいけない。こういうタイプの容疑者に対しては、事実をぶつけ続けることで圧倒するしかないのだ。

「取り調べは冷静に、正規の手続きに則《のっと》って行われることを保証します」牛嶋を担当している沖田が無茶をしないことを祈った。手を出すようなことはないが、あの男は時に威圧的になり過ぎる。口も悪い。「続けます。あなたは、村松に証言させることで、警察の目を熊井に向けさせた。犯人が分かれば、警察は当然、そちらに全力投球しますからね。そして、熊井が逃げるのも計算のうちだったでしょう。逃げれば、さらに犯人らしく見える……そして我々が、熊井の部屋を調べて、事件現場で採取されたのと合致する指紋を検出することも、見越していたはずです。こんなことは言いたくないが、見事ですよ……問題は、ここから先です。熊井が逃げて、我々が追いかけることは計算できていても、そこから先には、不確定要素が多かった。熊井が逮捕されれば、自分たちの存在が明らかになってしまう恐れがある。それはどうしても避けたかったですよね？　でも、そのためには、熊井を殺すしかなかった。それも、自殺に見せかけて、です。つまり、警察に熊井が犯人だと確信させた上で、熊井には消えてもらう。『被疑者死亡』で幕引きをしたかったんでしょう」

「私が殺したと言いたいんですか？　それはとんでもない想像ですよ。それに、侮辱です」

「あなたではなく、あなたたち、ですね」西川は冷静に指摘した。「あなたたちは、常に二人で動いていた。二人で一つなんです。あなた一人の責任というわけではない……どうですか？　正直に話してもらえると、話はスムーズに進みます。いずれにせよ、我々はすぐに証拠を摑《つか》みますから、いくら抵抗しても黙秘しても無駄ですよ」

「……黙秘します」

そうするしかないだろうな、と西川は思った。しばらく、一人で考えさせておいてもいい。言い訳ぐらいは思いつくかもしれないが、今この場で、頭の中で考えた言い訳程度では、西川を納得させられない。焦っている時、人間の脳細胞の動きは、普段の半分ほどにも落ちるのだ。

「どちらが主導したんですか？　こういうろくでもないことを考えるのは、たいてい男ですけどね。特にあなたの恋人——牛嶋は、かなり鬱屈《うっくつ》した人生を送ってきた人だ。ようやく色々なことが軌道に乗って上手《うま》くいき始めたんですから、そこから転落するのは、絶対に避けたかったはずです」実際には、計画を立てたのは真琴ではないかと西川は読んでいた。かなり緻密《ちみつ》な物であり、いくつかの偶然による綻《ほころ》びがなければ、二人は逃げ切っていたかもしれない。もちろん、不確定要素はある。服役中の村松だ。だが、出所したした で、何か打つ手はあっただろう。それが、村松を殺すという方法だったら……真琴は、そんなことまで考えていたのだろうか。見た目、それにここまで話した限りでは、若く熱心で生意気な弁護士としか見えない。それが捩《ね》じれた方法に行ってしまったのは……愛か、と西川は思った。「一つ、確認させて下さい。牛嶋のことは、愛しているんですよね」

真琴が顔を上げた。頑《かたく》なだった表情に、わずかに明るい光が射している。ここが攻め所だ、と西川は腹をくくった。

「あなたが色々苦労してきたことは、聞いています。大変だったでしょう？　それでも志をずっと高く保ち続けたのは、精神力の強さの証明ですね」

真琴の頬《ほお》が緩んだ。反論が飛び出すのではないかと西川は予想していたが、彼女は何も言わなかった。褒められ慣れていないのでは、と想像する。そういう人は、二通りの反応を示すものだ。やたらとむきになって否定するか、素直に褒め言葉を受け入れるか。褒められ慣れている人間は、軽く「いやいや」と受け流す。西川は、彼女がさらなる褒め言葉を求めている、と気づいた。

「あなたのような人が、正義と法律のために仕事をしてくれるのは、頼もしい限りです。牛嶋とは、どんな風に出会ったんですか？　いや、下衆《げす》な意味ではなくて、純粋に不思議なんですよ。十歳年が離れていると、出会う機会がないでしょう」

「あの人は、不動産屋です」

「そうですね」

「私が東京に家を借りた時、仲介してもらったんです」

　要するに客に手を出したわけか、と西川は呆《あき》れ返った。これは明らかに、職業倫理にもとる行為だ。後で沖田に知らせてやろう。あいつのことだ、それを材料に牛嶋を激しく攻めるはずだ。

「実家から東京の大学へ通うのは、大変だったたですか？」

「二年間は我慢したんですけど、時間がもったいなかったんです」

「勉強のために」

真琴がうなずく。髪がふわりと揺れ、急に弱々しい雰囲気が漂った。

「司法試験の勉強は、大変なんです」

「話に聞くだけですけど、そうらしいですね」

「今は違うかもしれないけど、私たちの頃は……狭き門でした」

「落とすための試験、とも言いますからね。けしからん制度だと思いますよ」

真琴の頬が緩んだ。笑おうとしたのだ、と西川は気づいたが、さすがにこの場の雰囲気には相応《ふさわ》しくないと思ったのか、すぐに表情を引き締める。両手を組んでデスクに置き、西川の顔を正面から見詰めた。

「雑談をしている場合じゃないと思いますが」急に弁護士然とした口調になる。「あなたが今まで喋《しゃべ》ったことは、全て間接証拠に過ぎません」

「立派な証言ですよ」

「ためにする証言ではないですか？」

「だったらあなたは、刑務所で村松受刑者と面会した時に、何の話をしたんですか？　彼が嘘をついているというなら、あなたはそれを証明しなければならない。それには、何のために訪問して、どんな会話をかわしたか、説明してもらう必要があります」

「依頼人のことに関しては、何も言えません」

「守秘義務ですか」西川も腕を組んだ。こういう理屈で反論してくるであろうことは想定していた。「しかし、あなたが村松受刑者と面会していたのは間違いない」

「私から言うことは、何もありません。黙秘します」

手詰まり。これは、天からの声を待つしかないか。西川は椅子《いす》に背中を預け、彼女と少し距離を置いた。さやかがちらりとこちらを見る。女性がいた方が、真琴も話しやすいのではないかと思ったが、今のところは何の効果も発揮していない。自分にも何か仕事をくれ、とさやかの視線は訴えているようだったが、効果的な投入方法を思いつかなかった。

ドアが開いたので素早く振り向くと、沖田が顔を覗《のぞ》かせ、手招きしていた。西川はことさらゆっくり立ち上がり、一時中断を真琴に告げた。さやかに目配せすると、彼女はすぐに立ち上がって、それまで西川が座っていた椅子に腰を下ろす。こうすると、入り口を塞《ふさ》ぐ格好になるのだ。

墨田署刑事課の取調室は、刑事課の大部屋の奥に並んでいる。取調室と大部屋を分けるのは、細長い廊下のような空間だけだ。取調室の外へ出ると、特捜本部から降りてきた刑事たちでごった返す部屋の雰囲気が、そのまま伝わってくる。強い視線を感じながら、西川は刑事課で空いた席を探した。沖田は、立ったままでは話すのにも難儀するだろう。近くのデスクに向かう足取りは、バランスが崩れていた。ようやく席につくと、沖田がにやりと笑う。

「奴は落ちたよ」

「また美味《おい》しいところを持っていきやがって」西川は思わず舌打ちした。

「牛嶋を俺につけたのはお前だぞ。自ら辛《つら》い道を選ぶとはねえ。お前は刑事の鏡だよ」

「煩《うるさ》い」短く文句を叩きつけてから、西川は身を乗り出した。「で？」

「完オチだ」沖田が嬉《うれ》しそうに言った。「状況は、だいたい俺たちが想像した通りだった。牛嶋は、金の問題を巡って、両親——その頃はまだ母親も生きていたんだ——と険悪な状態になった。そこには、あの弁護士さんの問題も絡んでいたようだな。実家に連れて行って紹介したんだが、牛嶋の両親は、彼女が気に食わなかったらしい」

「それは近所の人から聞いているけど、どうしてなんだ？　司法試験の合格を目指す、前途洋々、真面目《まじめ》な学生じゃないか。何が気に食わない？」

「彼女は片親だ」

「今時、そんなことが問題になるのか？」西川は目を見開いた。「牛嶋の家だって、そんなに大層な家柄じゃないだろうが。ただ金儲《もう》けが上手かっただけだ」端的に言えば「成金」だ。バブルの頃には、相当あくどい商売をやって、あぶく銭を稼いでいたのではないだろうか。

「金のあるなし」沖田が両の掌《てのひら》を上に向け、交互に上下させてみせた。「それだけでしか、物事を判断できない人間もいるからな。牛嶋の親は、まさにそういうタイプだったんだ。息子だって似たような物だが、そこに自分の恋人が絡むと、さすがに怒るだろう……とにかく両親は、交際に猛烈に反対した。それ以来、実家との関係はほぼ完全に切れて、牛嶋は経済的に困窮した」

「それで、親から金を分捕ろうとして殺した？」短絡的過ぎる。西川は力なく、首を横に振った。「だいたい、家にどれだけの金があったんだ」

「狙いは現金じゃない。遺産だよ」

「遺産？」

「そう。普通、親が殺されれば、遺産は自動的に子どもの手に入る。ただし、牛嶋は受け取れない立場にあったんだ」

「どういうことだ？」

「親は、遺書を作っていたんだ。そこには、自分の財産は全て慈善団体に寄付する、その処理は息子がやるように、と記載してあったそうだ。牛嶋は、そういう風に宣告されていたらしい」

「それは……とんでもないお仕置きだな」西川は顔をしかめた。「目の前に財産があるのに、自分では手をつけられないで、しかも寄付の処理をしろって？　滅茶苦茶《めちゃくちゃ》だ。だいたい被害者だって、簡単に寄付をするような人間なのか？　相当がめついと思うが」

「息子にやるぐらいなら、寄付した方がましだって考えてたんじゃないか。法律的に、そういう遺言に有効性があるかどうかは分からないけど、プレッシャーにはなるな」

「金持ちのやることは……」

「意味不明だな」沖田が、西川の台詞《せりふ》を引き取った。「とにかく父親は、お前には一銭も残さない、と明言した。ある日、実家に呼びつけて、自分で作っている最中の遺書を見せたんだよ」

「その遺書が、USBメモリに入っていた？」

「ご名答」沖田が、西川に人差し指を突きつけた。「もちろんそれは、自分で書いただけで、正式な物にはなっていなかった。公正証書じゃなかったんだな。でも、父親にそういう意思があったことが知れたら、遺産を手に入れにくくなるかもしれない。牛嶋にとっては、大きな障害になったんだ」

「だから、父親を殺して、USBメモリを奪おうとした」

「そのために熊井を雇った、と」

「熊井とはどういう知り合いなんだ？」

「それがな……」沖田が一瞬口を閉ざした。珍しく、喋りにくそうにしている。

「どうした？」

「熊井の元恋人」

「菊島絵里香？ 彼女がどうした」

「牛嶋は、彼女を知っていた。菊島絵里香は、あの近辺でマンションを探す時に、奴の不動産屋にも顔を出している。そして……これは裏づけが取れてないんだが、彼女は当時からドラッグを使っていた」

西川はうなずいた。たぶん、高校時代から。沖田がうなずき返して続ける。

「牛嶋は、それに気づいていたんだ。どうも奴は、遊び回っていた時代に、自分でもドラッグにはまっていたようだな。だから見ただけで、常用者だと分かったと言ってる。奴が今もドラッグを使っているかどうかは分からないが。後で尿検査もしないとな」

「そういうことか……」西川は思わず目を見開いた。

「牛嶋の供述によると、な。あいつはそれを利用して、熊井をコントロールしようとした。熊井にすれば、彼女だけは守りたいと思って、引き受けざるを得なかったんじゃないか」

二人は顔を見合わせ、同時に溜息をついた。職権乱用――西川が先に口を開く。

「とんでもない不動産屋だ」

「あいつの職業倫理のことは、少し置いておいて……とにかく牛嶋は熊井を脅して利用し、親を始末して遺書も奪わせるつもりだった。もちろん、金も提示した。額は二百万円だったらしい」

殺し屋に支払う金額として、十分なのだろうか。熊井も恋人の件で脅されていた上に、金に困っていたのは間違いないだろうし……しかし、素人に任せるとは。沖田が続ける。

「だけどどこに一つ、落とし穴があった。熊井は父親を殺したけど、USBメモリが見つけられなかった」

「牛嶋は、どこにあるか知っていたんじゃないか。だいたい、ずっとノートパソコンに挿さっていたんだし」

「熊井は、現場で相当慌てたんだろうな。だいたい人を殺した直後に、冷静でいられるわけがない。それに警察の到着も早かったから、探す暇がなかったんだよ。あと五分、家に止《とど》まっていたら、現行犯逮捕されていたかもしれない。熊井は現場から逃げた後、すぐにそのことを牛嶋に報告した」

「ＵＳＢメモリがそのままになっているのを知って、現場検証に立ち会った牛嶋は、後から慌てて自分で回収した」言いながら、西川は、牛嶋は本物の馬鹿だ、と呆《あき》れた。何も正直に「盗まれた」と申告せず、黙っていればよかったのに。ケアレスミスで、五年後に一点の疑いを残してしまったのだ。いや、そういうわけでもないか。息子を完全に切るという遺言が見つかっていたら、特捜本部も牛島に対する見方を変えたかもしれない。

「そういうことだ。気を利かせて写真を撮った刑事がいなかったら、この件は分からなかったかもしれないな。偶然に助けられた」

「それは偶然じゃないぞ。仕事熱心な人間がいたからだ」

「……そうだな。後で、表彰の申請でもするか？」

「それは俺たちの仕事じゃない。で、その後の牛嶋と熊井の関係は？」

「牛嶋は、何とか捻出した二百万円を熊井に渡した。口止めの意味もあったんだろうな。熊井はそれを逃走資金にするつもりだった。結局、人を殺した事実が重くのしかかって、菊島絵里香とは別れることになったらしいんだけどな……牛嶋の方は、親が持っていた土地を全て相続して、上手く処分して金を手に入れた。それで何とか、今の商売を軌道に乗せたんだ」

「父親を殺すアイディアは……牛嶋が自分で考えたのか？」西川は唾《つば》を呑《の》んだ。

「真琴に相談はしたが、最後に決めたのは自分だと言っている」

「奴に、そんな知恵があるかね」

「今は、本人の言い分を信じるしかないだろうな。で、そっちはどうなんだよ」沖田が、取調室に向かって顎をしゃくる。

「まだ落ちない」

「牛嶋を庇《かば》っているのか」

「あるいは自分を庇っているのかもしれない。あの二人、十年も一緒にいて、ずぶずぶの関係になっているはずだ。どっちが主導権を取ったかなんて、二人の間ではどうでもよくなってるんじゃないかな。ただし今回、村松を利用しようとしたのは、彼女のアイディアだと思う。あれは、牛嶋には思いつかないだろう」

「弁護士先生ならではの、知略か」

「こんなこと、知略なんて呼びたくないね」西川は吐き捨てた。

短い沈黙を破ったのは、松波だった。厳しい表情だが、ゆったりした口調で二人に近づいている。手には、何か紙を持っていた。それを無言で、二人がついたデスクに置く。動画から切り出した静止画面だとすぐに分かった。

「これは――」西川は説明を求めたが、聞かずともすぐに分かった。男女のペア。少し上から撮影されているので顔ははっきりしないが、それでもシルエットで誰だか分かった。牛嶋と真琴。二人とも帽子を被り、サングラスをしているのは、変装のつもりだろうか。プラスティック製の安っぽいベンチと自動販売機も写っており、駅のホームだとすぐに分かる。

「防犯カメラの調子が悪くて、解析に手間取ったんだ」

「間違いないですね」西川はうなずいた。「これ一枚ですか？」

「まだある。ただ、そっちはもう少し時間がかかりそうだ」

「分かりました」西川は写真を取り上げた。「これを材料に使っていいですか」

「まだ落ちないか」松波が顔をしかめる。

「相手は弁護士ですよ？　そう簡単にはいきません。他の写真も、手に入ったらこちらに流して下さい」

「分かった」

「映像自体は……」

「見た。三人が映ってるよ」

西川はまたうなずいた。三人――牛嶋と真琴、そして熊井。

「決定的な場面はないんですか」

「それはないな。二人が、熊井に何か話しかけている場面は確かにある。その直後、熊井はホームから消えたんだが……」

走ってくる列車に向かって飛びこむ。一瞬で死を決意させた台詞は、何だったのか。あるいは台詞ではなく行動だったかもしれないが。

「動画のファイルは、手元にあるんですよね」

「ああ」

「だったら、写真じゃなくて映像を直接見せましょう。多少動きのある方が、ショックが大きいんじゃないですか」防犯カメラの映像はフレーム数が少なく、かくかくした動きになる。静止画に落とすと、多少鮮明に加工できるものの、動きを知りたければ、元の動画を見た方がいい。

「手配しよう……それともう一つ、気になることがある」

「何ですか？」

「熊井の解剖結果なんだが、覚醒剤《かくせいざい》反応が出ている」

西川は背筋を伸ばした。恋人同士で、五年前から覚醒剤に溺《おぼ》れていたのか？　これは……真琴たちにすれば、有利な材料だったはずだ。

西川が取調室に戻ると、さやかがすっと立ち上がった。真琴は腕組みをしたまま、微動だにしない。だがその顔に早くも滲《にじ》んだ疲れを、西川は素早く見て取った。逃亡の準備、警察をまいて空港まで辿《たど》り着いたこと、そして挫折《ざせつ》。それだけのことが短い時間に積み重なれば、どんな人間でも、肉体的にも精神的にも疲れる。目の前の小柄な女性は、間違いなく犯罪者だ。生来の物なのか、後から身に付けた物かは分からないが、悪に対する意識が低い。弁護士という職業との関係は分からないが、それは西川があれこれ考える問題ではないように思われた。それこそ、心理学者に分析を任せた方がいいだろう。真琴の精神状態が分析できても、今後の犯罪捜査に大きな進展があるとは思えないが。

すぐに、ノートパソコンが運びこまれてくる。西川は、デスクトップに動画ファイルのアイコンがあるのを見つけ、クリックした。間違いなく、ホームの様子が再生される。それを確かめて、真琴の方に画面を向けた。

「これが何か、分かりますね」斜めの位置から画面を見ながら、西川は指摘した。「あなたと、牛嶋です」

真琴は何も言わなかったが、目の色が変わっていた。焦り……どうやって言い抜けようかと迷っている。

「ここであなたが、熊井に近づいている。背が高いから、熊井は目立ちますね」斜め上からの角度でも、ひょろりとした長身が熊井だということは分かった。「それで、何か話していますね。何を話しました？」

無言。画面はさらに進む。かくかくとした動きだが、熊井の行動ははっきりと映っていた。二、三歩前へ進み出ると、いきなり飛ぶ。姿が消えたと思った次の瞬間には、電車がホームに滑りこんできた。真琴と牛嶋は既に踵《きびす》を返して立ち去ったようで、画面からは消えている。何というか……打った瞬間にホームランを確信したバッターのようだ、と西川は不謹慎に思った。打球の行方を見なくても、手ごたえでスタンドインが分かる。

西川は動画の再生を止めた。パソコンを自分の方に引き戻し、真琴の顔を覗《のぞ》きこむ。

「どうですか？　あなたが熊井に何か言った直後、熊井は電車に飛びこんでいる。何があったんですか」

「これが私だと、確定できますか？」

「否定できますか？」質問に質問で返すのは下手なやり方なのだが、西川は、ひどく皮肉な気分になっていた。「こういうやり取りは無駄ですよ。あなたの自宅から、この服、バッグが見つかったら、どう言い訳しますか」

「まったく同じ格好をしている人がいても、不思議ではないですね。東京には、たくさんの人間がいますから」

「百万に一つの偶然で、そういうことがあるかもしれません。しかし、百万に一つというのは、相当低いですよ。それに、牛嶋がいることはどう説明するんですか。牛嶋が、あなたと同じ服、同じバッグを持った別の女性と一緒にいたとでも？」

「可能性としてはあり得ます」

可能性はある。そう、その通りだ。百万分の一であっても、ゼロではない。確率論的には彼女の言い分は正しいのだ。しかし事件は、確率論で動くものではない。そこにある人がいる場合には、必ず必然性がある。

西川は、ぞくぞくするような快感を覚えていた。タフな容疑者と相対するのは、いつでもいい経験になる。乱暴という意味ではなく、議論が得意で、ともすればこちらを論破しようとふっかけてくる人間は、犯罪の内容に関係なく好きだと言ってもいい。議論ならいつでも大歓迎だ。

だが真琴には、議論する権利はない。自分の手をまったく汚さずに二人を殺した人間であり、それでもなお平然としていられるのは、尋常な精神状態とは言えないのだから。こういう人が、平然と弁護活動をしているというのが、信じられない。表の顔と裏の顔と言うべきだろうか……心の奥底にある本音を完全に切り離し、難しい日常を送れるものだろうか。

彼女は実際、そうやってきたわけだが。

最後の切り札を使うことにした。議論自体は楽しいが、自分の仕事は議論をすることではない。相手に事実を突きつけ、罪を認めさせることだ。パソコンを閉じ、脇に押しやる。二人の間に、何もない空間が生じた。

「牛嶋が全面自供したんです」

真琴の顔から、また血の気が引いた。今度は、今にも気を失ってしまいそうに見える。必死で唇を嚙《か》み締め、それで何とか正気を保っているようだった。

「父親を殺したのも、熊井に全ての罪を押しつけて殺したのも、自分だと。あなたの協力もあった、と言っています。供述には少し怪しいところもありますが、筋は通っていますね」少し怪しいところもある、という言葉で逃げを作ったつもりだった。後で「供述を翻した」と言えばいい。厳密には違法だが、自分と沖田の間で了解が取れていれば、そんなことは闇《やみ》に葬れる。

「違う！」

真琴がいきなり立ち上がった。西川は敢《あ》えて、座ったままでいた。見下ろされた格好になるが、特に圧力は感じられない。さやかがそっと近づき、肩に軽く手をかけると、真琴は殴りつけられたように力なく、椅子に腰を下ろしてしまう。

「違いますか」西川は静かに語りかけた。

「違う……」

真琴が唇を噛む。一瞬、舌を噛むのではないかと西川は恐れた。彼女の背後に立つさやかも同じ危惧《きぐ》を抱いたようで、いつでも飛びかかって制止できるように身構えている。だがほどなく、真琴は緊張を解いた。真っ白になった唇に、ゆっくりと血の気が戻ってくる。

「認めませんよ、そう簡単には」

「我々を悩ませるつもりですか」

「この事件は、そんなに簡単なものじゃないから」

「それを解き明かすのが、自分たちの仕事ですけどね」

「私が駅のホームで熊井にどう声をかけたか、分かってるんですか？　それに関する証言は取れているんですか」

西川はゆっくりと首を振った。牛嶋はまだ、この映像を見ていない。ホームでの一件に関しては調べにも入っていないはずで、具体的な自供が得られるにしても、これからだろう。だが、沖田から聞いた様子だと、自供を拒否する理由はなさそうだ。牛嶋はあるポイントでは執着心が強い人間だが、妙に諦《あきら》めが早い部分もありそうだ。真琴についてどう考えているか分からないのは、気がかりではあったが。

「私は、何も話しません。私に全責任を押しつけるつもりかもしれないけど、そんなことはさせない」

「だったら、何もやっていないことを証明できますか？ それは、何かしたことを証明するより、はるかに難しいですよ」

「私は弁護士です。あなたよりもずっと、法律には詳しい」

「その知識は、被告人のために使うべきですね。あるいは、困っている人のために。それに、ここで問題になっているのは法律ではないんですよ。単なる事実関係です」

真琴がまた唇を嚙んだ。先ほどよりは弱いが、下唇に前歯がきつく食いこむのがはっきりと見える。

「何と言って熊井を脅したんですか」訊《たず》ねながら、西川は一つの可能性に気づいた。真琴は、村松にも脅しをかけた。家族に危害を加える——いかに真琴が想像力豊かな弁護士であっても、常に独創的な手を思いつくとは考えられない。「家族のことを持ち出したんですね？ 熊井が死ななければ、家族がひどい目に遭う、と」

真琴が、ゆっくりと顎から力を抜いた。何も認めない。何も言わない。だがその態度から、彼女がある一線を越えて落ちてしまったのは明らかだった。逃げられない深みにまで追いこまれた……西川は深呼吸しながら、自分の仮定には無理がある、と気づいた。

「熊井は、実家と折り合いが悪かったんですよ。家族のことを持ち出されて、それでみすみすあなたの言う通りにするとは思えない」

「追いこまれたら、人間の思考能力は停止します」真琴が淡々とした口調で言った。「熊井は、自分が強殺事件の犯人だと世間に分かってしまったことで、ぼろぼろになりました。私たちに連絡してきて、何とかしてくれと泣きついてきたんです」

それもあんたの読み通りだろうけどな、と西川は皮肉に思った。一人に責任を押しつけることで、自分たちは逃れようとした。

「だから呼び出して、もうどうしようもない、と言ったんです」

「そして、家族のことで脅迫した。もう一つ、覚醒剤の問題もあるでしょう。熊井は死ぬ直前まで、ヤクを使っていたようです。これも、あなたたちにとっては脅しの材料になったでしょうね。しかも、ヤクの影響下にあって、熊井の精神状態は不安定だったはずだ」

「脆《もろ》いですね、人間は」

「一つ、分からないことがある」西川は怒りを押し殺しながら、人差し指を立てた。「熊井は、高校を出てからはほとんど家にも寄りつかなかったぐらい、家族とは折り合いが悪かったんですよ。それが、突然家族のことを持ち出されて、自分の命を絶つようなことをしますか？　脅しの材料としては弱い」

「そんなに簡単に、家族との縁は切れませんよ……村松もね。みっともない話です」

「そんなことはない」西川は首を振った。「家族を大事に思う気持ちは、誰でも同じですよ」

「本当に、そんな風に考えてるんですか？」真琴が乾いた笑い声を上げた。「そういう人もいるかもしれないけど、私は違いますよ」

牛嶋が家族を憎んでいたのは理解できる。経済的に自分を追いこみ、真琴の存在を認めなかった親は、いつしか憎悪の対象になったはずだ。しかし、真琴も同じだというのか？

女手一つで自分を育ててくれた母親を憎んでいる？

「片親しかいないのは、きついですよ。特に、上を目指す人間にとっては」

「しかし、あなたのお母さんが、頑張ってあなたを育てたのは間違いない」

「自分の都合で勝手に離婚しただけですから。それで私に迷惑をかけているんだから、冗談じゃないです」

「それは――」西川は眉《まゆ》をひそめた。離婚した後、必死で娘を育て、大学までやった母親である。母娘の絆《きずな》は強いはずだ、と勝手に想像していたのを自覚する。

「駄目な女なんですよ。だから、男にも逃げられる。それでいつまでも愚図愚図言っているんだから、どうしようもないでしょう。そんなことを聞かされる身にもなって下さい。私は、あんな風にはなりたくなかった」

「弁護士という職業を選んだのも、それが理由ですか？　男がいてもいなくても、経済的に自立できるように？」だとしたら、結構なギャンブルだったに違いない。司法試験は今でも高い壁だし、仮に合格しても、弁護士として金を儲けられる人間は、それほど多くないのだ。多くの弁護士は、事務所の家賃を払うにも汲々《きゅうきゅう》としている。

「それもありますね」

「だったら、牛嶋は何なんですか？　あなたは、あの男も利用しただけなんですか」

違う、と言って欲しかった。十年もつき合っていて、「単なる金づるだ」と言われたら、牛嶋もたまったものではないだろう。狡猾《こうかつ》で残酷な犯罪者だということも忘れ、西川は一瞬、牛嶋に同情していた。

真琴は何も言わなかった。自分でもどう考えていいか分かっていないのかもしれないし、認めたくないだけかもしれない。心の一番奥にある硬い部分を解きほぐすには、まだ長い時間がかかるだろう。

「親がちゃんとしてれば、こんな風にはなりませんでしたよ」真琴が唇をねじ曲げ、皮肉を吐いた。「人は、環境で変わるんですよね。親が悪い環境を作れば、それに汚染される――」

「いい加減にして！」

さやかの怒声が取調室に響き渡り、真琴がぴしりと背筋を伸ばした。恐る恐る振り向いて、偽りのない怒りの表情を見つけ、ゆっくりと視線を西川の方に戻す。助けを求めているようだったが、西川には、そんなつもりはなかった。さやかには、真琴に対して怒りを爆発させる権利があると思う。

「何でもかんでも親のせいにしないで。親のせいにするっていうことは、今でも親の影響を受けてるっていうことでしょう。あんたなんか、まだおしめが取れてないみたいなものよ。甘えるのもいい加減にして」

「ちょっと――」

真琴が困惑した表情を浮かべ、西川に助けを求める。西川はゆっくり首を横に振って、救援要請を拒絶した。

さやかも、幼い頃に父親を亡くし、母親に育てられた。今でも母娘の関係は濃厚で、折に触れて母親の話が会話に出る。過干渉が鬱陶《うっとう》しいと言いながら、その喋り方には愛情が籠《こも》っていた。

そういう人間を怒らせてしまったのだから、真琴が説教を受けるのは当然である。長くならないように、と西川はさやかに目配せしたが、彼女は意図してかそうではないのか、西川と目を合わせようとしなかった。

レストラン「光月亭《こうづきてい》」は、かつては西川の行きつけの店だった。家族で、月に二回は利用していただろうか。洋食屋で出すような料理を、上品にアレンジして食べさせるので、誰の口にも合う。何より量が爆発的に多いので、小学校高学年から中学校に上がる頃にかけての竜彦には、ぴったりの店だった。この店で働いていた若者がある事件に関連していたことで、しばらく足が遠のいていたのだが、今夜は久しぶりに料理を楽しんでいた。事件のせいで店主との関係が少しぎくしゃくしていたのだが、そろそろ時効ではないか、と考えて。

その考えは正解だった。今夜はいい食事会になった。

今日は西川一家だけではなく、沖田と響子、啓介も一緒である。受験勉強中の竜彦はパスするのではないかと思ったのだが、「気分転換」と言いながら喜んでついて来た。どうやら受験は、竜彦にとってはさほどプレッシャーになるようなものではないらしい。頼もしい限りだが、親としては、もう少し弱い面を見せて欲しいとも思う。

何だか、息子に追い越されそうだ。

料理をたっぷり食べて――西川はメキシコ風に唐辛子《とうがらし》を利かせたチキンのグリルをメーンに選んだ――食後のコーヒーに入る。子どもたちは、サッカーの話で勝手に盛り上がっていた。学校も学年もまったく違う二人なのだが、サッカーが趣味というのは共通している。学校の友人以外で趣味の話ができる相手がいるというのは、啓介のリハビリにもいいはずだ、と西川は思っていた。二人の様子を見守る沖田の表情が、親のそれのようになっていることに気づく。ずっと独身を通してきた沖田にも、もう親になる準備はできているのかもしれない。

「いや、美味《うま》かったな」沖田が満足そうな笑みを浮かべた。「いい店だ」

「だろう?」

「そんなに高くもないし。家の近くにこんな店があったら、毎日通うよ」

「外食ばかりじゃ体によくない。響子さんの手料理、食べさせてもらえばいいじゃないか」

「それじゃ悪いから」

沖田がぶっきら棒に言った。響子は苦笑している。この二人は、まったく……どちらも遠慮して、最後の一線を越えられずにいる。男女の関係には疎い西川から見ても、まだるっこしいことこの上なかった。

「しかし、嫌な事件だった」

自分の方に話を振られるのを嫌がってか、沖田が話をまったく違う方向に向ける。西川は、子どもたちの方をちらりと見た。自分が知らない選手の名前を挙げて、大いに盛り上がっている。一時ほどではないが、サッカーの試合中継があると、今も竜彦はテレビの前に座っていることが多い。とにかく、こちらの話は耳に入っていない様子で、ややこしい話題を続けても問題なさそうだった。

「嫌じゃない事件はないけどな」西川は低い声で応じた。

「今回は特に、うちが先行してたわけじゃないし……人の褌《ふんどし》で相撲《すもう》を取っていた感じがする」

「そうだな……しかし、増井真琴には参ったよ」西川は食後に出てきた新しいお絞りで、口元を拭《ぬぐ》った。「あれはやりにくい」

「あの二人が、あれだけ完全に分かれるとはね。ついこの間まで恋人同士で、一緒に逃げようとしていたとは思えない」

二人は今も、互いに責任を押しつけあっている。牛嶋は最初の証言を翻して、全ての計画を立てたのは真琴だと主張していた。自分が、あんな細かい計画を考えつくわけがない。

真琴いわく、自分は言われた通りに動いただけ。援助も彼が勝手にしていたことで、自分が望んだわけではない。

どちらの言い分にも、本音と嘘があると思う。結局西川たちは、「自分だけがよければいい」という人間の本質を目の当たりにすることになった。毎度のことだが、気が滅入《めい》る。だが、二人の言い分を天秤《てんびん》にかければ、真琴の方がより悪の方に傾いている印象が強かった。弁護士という立場にいるせいもあるだろう。本来、法に奉仕すべき人間が、法を裏切るような行為に走る……その背景に、彼女自身が背負っていた家族と金の問題があったにせよ、許しがたいことではある。この二つの問題は、多くの人間に共通しているのだから。逆に言えば、家族にも金にも満足している人など、ほとんどいないだろう。

「女性陣は、どうかな」西川は妻に話を振った。

「悪い物は悪い、という感じだけど、割り切れないわね」美也子が言った。「特にお金の問題は……一度はまると、なかなか抜け出せなくなるんじゃないかしら」

「一度金を手にすると、もっと欲しくなるからな。一回じゃ済まないんだ」西川は同意した。

「でも、今回の件は、お金だけが問題じゃないですよね」響子が溜息を漏らすように言った。「最初はお金の問題だったけど、その後は、自分のやったことを隠すために動いてたんですよね？」

「そういうこと」沖田が厳しい口調で言ってうなずいた。「一度悪事を働くと、それを隠すためにもっと悪いことをするのは、よくあるんだ。でも、大抵失敗するね」

「無理に無理を重ねてるから」響子が言葉を引き取った。

「そうなんだ。今回も、あまりにも話を複雑にし過ぎたんだと思う。そういう時、完全に穴を埋めることはできない。あちこちから零《こぼ》れ出るんだよ」

沖田の言う通りだ、と西川は思った。熊井を殺人犯に仕立て上げ――実際に犯人だったのだが――責任を全て押しつけようとしたのは、やはり真琴のアイディアだったのではないだろうか。自然に村松と接触できる立場でもあったわけで、きっかけを作るのは彼女しかいなかった。そこに、自分が罪を免れるのと同時に、牛嶋を守りたいと願う気持ちがあったかどうか。

しかし、計画は緩かった。本当にあれで通用すると思っていたら、読みが甘過ぎる。もっとも、様々な細かい漏れがなければ、警察も真相に気づかなかったかもしれない。そもそも、熊井が犯人だということさえ、割り出せなかったのだし。

「警察の勝ちか負けか……勝敗で考えたら、俺たちの負けかもしれないな」西川はぼそりと言った。自分たちが先導した事件ではないので多少は気が楽だが、それでも人を一人――犯人とはいえ――失ってしまった事実は消えない。

「いつも勝てるわけじゃない」沖田が応じた。

「何しろお前は、今回は最初からマイナス要因だったからな」

「うるさいな」沖田が体を倒して、足を擦《さす》った。まだ怪我は癒《い》えず、松葉杖《づえ》は手放せない。

本格的な復帰はしばらく先になるだろう。

「しかし、マイナスになって分かることもあるだろう」

「何が?」

沖田がそっぽを向いた。響子はうつむいている。まったくこの二人は……いい年をして、肝心なところでは中学生のようになってしまう。

「そろそろ真面目に考えてもいいんじゃないか」西川は、出来得る限り真面目な表情を作った——真面目な話題に相応しい顔を。

「何も考えてないみたいに聞こえるんだけど」沖田が口を尖《とが》らせる。

「こんなこと、人から言われてどうこうするもんじゃないだろう。なあ?」西川は美也子に助けを求めた。

「そうねえ」美也子が顎に指を二本当てる。「大人なんだから、ね?」響子に顔を向ける。

普段、女性二人は結構率直に話をしているようだが、沖田も西川も一緒にいる状況だと、響子のほうで遠慮がちになってしまうようだ。まあ、今は息子もいるわけで、とりわけ喋りにくい状況ではあるが。

「人生、思い切りも大事だけどな」西川は眼鏡をかけ直した。

「仕事みたいなわけにはいかないよ」沖田が弱気に反論する。

「仕事の方は、少しは遠慮しろ」

「それは筋が違うだろう」沖田が唇を尖らせる。

「だけど、今回の件でよく分かったんじゃないか？　怪我なんかすると、自分がどれだけ小さくて弱い人間か、実感するだろう」

「まあ、な」沖田が渋い表情で腕組みをした。「だけど、怪我で……なんていうのは、いい理由じゃない」

沖田が敢えて「結婚」という言葉を避けているのは、西川にはすぐに分かった。啓介の存在を気にしているのだろう。一度脆くなった啓介の神経は、些細《ささい》なことでまた綻びてしまうかもしれない。中学生になったからといって、魂が強くなるわけではないのだ。

「こういう時だから気づくこともあるんだぜ。絆の大切さとか」

「そんなこと、分かってる」

「分かってるなら、何とかしろよ」

沖田が煙草《タバコ》を一本引き抜き、テーブルの上に転がした。店内は全面禁煙で、吸えないことは分かっているはずなのに……普段の沖田なら、外へふらっと煙草を吸いに行ってしまうだろう。今夜そうしないのは、真面目に考えている証拠なのだ、と西川は信じた。

だが沖田は、決してはっきりしたことを言わなかった。響子も同じである。この二人は、本当に……身悶《みもだ》えするようなもどかしさだ。自分たちが忘れてしまった感覚だな、とくすぐったくなるが、それでもまだるっこしいことこの上ない。

沖田たちを駅まで送り、三人はぶらぶらと自宅に向かった。風は相変わらず冷たいが、少しアルコールが入っているせいで、体の内側は暖かい。

「何だか上手く進まないな、あの二人は」

「私たちがあれこれ言うようなことじゃないかもしれないわね」美也子が囁《ささや》くように言った。

「ああ。結局は本人たちの問題だし……障害も多いよ。啓介のこともあるし、響子さんの長崎の実家の問題も気になる」

「そうよね。いきなり田舎へ帰るようなことになったら、どうするのかしら」

「沖田もついて行って、家業を継ぐかもしれないな」

「あなた、それでいいの？」

「俺？」西川は自分の鼻を指差した。「俺には関係ないよ」

「そうかしらね」美也子がふわりと笑う。

沖田のいない追跡捜査係か……苛々《いらいら》させられることは少なくなるだろう。しかしそれが、少しだけ寂しい毎日になるのは間違いなかった。

本書はハルキ文庫の書き下ろしです。
本作品はフィクションであり、登場する人物、団体名など
架空のものであり、現実のものとは関係ありません。

ハルキ文庫

と5-4

標的《ひょうてき》の男《おとこ》 警視庁追跡捜査係《けいしちょうついせきそうさがかり》

著者 堂場瞬一《どうばしゅんいち》

2013年1月18日第一刷発行

発行者 角川春樹

発行所 株式会社角川春樹事務所
〒102-0074 東京都千代田区九段南2-1-30 イタリア文化会館

電話 03(3263)5247(編集)
03(3263)5881(営業)

印刷・製本 中央精版印刷株式会社

フォーマット・デザイン 芦澤泰偉
表紙イラストレーション 門坂 流

ISBN978-4-7584-3713-4 C0193
http://www.kadokawaharuki.co.jp/[営業]
fanmail@kadokawaharuki.co.jp[編集] ご意見・ご感想をお寄せください。

二重標的《ダブルターゲット》 東京ベイエリア分署

今野 敏

若者ばかりが集まるライブハウスで、30代のホステスが殺された。
東京湾臨海署の安積警部補は、事件を追ううちに同時刻に発生した
別の事件との接点を発見する——。ベイエリア分署シリーズ。

硝子《ガラス》の殺人者 東京ベイエリア分署

今野 敏

東京湾岸で発見されたTV脚本家の絞殺死体。
だが、逮捕された暴力団員は黙秘を続けていた——。
安積警部補が、華やかなTV業界に渦巻く麻薬犯罪に挑む!(解説・関口苑生)

虚構の殺人者 東京ベイエリア分署

今野 敏

テレビ局プロデューサーの落下死体が発見された。
安積警部補たちは容疑者をあぶり出すが、
その人物には鉄壁のアリバイがあった……。(解説・関口苑生)

神南署安積班

今野 敏

神南署で信じられない噂が流れた。速水警部補が、
援助交際をしているというのだ。警察官としての生き様を描く8篇を収録。
大好評安積警部補シリーズ待望の文庫化。

警視庁神南署

今野 敏

渋谷で銀行員が少年たちに金を奪われる事件が起きた。
そして今度は複数の少年が何者かに襲われた。
巧妙に仕組まれた罠に、神南署の刑事たちが立ち向かう!(解説・関口苑生)

残照

今野 敏

台場で起きた少年刺殺事件に疑問を持った東京湾臨海署の
安積警部補は、交通機動隊とともに首都高最速の伝説のスカイラインを追う。
興奮の警察小説。(解説・長谷部史親)

陽炎 東京湾臨海署安積班

今野 敏

刑事、鑑識、科学特捜班。それぞれの男たちの捜査は、
事件の真相に辿り着けるのか？　ST青山と安積班の捜査を描いた、
『科学捜査』を含む新ベイエリア分署シリーズ、待望の文庫化。

最前線 東京湾臨海署安積班

今野 敏

お台場のテレビ局に出演予定の香港スターへ、暗殺予告が届いた。
不審船の密航者が暗殺犯の可能性が——。
新ベイエリア分署・安積班シリーズ、待望の文庫化！(解説・末國善己)

半夏生 東京湾臨海署安積班

今野 敏

外国人男性が原因不明の高熱を発し、死亡した。
やがて、本庁公安部が動き始める——。これはバイオテロなのか？
長篇警察小説。(解説・関口苑生)

花水木 東京湾臨海署安積班

今野 敏

東京湾臨海署に喧嘩の被害届が出された夜、
さらに、管内で殺人事件が発生した。二つの事件の意外な真相とは⁉
表題作他、四編を収録した安積班シリーズ。(解説・細谷正充)

堂場瞬一の本

交錯

警視庁追跡捜査係

文庫オリジナル
白昼の新宿で起きた連続殺傷事件——無差別に通行人を切りつける犯人を体当たりで刺し、その行動を阻止した男がいた。月日は流れ、未解決事件を追う警視庁追跡捜査係の沖田大輝は、犯人を刺した男の手がかりを探し求めていた。一方、同係の西川大和は、都内での貴金属店強盗を追って盗品の行方を探っていた。二人の刑事の執念の捜査が交錯するとき、事件は驚くべき様相を見せはじめる。